Achter gesloten deuren

Van BA Paris verscheen eveneens
bij Ambo|Anthos *uitgevers*

Gebroken
Breng me terug
Het dilemma
De therapeut

Met Clare Mackintosh, Holly Brown
en Sophie Hannah

De understudy

BA Paris

Achter gesloten deuren

Vertaald door Ireen Niessen

Ambo|Anthos
Amsterdam

MIX
Papier van
verantwoorde herkomst
FSC® C014496

Eerste druk 2016
Vijfendertigste druk 2022

ISBN 978 90 263 6036 7

Oorspronkelijke titel *Behind Closed Doors*
Oorspronkelijke uitgever Harlequin MIRA
Omslagontwerp Janine Jansen
Omslagillustratie © Lyn Randle / Trevillion Images

Verspreiding voor België:
Veen Bosch & Keuning uitgevers nv, Antwerpen

Voor mijn dochters
Sophie, Chloë, Céline, Eloïse, Margaux

HEDEN

De champagnefles stoot tegen het marmeren aanrechtblad, waardoor ik opschrik. Ik kijk vluchtig naar Jack en hoop dat hij niet heeft opgemerkt hoe nerveus ik ben. Hij vangt mijn blik en glimlacht.

'Perfect,' zegt hij zacht.

Hij pakt mijn hand en voert me mee naar het vertrek waar onze gasten wachten. Terwijl we door de gang lopen zie ik de bloeiende lelie die Diane en Adam voor onze tuin hebben meegebracht. De tint roze is zo mooi dat ik hoop dat Jack haar zal planten waar ik haar kan zien vanuit de slaapkamer. Alleen al door de gedachte aan de tuin wellen er diep vanbinnen tranen in me op, maar ik bedwing ze snel. Er staat vanavond zoveel op het spel dat ik me op het hier en nu moet concentreren.

In de woonkamer brandt een houtvuur in de antieke haard. We zijn al ver in maart, maar het is nog steeds frisjes en Jack wil het onze gasten zo aangenaam mogelijk maken.

'Jullie huis is prachtig, Jack,' zegt Rufus bewonderend. 'Vind je ook niet, Esther?'

Ik ken Rufus en Esther niet. Ze zijn nieuw in deze streek en we hebben elkaar vanavond voor het eerst ontmoet, waardoor ik nog nerveuzer ben dan ik sowieso al zou zijn. Maar ik kan het me niet veroorloven om Jack teleur te stellen, dus ik tover een lach op mijn gezicht en hoop vurig dat ik bij hen in de smaak zal vallen. Esther glimlacht niet terug, waaruit ik opmaak dat ze nog geen oordeel heeft gevormd. Ik kan het haar niet kwalijk nemen. Sinds ze zich een maand geleden bij onze vriendenkring heeft aangesloten, heeft ze vast keer op keer te horen gekregen dat Grace Angel – echtgenote van de briljante advocaat Jack Angel – het perfecte voorbeeld is van een vrouw die alles heeft: het perfecte huis, de perfecte echtgenoot, het perfecte leven. Als ik Esther was, zou ik ook een afwachtende houding aannemen.

Mijn blik valt op het doosje dure bonbons dat ze net uit haar tas heeft gehaald en ik voel een vleugje enthousiasme in me opkomen. Omdat ik niet wil dat ze ze aan Jack geeft, loop ik achteloos in haar richting en ze reikt me ze intuïtief aan.

'Dank je, ze zien er voortreffelijk uit,' zeg ik dankbaar, en ik zet ze op de salontafel, zodat ik het doosje later kan aanbreken als we de koffie serveren.

Esther intrigeert me. Ze is het tegenovergestelde van Diane – lang, blond, slank, afstandelijk – en ik kan niet anders dan respect opbrengen voor het feit dat ze de eerste is die ons huis binnenstapt en niet blijft doorzagen over hoe prachtig het is. Jack had erop gestaan het huis zelf uit te zoeken, vertelde me dat het mijn huwelijkscadeau zou zijn, dus ik zag het voor het eerst toen we van onze huwelijksreis terugkwamen. Hij had me wel verteld dat het perfect voor ons zou zijn, maar ik wist niet helemaal wat hij bedoelde tot ik het zag. Het is gelegen op een groot stuk eigen grond aan de rand van het dorp, dus biedt het Jack de privacy waar hij zo'n behoefte aan heeft – evenals het voorrecht het mooiste huis van Spring Eaton te bezitten. En het best beveiligde. Het heeft een complex alarmsysteem, met stalen luiken voor de ramen op de begane grond. Het zal wel vreemd overkomen dat deze overdag vaak gesloten zijn, maar, zoals Jack iedereen die ernaar vraagt vertelt, met een baan als de zijne staat veiligheid voorop.

We hebben veel schilderijen aan de muren van onze woonkamer, maar de aandacht van mensen gaat meestal uit naar het grote rode doek boven de haard. Diane en Adam, die het al eerder hebben gezien, kunnen het niet laten er weer naartoe te lopen om het nog eens te bekijken, en Rufus voegt zich bij hen terwijl Esther gaat zitten op een van de crèmekleurige leren banken.

'Het is schitterend,' zegt Rufus, met een gefascineerde blik op de honderden piepkleine vlekjes waar het schilderij grotendeels uit bestaat.

'Het heet *Fireflies*,' verklaart Jack, en hij draait het metaaldraad van de fles champagne los.

'Ik heb nooit eerder zoiets gezien.'

'Grace heeft het geschilderd,' vertelt Diane hem. 'Ongelooflijk, hè?'

'Je zou haar andere schilderijen eens moeten zien.' Jack ontkurkt de fles met slechts een klein plopje. 'Die zijn echt uit de kunst.'

Rufus kijkt geïnteresseerd om zich heen. 'Zijn ze hier?'

'Nee, ze hangen ergens anders in het huis.'

'Alleen voor Jacks ogen bestemd,' grapt Adam.

'En die van Grace. Nietwaar, schat?' zegt Jack met een glimlach naar mij. 'Alleen voor onze ogen bestemd.'

'Ja, dat klopt,' zeg ik instemmend, en ik draai mijn hoofd weg.

We gaan bij Esther zitten en Diane slaakt een kreetje van genoegen wanneer Jack de champagne in hoge glazen schenkt. Ze kijkt me aan vanaf de andere bank.

'Voel je je inmiddels beter?' vraagt ze. 'Grace kon gisteren niet met me lunchen omdat ze zich niet goed voelde,' legt ze uit aan Esther.

'Het was maar een migraineaanval,' sputter ik tegen.

'Helaas heeft Grace daar vaak last van.' Jack kijkt meelevend mijn kant op. 'Maar zo'n aanval duurt gelukkig nooit lang.'

'Het was de tweede keer dat je me hebt laten zitten,' merkt Diane op.

'Het spijt me,' zeg ik verontschuldigend.

'Nou ja, deze keer was je het tenminste niet glad vergeten,' plaagt ze. 'Zullen we anders voor aanstaande vrijdag iets afspreken om het goed te maken? Lukt het dan, Grace? Geen afspraak bij de tandarts die je je straks op het laatste ogenblik herinnert?'

'Nee, en hopelijk ook geen migraine.'

Diane wendt zich tot Esther. 'Heb je zin om mee te gaan? Het moet in een restaurant in de stad zijn, want ik werk vrijdag.'

'Dank je, dat lijkt me leuk.' Ze kijkt even mijn kant op, misschien om na te gaan of ik het niet erg vind dat ze ook komt. Terwijl ik haar toelach voel ik me vreselijk schuldig omdat ik al weet dat ik niet van de partij zal zijn.

Jack vraagt de aandacht van het gezelschap en brengt een toost uit op Esther en Rufus, om ze welkom te heten in de buurt. Ik hef mijn glas en neem een slokje champagne. De bubbels dansen in mijn mond en ik ervaar een plotseling gevoel van vreugde, dat ik probeer vast te houden. Maar het verdwijnt net zo snel als het kwam.

Ik kijk hoe Jack geanimeerd met Rufus staat te praten. Hij en Adam hebben Rufus een paar weken geleden ontmoet op de golfclub en hem uitgenodigd om een rondje met hen te spelen. Toen hij merkte dat Rufus een uitstekend golfer was, maar niet uitstekend genoeg om hem te verslaan, nodigde Jack hem en Esther uit om te komen eten. Het is duidelijk te zien dat Jack graag indruk wil maken op Rufus, wat betekent dat het belangrijk is om Esther voor me te winnen. Maar dat zal niet eenvoudig zijn; waar Diane simpelweg bewondering uitstraalt, lijkt Esther een gecompliceerder type.

Ik verexcuseer me en loop naar de keuken om de canapés die ik gemaakt heb te halen en de laatste hand aan het diner te leggen. De etiquette – Jack is er zeer op gebrand – gebiedt me niet te lang weg te blijven, dus ik klop de eiwitten die in een kom staan te wachten stijf en voeg ze toe aan de soufflébasis die ik eerder heb bereid.

Terwijl ik het mengsel in afzonderlijke schaaltjes schep, kijk ik gespannen op de klok. Dan zet ik de schaaltjes in een bain-marie, die ik in de oven schuif; ik let goed op de precieze tijd. Even gaat er een golf van paniek door me heen bij het idee dat ik het misschien niet allemaal voor elkaar krijg, maar ik herinner mezelf eraan dat angst mijn grootste vijand is, dus ik doe mijn best kalm te blijven en keer terug naar de woonkamer met het dienblad vol canapés. Ik ga ermee rond en neem ieders complimentjes dankbaar in ontvangst, want Jack hoort ze natuurlijk ook. Met een kus op mijn hoofd geeft hij Diane gelijk dat ik een heuse keukenprinses ben, en ik slaak een stille zucht van opluchting.

Vastbesloten om vooruitgang te boeken met Esther ga ik naast haar zitten. Wanneer Jack dit ziet, neemt hij de canapés van me over.

'Je hebt wel even rust verdiend, schat, na al je harde werk van vandaag,' zegt hij, en hij laat het dienblad op zijn lange, elegante vingers balanceren.

'Zo hard heb ik niet gewerkt, hoor,' spreek ik hem tegen, wat gelogen is, zoals Jack echt wel weet, aangezien hij het menu heeft samengesteld.

Ik stel Esther de juiste vragen: of ze zich al thuis voelt in de buurt, of ze het jammer vond om Kent achter te laten, of haar twee kinderen al een beetje gewend zijn op hun nieuwe school. Om de een of andere reden lijkt het feit dat ik goed geïnformeerd ben haar te irriteren, dus vraag ik haar met opzet naar de namen van haar zoon en dochter, hoewel ik weet dat ze Sebastian en Aisling heten. Ik heb zelfs gehoord hoe oud ze zijn, zeven en vijf, maar ik doe alsof ik daar geen idee van heb. Ik ben me ervan bewust dat Jack luistert naar elk woord dat ik zeg, en ik weet dat hij zich afvraagt wat mijn bedoeling is.

'Jullie hebben geen kinderen, begrijp ik,' zegt Esther, eerder als constatering dan als vraag.

'Nee, nog niet. We vonden dat we eerst maar eens een paar jaar van elkaar moesten genieten.'

'Hoezo, hoelang zijn jullie dan getrouwd?' Haar stem drukt verbazing uit.

'Een jaar,' beken ik.

'Vorige week was hun trouwdag,' deelt Diane mee.

'En ik ben er nog steeds niet klaar voor om mijn prachtige vrouw met iemand anders te delen,' zegt Jack, en hij vult haar glas.

Ik kijk toe, eventjes afgeleid, hoe een spatje champagne het glas mist en op de knie van zijn onberispelijke broek belandt.

'Ik hoop dat je het niet erg vindt dat ik ernaar vraag,' begint Esther, die haar nieuwsgierigheid niet kan bedwingen, 'maar is een van jullie al eerder getrouwd geweest?'

Het lijkt alsof ze graag wil dat het antwoord 'ja' is, alsof een misnoegde ex-man of ex-vrouw ergens op de achtergrond ons minder perfect zou maken.

'Nee, geen van beiden,' zeg ik.

Ze kijkt even naar Jack en ik weet dat ze zich afvraagt hoe iemand die er zo goed uitziet zo lang vrijgezel heeft kunnen blijven. Jack, die haar blik op zich voelt rusten, glimlacht opgewekt.

'Ik moet toegeven dat toen ik veertig werd, ik sterk begon te betwijfelen of ik ooit de perfecte vrouw zou vinden. Maar zodra ik Grace zag, wist ik dat zij degene was op wie ik had gewacht.'

'Zo romantisch,' zucht Diane, die het verhaal van onze ontmoeting al kent. 'Ik weet niet meer hoeveel vrouwen ik heb geprobeerd aan Jack te koppelen, maar niemand was goed genoeg tot hij Grace ontmoette.'

'En jij, Grace?' vraagt Esther. 'Was het voor jou ook liefde op het eerste gezicht?'

'Ja,' zeg ik, terugblikkend. 'Dat was het.'

Overweldigd door de herinnering sta ik iets te snel op, en Jack draait zijn gezicht mijn kant uit. 'De soufflés,' verklaar ik rustig. 'Ze zullen nu wel klaar zijn. Willen jullie gaan zitten?'

Aangespoord door Diane, die hun vertelt dat soufflés op niemand wachten, drinken ze hun glas leeg en lopen naar de tafel. Esther blijft op weg ernaartoe even stilstaan om *Fireflies* beter te bekijken, en wanneer Jack zich bij haar voegt en haar niet verzoekt meteen te gaan zitten, slaak ik een zucht van opluchting dat de soufflés nog helemaal niet klaar zijn. Waren ze dat wel, dan zou het huilen me nader dan het lachen staan wegens de stress van het oponthoud, met name wanneer hij uitleg begint te geven over de verschillende technieken die ik bij het schilderen heb gebruikt.

Als ze vijf minuten later gaan zitten, zijn de soufflés perfect gebakken. Wanneer Diane haar verwondering hierover uitspreekt, glimlacht Jack naar me vanaf het andere eind van de tafel en vertelt hij iedereen dat ik inderdaad heel bekwaam ben.

Op een avond als vanavond weet ik weer waarom ik verliefd ben geworden op Jack. Hij is charmant, onderhoudend en intelligent, en hij weet precies wat hij moet zeggen en op welke manier. Omdat Esther en Rufus nieuwkomers zijn, zorgt hij ervoor dat zij iets opsteken van het gesprek dat we voeren tijdens het eten van onze soufflés. Hij beweegt Diane en Adam ertoe om dingen over zichzelf te vertellen waar onze nieuwe vrienden wat aan hebben, zoals waar ze winkelen en aan welke sport ze doen. Hoewel Esther beleefd luistert naar hun opsomming van vrijetijdsbestedingen, de namen van hun tuinmannen en babysitters, en de beste plaats om vis te kopen, weet ik dat ik degene ben die haar interesseert, en dat ze zal terugkomen op het feit dat Jack en ik relatief laat getrouwd zijn, omdat ze hoopt iets – wat dan ook – te horen waaruit ze kan opmaken dat het allemaal niet zo perfect is als het lijkt. Jammer genoeg voor haar zal ze teleurgesteld worden.

Ze wacht tot Jack de beef wellington heeft aangesneden en geserveerd met een aardappelgratin en worteltjes geglaceerd met honing. Er zijn ook kleine erwtjes, die ik in kokend water heb gedaan vlak voor ik het vlees uit de oven haalde. Diane verbaast zich erover dat ik alles tegelijk klaar heb gekregen, en ze geeft toe dat zij altijd een curry als hoofdgerecht maakt, die van tevoren bereid kan worden en op het laatst kan worden opgewarmd. Ik zou haar graag vertellen dat ik dat ook veel liever zou doen, dat nauwkeurige berekeningen en slapeloze nachten de prijs zijn die ik voor zo'n perfect diner betaal. Maar het alternatief – iets serveren wat minder dan perfect is – is geen optie.

Esther kijkt me aan vanaf de andere kant van de tafel. 'Waar hebben Jack en jij elkaar ontmoet?'

'In Regent's Park,' zeg ik. 'Op een zondagmiddag.'

'Vertel haar dan hoe het ging,' moedigt Diane me aan; haar lichte huid heeft een rode kleur van de champagne.

Ik aarzel een ogenblik, aangezien het een verhaal is dat ik al eerder heb verteld. Maar het is een verhaal dat Jack me graag hoort vertellen, dus het is in mijn eigen voordeel om het te herhalen. Gelukkig komt Esther me te hulp. Ze vat mijn aarzeling op als bescheidenheid en neemt de gelegenheid te baat.

'Alsjeblieft,' spoort ze me aan.

'Nou, op het gevaar af dat ik degenen die het al hebben gehoord ermee verveel,' begin ik met een verontschuldigende glimlach, 'ik was in het park met mijn zusje Millie. We gaan er 's zondagsmiddags vaak naartoe, en die zondag speelde er toevallig een band. Millie is dol op muziek en had zoveel plezier dat ze opstond en begon te dansen voor het podium. Ze had kort daarvoor de wals geleerd en terwijl ze danste, strekte ze haar armen voor zich uit, alsof ze met iemand samen aan het dansen was.' Ik glimlach bij de herinnering en zou willen dat het leven nog steeds zo simpel was, nog steeds zo onschuldig. 'Hoewel de meeste mensen toegeeflijk waren en het leuk vonden om te zien dat Millie zich vermaakte,' vertel ik verder, 'zag ik dat een of twee personen het ongemakkelijk vonden en wist ik dat ik iets moest doen, misschien haar terug naar haar zitplaats halen. Maar een deel van me had daar geen zin in omdat...'

'Hoe oud is je zusje?' onderbreekt Esther me.

'Zeventien.' Ik wacht een moment, want ik wil de realiteit niet onder ogen zien. 'Bijna achttien.'

Esther trekt haar wenkbrauwen op. 'Dan is ze nogal gek op aandacht, dus.'

'Nee hoor, het is gewoon...'

'Nou ja, dat kan niet anders. Ik bedoel, mensen staan normaal gesproken niet op om in een park te gaan dansen, toch?' Ze kijkt triomfantelijk de tafel rond en als iedereen haar blik mijdt, heb ik ondanks mezelf medelijden met haar.

'Millie heeft het downsyndroom.' De stem van Jack doorbreekt de pijnlijke stilte die over de tafel is neergedaald. 'En daardoor is ze heerlijk spontaan.'

Er glijdt een verwarde uitdrukking over Esthers gezicht en

ik ben nijdig dat de mensen die haar verder alles over mij hebben verteld niks over Millie hebben gezegd.

'Hoe dan ook, voor ik de kans kreeg iets te doen,' schiet ik haar te hulp, 'stond er een echte heer op van zijn stoel, liep naar de dansende Millie toe, maakte een buiging en stak zijn hand naar haar uit. Millie was uiteraard verrukt, en toen ze begonnen te walsen ging iedereen klappen, waarna andere stellen opstonden en ook begonnen te dansen. Het was een heel, heel bijzonder moment. En natuurlijk viel ik onmiddellijk als een blok voor Jack omdat hij het in gang had gezet.'

'Wat Grace toen nog niet wist, was dat ik haar en Millie een week eerder in het park had gezien en dat ik meteen als een blok voor háár viel. Ze was zo vol aandacht voor Millie, zo onzelfzuchtig. Een dergelijke toewijding had ik nog nooit bij iemand gezien en ik wilde haar beslist leren kennen.'

'En wat Jack op dat moment niet wist,' zeg ik op mijn beurt, 'was dat ik hem de week ervoor had opgemerkt maar nooit had gedacht dat hij in iemand als ik geïnteresseerd zou zijn.'

Ik vind het wel amusant dat iedereen instemmend knikt. Hoewel ik een aantrekkelijke vrouw ben, geeft het filmsterrenuiterlijk van Jack mensen het idee dat ik bof dat hij met me wilde trouwen. Maar dat is niet wat ik bedoelde.

'Grace heeft geen oudere broers en zussen, dus dacht ze dat het feit dat Millie op een dag onder haar verantwoordelijkheid zal vallen mij zou afschrikken,' legt Jack uit.

'Zoals ik met anderen had meegemaakt,' verklaar ik.

Jack schudt zijn hoofd. 'Integendeel, de gedachte dat Grace alles voor Millie overheeft, deed me beseffen dat zij de vrouw was naar wie ik mijn hele leven al zocht. In mijn vak raak je gemakkelijk het vertrouwen in de mensheid kwijt.'

'Ik zag in de krant van gisteren dat we je weer mogen feliciteren,' zegt Rufus, zijn glas geheven in Jacks richting.

'Ja, goed gedaan,' reageert Adam, die advocaat is bij dezelfde firma als Jack. 'Alweer een veroordeling op je naam.'

'De zaak was tamelijk rechttoe rechtaan,' zegt Jack bescheiden. 'Hoewel het toch nog lastig was om te bewijzen dat mijn cliënte niet zichzelf had verwond, aangezien ze de neiging tot automutilatie heeft.'

'Maar zijn zaken van mishandeling over het algemeen niet gemakkelijk te bewijzen?' vraagt Rufus, terwijl Diane aan Esther vertelt, voor het geval ze dat nog niet wist, dat Jack de zwakkeren onder ons verdedigt – of specifieker: mishandelde vrouwen. 'Ik wil niets afdoen aan het geweldige werk dat je doet, maar er is vaak fysiek bewijs, of er zijn getuigen, toch?'

'De kracht van Jack is dat hij slachtoffers zover krijgt dat ze hem voldoende vertrouwen om hem te vertellen wat er is gebeurd,' verduidelijkt Diane, die ik ervan verdenk dat ze een beetje verliefd is op Jack. 'Veel vrouwen kunnen bij niemand aankloppen en zijn bang dat niemand ze zal geloven.'

'Hij zorgt er ook voor dat de daders een lange gevangenisstraf krijgen,' voegt Adam eraan toe.

'Ik voel niets dan minachting voor mannen die hun vrouw mishandelen,' zegt Jack met stelligheid. 'Ze krijgen wat hun toekomt.'

'Daar drink ik op.' Rufus heft zijn glas nog eens.

'Hij heeft nog niet één zaak verloren, toch, Jack?' zegt Diane.

'Nee, en dat ben ik ook niet van plan.'

'Een lange reeks successen – dat is niet niks,' mijmert Rufus geïmponeerd.

Esther kijkt me aan. 'Je zusje – Millie – is behoorlijk wat jonger dan jij,' merkt ze op, waarmee ze het gesprek terugbrengt op het punt waar we waren begonnen.

'Ja, er zit zeventien jaar tussen ons. Millie is geboren op

mijn moeders zesenveertigste. Ze had eerst niet door dat ze zwanger was, dus het was best een schok toen ze erachter kwam dat ze weer een kind zou krijgen.'

'Woont Millie bij jullie ouders?'

'Nee, ze zit op een fantastische kostschool in Noord-Londen. Maar in mei wordt ze achttien, dus ze zal er deze zomer af moeten, wat jammer is, want ze vindt het er heel fijn.'

'En waar gaat ze dan naartoe? Naar je ouders?'

'Nee.' Ik wacht even, want ik weet dat wat ik ga zeggen haar zal choqueren. 'Ze wonen in Nieuw-Zeeland.'

Esther reageert met enige vertraging. 'Nieuw-Zeeland?'

'Ja. Daar zijn ze vorig jaar gaan wonen, vlak na onze bruiloft.'

'Ik begrijp het,' zegt ze. Maar ik weet dat dat niet waar is.

'Millie komt bij ons wonen,' legt Jack uit. Hij glimlacht naar me. 'Ik wist dat Grace deze voorwaarde zou stellen voordat ze mijn huwelijksaanzoek accepteerde, en ik voldeed daar maar al te graag aan.'

'Dat is heel grootmoedig van je,' zegt Esther.

'Helemaal niet – ik vind het super dat Millie hier komt wonen. Dat zal ons leven een nieuwe dimensie geven, nietwaar, schat?'

Ik hef mijn glas en neem een slokje van mijn wijn, zodat ik niet hoef te antwoorden.

'Je kunt het kennelijk goed met haar vinden,' merkt Esther op.

'Nou, ik hoop dat zij net zo dol op mij is als ik op haar... hoewel dat even duurde toen Grace en ik eenmaal getrouwd waren.'

'Hoezo?'

'Ik denk dat de realiteit van ons huwelijk een schok voor haar was,' vertel ik haar. 'Ze adoreerde Jack vanaf het begin, maar toen we terugkwamen van onze huwelijksreis en ze besefte dat hij altijd bij mij zou zijn, werd ze jaloers. Maar het gaat nu goed. Jack is weer haar favoriet.'

'Gelukkig heeft George Clooney mijn plaats ingenomen en is hij in ongenade gevallen bij Millie,' lacht Jack.

'George Clooney?' vraagt Esther.

'Ja.' Ik knik, blij dat Jack het te berde brengt. 'Ik was best gek op hem...'

'Zijn we dat niet allemaal?' mompelt Diane.

'... en Millie was zo jaloers dat toen vrienden me voor Kerstmis een George Clooney-kalender gaven, ze erop krabbelde: "Ik vind George Clooney stom", maar ze spelde zijn naam min of meer fonetisch, als Z-J-O-R-Z K-O-E-N-I, ze had moeite met de L,' leg ik uit. 'Het was heel schattig.'

Iedereen lacht.

'En nu vertelt ze iedereen steeds dat ze mij leuk vindt, maar hem niet. Het is een soort mantra geworden: "Ik vind jou leuk, Jack, maar Zjorz Koeni niet."' Jack glimlacht. 'Ik moet toegeven dat ik me best gevleid voel dat ik in één adem met hem word genoemd,' voegt hij er bescheiden aan toe.

Esther kijkt hem aan. 'Weet je, je lijkt echt wel wat op hem.'

'Behalve dat Jack er veel beter uitziet.' Adam grijnst. 'Je moest eens weten hoe opgelucht we allemaal waren toen hij met Grace trouwde. In elk geval stopten de vrouwen op kantoor ermee over hem te fantaseren – en sommige mannen,' voegt hij er lachend aan toe.

Jack zucht goedmoedig. 'Zo kan-ie wel weer, Adam.'

'Jij werkt niet, toch?' zegt Esther, en ze wendt zich weer tot mij. In haar stem bespeur ik de bedekte laatdunkendheid van werkende vrouwen jegens niet-werkende vrouwen, en ik voel me in de verdediging gedrukt.

'Ik heb wel gewerkt, maar ik heb vlak voor ons trouwen mijn baan opgezegd.'

'Serieus?' Esther fronst. 'Waarom?'

'Ze wilde het eigenlijk niet,' onderbreekt Jack me. 'Maar ze had een topbaan en ik wilde niet uitgeput thuiskomen en dan merken dat Grace al net zo uitgeput was als ik. Het was misschien egoïstisch van me om haar te vragen haar baan op te geven, maar ik wilde graag thuis kunnen komen en mijn stress van me af laten glijden in plaats van de stress van een ander erbij te krijgen. Ze reisde bovendien veel en ik wilde niet elke dag naar een leeg huis terugkeren zoals ik al vele jaren had gedaan.'

'Wat deed je voor werk?' vraagt Esther, met haar lichtblauwe ogen op me gericht.

'Ik was inkoper voor Harrods.'

De flikkering in haar ogen zegt me dat ze onder de indruk is. Het feit dat ze me niet vraagt om er meer over te vertellen zegt me dat ze dat nog niet wil laten zien.

'Ze reisde de hele wereld over, eerste klas,' zegt Diane ademloos.

'Niet de hele wereld over,' verbeter ik haar. 'Alleen naar Zuid-Amerika. Ik kocht daar fruit in, hoofdzakelijk in Chili en Argentinië,' voeg ik eraan toe, vooral voor Esther.

Rufus kijkt me bewonderend aan. 'Dat was vast heel boeiend.'

'Inderdaad.' Ik knik. 'Ik genoot er enorm van.'

'Dan zul je het wel missen.' Weer een statement van Esther.

'Nee, niet echt,' lieg ik. 'Ik heb hier genoeg omhanden.'

'En binnenkort heb je Millie om voor te zorgen.'

'Millie is heel zelfstandig en ze zal een groot deel van de tijd bij Meadow Gate gaan werken.'

'Het tuincentrum?'

'Ja. Ze is dol op planten en bloemen, dus ze heeft geluk dat ze de ideale baan heeft gevonden.'

'En wat ga jij dan de hele dag doen?'

'Hetzelfde als nu zo ongeveer – je weet wel, koken, het huishouden en tuinieren – als het weer het toelaat.'

'Jullie moeten de volgende keer eens komen lunchen op zondag en de tuin zien,' zegt Jack. 'Grace heeft groene vingers.'

'Mijn hemel,' zegt Esther luchtig. 'Zoveel talenten. Nou, ik ben blij dat ik bij St. Polycarp's aan de slag kan. Ik begon me behoorlijk te vervelen, zo de hele dag thuis.'

'Wanneer begin je?'

'Volgende maand. Ik vervang een leerkracht die met zwangerschapsverlof gaat.'

Ik wend me tot Rufus. 'Volgens Jack hebben jullie een reusachtige tuin,' zeg ik, en terwijl ik meer van de beef wellington serveer, die samen met de groenten warm is gehouden op een rechaud, draait het gesprek aan tafel nu om tuinontwerpen en niet meer om mij. Ik zie hoe iedereen lacht en praat, en ik merk dat ik verlangend naar de andere vrouwen kijk en me afvraag hoe het moet voelen om Diane te zijn, of Esther, om geen rekening te hoeven houden met iemand als Millie. Onmiddellijk voel ik me schuldig, want ik hou meer van Millie dan van wie ook – en ik zou haar voor geen goud willen veranderen. Alleen al de gedachte aan haar geeft me nieuwe moed en resoluut spring ik op.

'Iedereen klaar voor het dessert?' vraag ik.

Jack en ik ruimen de tafel af en hij volgt me naar de keuken, waar ik de borden netjes in de gootsteen zet, om later af te spoelen, terwijl hij het trancheermes schoonmaakt en opbergt. Het dessert dat ik heb gemaakt is een meesterwerk – een perfecte meringue zonder barstjes van bijna acht centimeter hoog, gevuld met geklopte dikke room. Ik haal de vruchten die ik eerder heb schoongemaakt en gesneden, en leg de plakjes mango, ananas, papaja en kiwi voorzichtig op de room, waarna ik aardbeien, frambozen en blauwe bessen toevoeg. Wanneer ik een granaatappel oppak, brengt het gevoel ervan in mijn hand me naar een andere plek, naar een eerder moment, toen ik de warmte van de zon op mijn gezicht en het gebabbel van uitgelaten stemmen nog vanzelfsprekend vond. Ik sluit even mijn ogen en denk aan het leven dat ik vroeger had.

Ik raak me ervan bewust dat Jack met zijn hand uitgestrekt staat te wachten en ik overhandig hem de granaatappel. Hij snijdt de vrucht doormidden en ik schep de pitjes eruit en strooi ze over de rest van de vruchten. Met het voltooide dessert loop ik naar de eetkamer, waar de uitroepen die met mijn binnenkomst gepaard gaan me bevestigen dat Jack gelijk had gehad met zijn voorkeur boven de kastanje-chocoladetaart, die ik liever had willen maken.

'Is het niet ongelooflijk dat Grace nooit een kookcursus heeft gevolgd?' zegt Diane tegen Esther, en ze pakt haar lepel. 'Ik heb groot respect voor zulke perfectie, jij niet? Maar op deze manier kan ik nooit die bikini dragen die ik heb gekocht,' voegt ze er kreunend aan toe, met een klopje op haar buik door haar marineblauwe linnen jurk. 'Ik zou dit eigenlijk niet mogen eten, aangezien we net een reis voor de zomer hebben geboekt, maar het ziet er zo verrukkelijk uit dat ik de verleiding niet kan weerstaan!'

'Waar gaan jullie heen?' vraagt Rufus.

'Thailand,' vertelt Adam hem. 'We zouden naar Vietnam, maar toen we de foto's zagen van de vakantie van Jack en Grace in Thailand, hebben we besloten om Vietnam voor volgend jaar te bewaren.' Hij kijkt Diane grijnzend aan. 'Zodra Diane het hotel waar zij zaten had gezien, was het een uitgemaakte zaak.'

'Dus jullie gaan naar hetzelfde hotel?'

'Nee, dat was volgeboekt. Helaas hebben wij niet de luxe

dat we buiten het seizoen op vakantie kunnen gaan.'

'Geniet er maar van zolang het kan,' zegt Esther tegen mij.

'Dat ben ik zeker van plan.'

'Gaan jullie dit jaar weer naar Thailand?' vraagt Adam.

'Alleen als we voor juni weg kunnen, wat niet waarschijnlijk is nu de zaak Tomasin eraan zit te komen,' zegt Jack. Hij kijkt me vanaf de andere kant van de tafel betekenisvol aan. 'Tenslotte, nou ja, komt Millie bij ons wonen.'

Ik houd mijn adem in en hoop dat niemand zal opperen dat we Millie kunnen meenemen als we wachten.

'Tomasin?' Rufus trekt zijn wenkbrauwen op. 'Daar heb ik iets over gehoord. Is zijn vrouw een cliënt van je?'

'Ja, dat klopt.'

'Dena Anderson,' overpeinst hij. 'Dat zal wel een interessante zaak zijn.'

'Dat is het ook,' zegt Jack instemmend. Hij wendt zich tot mij. 'Schat, als iedereen klaar is, kun je Esther misschien onze foto's van Thailand laten zien?'

De schrik slaat me om het hart. 'Ik denk niet dat ze op onze vakantiekiekjes zit te wachten,' zeg ik op luchthartige toon. Maar dit vleugje meningsverschil tussen ons tweeën is voor Esther al aanmoediging genoeg.

'Ik wil ze dolgraag zien!' roept ze uit.

Jack schuift zijn stoel naar achteren en staat op. Hij pakt het fotoalbum uit de la en geeft het aan Esther.

'Dan zetten Grace en ik koffie terwijl jij de foto's bekijkt. Ga gerust naar de woonkamer – daar zit je comfortabeler.'

Tegen de tijd dat we met een dienblad koffie terugkomen uit de keuken raakt Diane niet uitgepraat over de foto's, maar Esther zegt niet veel.

Ik moet toegeven dat de foto's schitterend zijn, en op de plaatjes waar ik op sta, zie ik er op mijn voordeligst uit: mooi gebruind en zo slank als toen ik in de twintig was – en met een van mijn vele bikini's aan. Op de meeste foto's sta ik voor een luxueus hotel of lig ik op het bijbehorende privéstrand, of zit ik in een bar of restaurant met een kleurige cocktail en een bord met een exotisch gerecht voor mijn neus. Op elke foto kijk ik lachend naar de camera, de belichaming van een ontspannen en gekoesterde vrouw die stapelverliefd is op haar echtgenoot. Jack is nogal een perfectionist en maakt dezelfde opname steeds opnieuw tot hij tevreden is over het resultaat, dus ik heb geleerd om het meteen de eerste keer goed te doen. Er zijn ook wat foto's van ons tweeën bij, die zijn genomen door aardige vreemdelingen. Het is Diane die erop wijst dat Jack en ik elkaar op die foto's vaak vol aanbidding aankijken – en de camera negeren.

Jack schenkt de koffie in.

'Iemand trek in een bonbon?' vraag ik, en ik pak het doosje dat Esther heeft meegebracht zo nonchalant mogelijk op.

'Ik denk dat we allemaal wel genoeg hebben gegeten,' oppert Jack, rondkijkend om bevestiging te vinden bij de rest van het gezelschap.

'Absoluut,' zegt Rufus.

'Ik kan echt geen pap meer zeggen,' kreunt Adam.

'Dan bewaar ik ze voor een andere keer.' Jack steekt zijn hand uit naar het doosje en ik leg me er net bij neer dat ik er nooit van zal proeven wanneer Diane het verlossende woord spreekt.

'Waag het niet – ik lust best nog een bonbonnetje of twee.'

'Ik neem aan dat het geen zin heeft om je bikini ter sprake te brengen,' zucht Adam, in vrolijke wanhoop hoofdschuddend tegen zijn vrouw.

'Geen enkele zin,' antwoordt Diane, en ze neemt een bonbon uit het doosje dat Jack haar heeft aangereikt, waarna ze het doorgeeft aan mij. Ik neem er eentje, stop hem in mijn mond en steek Esther het doosje toe. Als zij het aanbod afslaat, neem ik er nog één voordat ik het doosje aan Diane teruggeef.

'Hoe doe je dat toch?' vraagt Diane, me verbaasd aankijkend.

'Wat bedoel je?'

'Zoveel eten en nooit aankomen.'

'Vooral geluk,' zeg ik, en ik pak nog een bonbon. 'En beheersing.'

Pas als de klok halftwaalf slaat, stelt Esther voor om te vertrekken. In de gang reikt Jack de jassen aan en terwijl hij Diane en Esther in hun jas helpt, spreek ik met hen af dat ik komende vrijdag om halfeen met ze ga lunchen bij Chez Louis. Diane omhelst me ten afscheid en wanneer ik Esther een hand geef, zeg ik dat ik me erop verheug haar bij de lunch weer te zien. De mannen geven me een kus en iedereen bedankt ons voor de perfecte avond. Het woord 'perfect' klinkt zelfs zo vaak door de gang dat ik, op het moment dat Jack de deur achter hen sluit, weet dat ik een overwinning heb geboekt. Maar ik moet zeker weten dat Jack het ook weet.

'We moeten morgen om elf uur weg,' zeg ik, en ik draai me naar hem toe. 'Dan zijn we op tijd om Millie mee uit lunchen te nemen.'

VERLEDEN

Achttien maanden geleden werd mijn leven perfect, op de dag dat Jack in het park met Millie danste. Wat ik Esther had verteld, was gedeeltelijk waar – ik had Jack de zondag ervoor in het park gezien en ik had inderdaad niet gedacht dat hij geïnteresseerd zou zijn in een vrouw zoals ik. Ten eerste was hij een buitengewoon knappe man en in die tijd zag ik er niet zo goed uit als nu. En dan was Millie er nog.

Soms vertelde ik een nieuwe vriend vanaf het begin over haar, maar soms – als ik erg van iemand gecharmeerd was – zei ik alleen dat ik een jonger zusje had dat op kostschool zat, en vermeldde ik er pas na een paar weken bij dat ze het downsyndroom had. Sommige mannen wisten niet wat ze moesten zeggen als ik het ze vertelde – en bleven niet lang genoeg in mijn leven om er überhaupt iets over te zeggen. Anderen toonden belangstelling en begrip totdat ze kennismaakten met Millie en haar spontaniteit niet als 'heerlijk' beoordeelden, zoals Jack deed. Twee van de besten bleven nog lang hangen nadat ze haar hadden ontmoet, maar zelfs zij vonden het moeilijk te accepteren dat Millie zo'n belangrijke factor in mijn leven was.

Het struikelblok was altijd hetzelfde: ik had Millie vanaf het begin beloofd dat ze na het verlaten van haar voortreffelijke maar dure kostschool bij mij mocht komen wonen, en ik was niet van plan om haar teleur te stellen. Dat betekende dat ik zes maanden eerder Alex had moeten loslaten, de man van wie ik dacht dat ik de rest van mijn leven bij hem zou blijven, de man met wie ik twee jaar heel gelukkig had samengewoond. Maar toen Millie zestien werd, begon haar naderende komst steeds zwaarder op hem te wegen – en zo kwam het dat ik op m'n tweeëndertigste weer single werd. Ik betwijfelde dus ernstig of ik ooit een man zou vinden die zowel Millie als mij zou accepteren.

Die dag in het park was ik niet de enige die Jack opmerkte, hoewel ik waarschijnlijk wel het meest discreet was. Sommige vrouwen – voornamelijk de jonge – flirtten openlijk met hem, probeerden zijn aandacht te trekken, terwijl tienermeisjes heimelijk giechelden en opgewonden fluisterden dat hij wel een filmster moest zijn. De wat oudere vrouwen bekeken hem bewonderend en wierpen vervolgens een blik op hun eigen man die naast hen liep, alsof ze vonden dat hij tekortschoot. Zelfs de mannen keken naar Jack bij zijn wandeling door het park, want hij had een achteloze elegantie waar je niet omheen kon. De enige die hem niet zag, was Millie. Zij ging op in het kaartspelletje dat we deden en ze hield zich met maar één ding bezig: winnen.

Zoals veel anderen op die dag tegen het eind van augustus waren we aan het picknicken op het gras, niet ver van de muziektent. Vanuit mijn ooghoeken zag ik dat Jack naar een bankje dichtbij liep, en toen hij een boek uit zijn zak haalde, richtte ik me weer op Millie, vastbesloten om hem niet te laten merken dat hij me was opgevallen. Millie deelde de kaarten uit voor een volgend spelletje en ondertussen concludeerde ik dat hij vermoedelijk een buitenlander was, misschien wel een Italiaan, die een weekend in Londen verbleef met zijn vrouw en kinderen, die een bezoek brachten aan een of ander monument en zich later bij hem zouden voegen.

Voor zover ik kon nagaan, keek hij die middag niet eens

mijn kant op en leek hij zich niet te storen aan Millies luide kreten van 'Ik pas! Gewonnen!'. We vertrokken snel daarna omdat ik Millie rond zes uur terug naar school moest brengen, zodat ze op tijd zou zijn voor het avondeten om zeven uur. Hoewel ik niet dacht dat ik hem ooit weer zou zien, bleven mijn gedachten maar terugkeren naar de man in het park, en ik beeldde me zelfs in dat hij niet getrouwd was, dat hij me had opgemerkt, verliefd op me was geworden en van plan was de volgende zondag weer naar het park te gaan in de hoop dat hij me weer zou treffen. Ik had niet meer op die manier over een man gefantaseerd sinds mijn tienertijd, waardoor ik besefte hoezeer ik de hoop had opgegeven dat ik ooit zou trouwen en een gezin zou stichten. Hoewel ik erg gehecht was aan Millie, had ik me altijd voorgesteld dat ik zelf kinderen zou hebben tegen de tijd dat zij bij me zou komen wonen – en dat ze deel zou gaan uitmaken van mijn gezin in plaats van mijn enige familielid te zijn. Ik hield zielsveel van haar, maar de gedachte dat wij met zijn tweeën oud zouden worden vervulde me met onbehagen.

De week erna, de dag dat er een bandje in het park speelde, zag ik Jack pas toen hij naar de plek liep waar Millie in haar eentje aan het dansen was, vlak voor het podium, met haar armen om een partner die alleen zij kon zien. Op zulke momenten waren de emoties die Millie in me opriep vaak moeilijk te hanteren. Hoewel ik ontzettend trots op haar was dat ze de danspassen onder de knie had gekregen, had ik ook de neiging om haar te beschermen, en toen ik iemand achter me hoorde lachen, moest ik mezelf eraan herinneren dat het gelach waarschijnlijk vriendelijk bedoeld was, en dat zelfs als dat niet zo was, Millies plezier er niet onder zou lijden. Maar de impuls om op te staan en haar terug naar haar stoel te halen was zo sterk dat ik mezelf erom verfoeide, en eigenlijk voor het eerst wilde ik dat Millie een gewoon meisje was. Er flitsten beelden door mijn hoofd van hoe ons leven – mijn leven – eruit had kunnen zien, maar net op het moment dat ik snel mijn tranen van frustratie weg knipperde, zag ik Jack op Millie af stappen.

Eerst herkende ik hem niet en dacht ik dat hij Millie zou vragen om te gaan zitten, dus stond ik op om tussenbeide te komen. Pas toen ik zag dat hij een buiging voor haar maakte en haar zijn hand toestak, besefte ik dat hij de man was over wie ik de hele week had gedroomd. En toen hij Millie twee dansjes later terugbracht naar haar zitplaats, was ik al stapelgek op hem.

'Is deze plek vrij?' vroeg hij, met een gebaar naar de stoel naast mij.

'Jazeker.' Ik schonk hem een dankbare glimlach. 'Die dans met Millie, dat was heel aardig van je.'

'Het genoegen was geheel aan mijn kant,' zei hij plechtig. 'Millie danst uitstekend.'

'Leuke man!' zei Millie, en ze keek hem stralend aan.

'Jack.'

'Ik vind Jack leuk.'

'Ik zal me even voorstellen.' Hij stak zijn hand uit. 'Jack Angel.'

'Grace Harrington,' zei ik, en ik schudde zijn hand. 'Millie is mijn zusje. Ben je hier op vakantie?'

'Nee, ik woon hier.' Ik wachtte tot hij eraan zou toevoegen 'met mijn vrouw en kinderen', maar dat deed hij niet, dus keek ik vluchtig naar zijn linkerhand. Toen ik zag dat hij geen trouwring droeg, voelde ik iets van opluchting en moest ik mezelf eraan herinneren dat dat niets betekende. 'En jij? Maken Millie en jij een uitstapje in Londen?'

'Niet echt. Ik woon in Wimbledon, maar ik neem Millie in het weekend vaak mee hiernaartoe.'

'Woont ze dan bij jou?'

'Nee, door de week zit ze op kostschool. Ik probeer haar bijna elk weekend op te zoeken, maar ik reis veel voor mijn werk, dus het lukt niet altijd. Gelukkig heeft ze een geweldige verzorgster die inspringt als ik niet kan komen. En onze ouders zijn er natuurlijk ook nog.'

'Je werk klinkt boeiend. Mag ik vragen wat je precies doet?'

'Ik koop fruit.' Hij keek me niet-begrijpend aan. 'Voor Harrods.'

'En het reizen?'

'Ik koop het fruit in Argentinië en Chili.'

'Dat lijkt me interessant.'

'Is het ook wel,' zei ik. 'En wat doe jij?'

'Ik ben advocaat.'

Millie, die genoeg had van ons saaie gesprek, trok aan mijn arm. 'Wat drinken, Grace. En een ijsje. Heb het warm.'

Ik glimlachte verontschuldigend naar Jack. 'Ik moet er helaas vandoor. Nogmaals bedankt voor het dansen met Millie.'

'Mag ik jullie misschien op een kop thee trakteren?' Hij leunde naar voren zodat hij Millie kon zien, die aan de andere kant naast me zat. 'Wat vind jij ervan, Millie? Heb je zin in thee?'

'Sap,' zei Millie glunderend. 'Sap, geen thee. Ik lust geen thee.'

'Dan wordt het sap,' zei hij, en hij stond op. 'Zullen we dan maar?'

'Nee, dat hoeft echt niet,' sputterde ik tegen. 'Je bent al zo aardig voor ons geweest.'

'Alsjeblieft. Ik doe het graag.' Hij wendde zich tot Millie. 'Hou je van cakejes, Millie?'

Millie knikte enthousiast. 'Ja, lekker, cake.'

'Dat lijkt me dan duidelijk.'

We liepen door het park naar het restaurant, Millie en ik

gearmd en Jack naast ons. Tegen de tijd dat we een uur later afscheid namen, had ik met hem afgesproken dat we de dinsdag daarop met zijn tweeën uit eten zouden gaan, en al snel werd hij een vaste factor in mijn leven. Het was niet moeilijk om verliefd op hem te worden; hij had iets ouderwets, wat ik verfrissend vond – hij hield de deur voor me open, hielp me in mijn jas en stuurde me bloemen. Hij gaf me het gevoel dat ik speciaal was, dat hij me liefhad. En het fijnste van alles vond ik dat hij dol was op Millie.

Toen we ongeveer drie maanden een relatie hadden, wilde hij graag kennismaken met mijn ouders. Ik voelde me hierdoor een beetje overdonderd, aangezien ik hem had verteld dat ik geen hechte relatie met ze had. Ik had tegen Esther gelogen. Mijn ouders hadden niet nog een kind gewild – en toen Millie er eenmaal was, wilden ze haar al helemaal niet meer. Als kind had ik mijn ouders zo hardnekkig aan het hoofd gezeurd om een broertje of zusje dat ze me op een dag, nogal plompverloren, vertelden dat ze eigenlijk nooit kinderen hadden gewild. Dus toen mijn moeder een jaar of tien later ontdekte dat ze zwanger was, vond ze dat vreselijk. Pas op het moment dat ik hoorde hoe ze de risico's van een late abortus met mijn vader besprak, realiseerde ik me dat ze een baby verwachtten en was ik woedend dat ze overwogen om het broertje of zusje dat ik me altijd had gewenst weg te laten halen.

We kregen er woorden over; zij wezen erop dat een zwangerschap op mijn moeders leeftijd – zesenveertig – risicovol was; ik wees erop dat ze al vijf maanden zwanger was en dat een abortus in dat stadium illegaal zou zijn – en bovendien een doodzonde, want ze waren allebei katholiek. Met schuld, boete en God aan mijn zijde zegevierde ik en bleef mijn moeder met tegenzin zwanger.

Nadat Millie was geboren en het downsyndroom bleek te

hebben – met nog wat extra complicaties – kon ik mijn ouders' afwijzing niet begrijpen. Ik was meteen dol op haar en bekeek haar niet anders dan andere baby's, dus toen mijn moeder een ernstige depressie kreeg, nam ik de dagelijkse zorg voor Millie over. Ik gaf haar de fles en verschoonde haar voordat ik naar school ging, en tussen de middag kwam ik thuis om het hele ritueel nog eens over te doen. Toen ze drie maanden oud was, vertelden mijn ouders me dat ze haar ter adoptie zouden afstaan en dat ze naar Nieuw-Zeeland zouden verhuizen, waar mijn opa en oma van moederskant woonden – iets wat ze altijd al hadden gezegd te willen doen. Ik schreeuwde de hele boel bij elkaar, riep dat ze haar niet konden weggeven, dat ik dan wel thuis zou blijven en voor haar zou zorgen in plaats van naar de universiteit te gaan, maar ze vertikten het naar me te luisteren. De adoptieprocedure werd in gang gezet en in die periode nam ik een overdosis. Dat was een domme actie, een kinderachtige poging om ze te laten inzien hoe serieus ik het meende, maar om de een of andere reden werkte het wel. Ik was al achttien, dus er werd besloten dat ik de zorg voor Millie grotendeels op me zou nemen, en haar min of meer zou opvoeden, met hulp van maatschappelijk werkers. Mijn ouders zouden het financiële gedeelte op zich nemen.

Ik deed de dingen stap voor stap. Toen er voor Millie een plaats vrijkwam op een kinderdagverblijf in de buurt, begon ik parttime te werken. Mijn eerste baan was bij een supermarktketen, op de afdeling fruitinkoop. Op elfjarige leeftijd kon Millie terecht op een school die in mijn ogen niet veel beter was dan een veredelde opvang. Vol afschuw liet ik mijn ouders weten dat ik wel iets geschikters zou vinden. Ik had uren en uren met haar doorgebracht, haar een zekere mate van onafhankelijkheid gegeven waarvan ik niet zeker weet of ze die anders ook gehad zou hebben, en ik had het idee dat het eerder haar gebrek aan taalvaardigheid was dan een gebrek aan intelligentie waardoor ze zich minder goed in de maatschappij handhaafde dan ze zou kunnen.

Het was een lange, harde strijd om een reguliere school te vinden die bereid was Millie te accepteren, en de enige reden waarom het me lukte, was het feit dat de directrice van de school die ik uiteindelijk benaderde, een vooruitstrevende, ruimdenkende vrouw was die zelf toevallig een jongere broer met het downsyndroom had. De privékostschool voor meisjes die zij leidde, was ideaal voor Millie, maar erg duur, en aangezien mijn ouders er het geld niet voor hadden, vertelde ik hun dat ik de kosten voor mijn rekening zou nemen. Ik stuurde mijn cv naar verschillende firma's, met een brief erbij waarin ik uitgebreid uiteenzette waarom ik op zoek was naar een goede, goedbetaalde baan, en uiteindelijk werd ik aangenomen bij Harrods.

Toen ik voor mijn werk begon te reizen – en die kans greep ik met beide handen aan vanwege de vrijheid die ermee gepaard ging – achtten mijn ouders zichzelf niet in staat om Millie in de weekends thuis te hebben zonder mij erbij, maar ze zouden haar wel op school bezoeken. Janice, Millies verzorgster, bekommerde zich de rest van de tijd om haar. En toen het volgende probleem in de verte opdoemde – waar zou Millie naartoe gaan aan het eind van haar schooltijd – beloofde ik mijn ouders dat ze bij mij kon komen wonen, zodat zij eindelijk naar Nieuw-Zeeland konden emigreren. En sindsdien hadden ze de dagen afgeteld. Ik nam het hun niet kwalijk; op hun manier hielden ze van Millie en mij – en wij van hen. Maar ze waren het soort mensen dat niet geschikt is voor het ouderschap.

Omdat Jack erop stond ze te ontmoeten, belde ik mijn moeder om te vragen of we die zondag konden komen. Het liep tegen het einde van november en we namen Millie mee.

Hoewel ze ons niet echt met open armen ontvingen, zag ik wel dat mijn moeder onder de indruk was van Jacks keurige manieren, en dat mijn vader het fijn vond dat Jack interesse toonde voor zijn collectie eerste drukken. We vertrokken vlak na de lunch en tegen de tijd dat we Millie afzetten bij haar school, liep het al tegen de avond. Ik was van plan om naar huis te gaan, omdat ik een paar drukke dagen voor de boeg had ter voorbereiding op mijn reis naar Argentinië later die week, maar toen Jack voorstelde een wandeling te maken in Regent's Park ging ik maar al te graag mee, ook al was het al donker. Ik verheugde me er niet op om weer weg te gaan; sinds ik Jack had ontmoet, was ik veel minder blij met het vele reizen dat bij mijn functie hoorde, omdat ik het idee had dat we nauwelijks samen waren. En als dat toch lukte, was het vaak met een groep vrienden of met Millie op sleeptouw.

'Wat vond je van mijn ouders?' vroeg ik nadat we een tijdje hadden gelopen.

'Ze waren perfect,' glimlachte hij.

Ik fronste om zijn woordkeus. 'Hoe bedoel je?'

'Gewoon dat ze precies zo waren als ik hoopte dat ze zouden zijn.'

Ik keek even opzij, me afvragend of hij het ironisch bedoelde, aangezien mijn ouders nauwelijks hun best voor ons hadden gedaan. Maar toen herinnerde ik me dat hij me had verteld dat zijn eigen ouders, die een aantal jaren geleden waren overleden, uiterst afstandelijk waren geweest, en nam ik aan dat hij de lauwe ontvangst door mijn ouders daarom zo had gewaardeerd.

We wandelden nog wat verder en toen we bij de muziektent kwamen waar hij met Millie had gedanst, hield hij me staande.

'Grace, wil je met me trouwen?' vroeg hij.

Zijn aanzoek was zo onverwacht dat ik eerst dacht dat hij

een grapje maakte. Hoewel ik de stille hoop had gekoesterd dat onze relatie op een dag tot een huwelijk zou leiden, had ik verwacht dat het nog een jaar of twee zou duren. Misschien voelde hij mijn aarzeling en nam hij me daarom in zijn armen.

'Ik wist vanaf het moment dat ik je daar met Millie op het gras zag zitten dat jij de vrouw was op wie ik mijn hele leven heb gewacht. Ik wil niet langer wachten; ik wil dat je mijn vrouw wordt. De reden waarom ik je ouders graag wilde ontmoeten, was om je vader om zijn goedkeuring te vragen. Ik ben blij te kunnen zeggen dat hij me die graag gaf.'

Ik vond het eigenlijk wel vermakelijk dat mijn vader zo graag zijn zegen gaf aan een huwelijk van zijn dochter met iemand die hij nog maar net had ontmoet en over wie hij niets wist. Maar zoals ik daar stond met Jacks armen om me heen, was ik toch van slag over het feit dat de verrukking die ik voelde over zijn aanzoek werd getemperd door een knagende ongerustheid. Juist toen ik bedacht dat dat vanwege Millie was, zei Jack nog iets. 'Voordat je me antwoord geeft, Grace, moet ik je wat vertellen.' Hij klonk zo serieus dat ik dacht dat hij zou bekennen een ex-vrouw te hebben, of een kind, of een vreselijke ziekte. 'Ik wil dat je weet dat waar we ook wonen, er altijd plaats zal zijn voor Millie.'

'Je hebt geen idee hoeveel het voor me betekent dat je dat zegt,' vertelde ik hem met tranen in mijn ogen. 'Dank je.'

'Dus je wilt met me trouwen?' vroeg hij.

'Ja, natuurlijk.'

Hij haalde een ring uit zijn zak, pakte mijn hand en liet hem om mijn vinger glijden. 'Wanneer?' fluisterde hij.

'Wanneer je maar wilt.' Ik keek naar de solitaire diamant. 'Jack, hij is schitterend!'

'Fijn dat je hem mooi vindt. Goed, wat dacht je van een dag in maart?'

Ik barstte in lachen uit. 'Maart! Hoe kunnen we in zo korte tijd een huwelijk organiseren?'

'Zo moeilijk zal het niet zijn. Ik heb al een gelegenheid in gedachten voor de receptie: Cranleigh Park in Hecclescombe. Dat is een particulier landhuis van een vriend van me. Gewoonlijk stelt hij het alleen beschikbaar voor trouwrecepties voor familieleden, maar ik weet zeker dat hij het prima zal vinden.'

'Dat klinkt geweldig,' zei ik blij.

'Als je tenminste niet al te veel mensen wilt uitnodigen.'

'Nee, alleen mijn ouders en wat vrienden en vriendinnen.'

'Dat is dan geregeld.'

Later, toen hij me terug naar mijn huis reed, vroeg hij of we de volgende avond samen wat konden gaan drinken, aangezien er wat dingen waren die hij met me wilde bespreken voor ik de woensdag daarop naar Argentinië zou gaan.

'Je kunt nu wel binnenkomen, als je wilt,' bood ik aan.

'Ik moet zo langzamerhand echt naar huis. Het is morgen weer vroeg dag.' Ik was teleurgesteld. 'Ik zou niets liever willen dan vannacht bij je blijven,' zei hij opmerkzaam, 'maar ik moet vanavond nog wat dossiers doornemen.'

'Niet te geloven dat ik een aanzoek heb geaccepteerd van iemand met wie ik nog niet eens naar bed ben geweest,' mopperde ik.

'Zullen we dan een paar dagen samen weggaan, het weekend na je terugkomst uit Argentinië? Dan nemen we Millie mee uit lunchen, en nadat we haar hebben afgezet bij school bezoeken we Cranleigh Park en slapen we in een hotelletje op het platteland. Is dat een idee?'

'Ja.' Ik knikte tevreden. 'Waar zien we elkaar morgenavond?'

'Is de bar van het Connaught oké?'

'Als ik meteen vanuit mijn werk kom, kan ik er rond zeven uur zijn.'

'Perfect.'

Een groot deel van de volgende dag liep ik me af te vragen wat Jack met me wilde bespreken voor mijn vertrek naar Argentinië. Het kwam geen moment in me op dat hij me zou vragen mijn baan op te geven of dat hij naar een plek buiten Londen wilde verhuizen. Ik had aangenomen dat we na ons trouwen op dezelfde voet verder zouden gaan, behalve dat we zouden gaan samenwonen in zijn flat, omdat die centraler gelegen was. Zijn voorstellen maakten me duizelig. Jack zag hoe geschokt ik was en gaf de nodige uitleg door me te wijzen op mijn commentaar van de dag daarvoor: dat we in de drie maanden dat we elkaar kenden nauwelijks echt samen waren geweest.

'Wat heeft het voor zin om te gaan trouwen als we elkaar nooit zien?' vroeg hij. 'We kunnen niet doorgaan zoals nu en eerlijk gezegd wil ik dat ook niet. Er zal iets moeten wijken en aangezien ik hoop dat we snel kinderen krijgen...' Hij liet een stilte vallen. 'Je wilt toch kinderen?'

'Ja Jack, zeker wel,' glimlachte ik.

'Gelukkig maar.' Hij pakte mijn hand. 'De eerste keer dat ik jou met Millie zag, wist ik dat je een geweldige moeder zou zijn. Ik hoop dat ik niet te lang hoef te wachten tot ik vader word.' Mijn stem weigerde dienst doordat ik werd overspoeld door een plotseling verlangen zijn kind te dragen. 'Maar misschien wil jij liever nog een paar jaar wachten,' ging hij aarzelend verder.

'Dat is het niet,' wist ik uit te brengen. 'Het is gewoon dat ik denk dat ik mijn baan niet kan opzeggen, niet zolang Millie nog op school zit. Ik betaal het schoolgeld, snap je, dus ik kan mijn werk de komende anderhalf jaar niet opgeven.'

'Er is geen sprake van dat je nog achttien maanden blijft werken,' zei hij beslist. 'Millie kan bij ons intrekken zodra we terug zijn van onze huwelijksreis.'

Ik keek hem met een schuldbewuste blik aan. 'Hoeveel ik ook van Millie hou, ik zou heel graag eerst wat tijd met zijn tweeën doorbrengen. En ze is zo gelukkig op haar school dat het jammer zou zijn om haar er een jaar te vroeg van af te halen.' Ik dacht even na. 'Kunnen we met mensen van haar school praten en vragen wat zij ervan vinden?'

'Natuurlijk. En misschien moeten we ook Millie vragen wat ze vindt. Het zal mij een waar genoegen zijn als ze ervoor kiest meteen bij ons te gaan wonen. Maar als iedereen van mening is dat we haar voorlopig beter kunnen laten waar ze is, dan sta ik erop haar schoolgeld te betalen. Tenslotte wordt ze binnenkort mijn schoonzusje.' Hij nam mijn hand in de zijne. 'Beloof me dat je me toestaat te helpen.'

Ik keek hem hulpeloos aan. 'Ik weet niet wat ik moet zeggen.'

'Zeg dan maar niets. Beloof alleen dat je erover na zult denken ontslag te nemen. Ik wil niet dat ik je nooit zie als we getrouwd zijn. En in wat voor huis wil je eigenlijk wonen? Dat wil ik graag weten omdat ik, als je het goedvindt, graag het huis van je dromen wil kopen als huwelijkscadeau.'

'Ik heb er nooit echt over nagedacht,' bekende ik.

'Nou, denk er nu dan maar over na, want het is belangrijk. Wil je een grote tuin, een zwembad, veel slaapkamers?'

'In elk geval een grote tuin. Een zwembad hoeft wat mij betreft niet en het aantal slaapkamers hangt af van hoeveel kinderen we zullen krijgen.'

'Wel een stuk of wat, dus,' glimlachte hij. 'Ik zou graag in Surrey willen wonen, dicht genoeg bij Londen om het dagelijks heen en weer reizen doenlijk te maken. Lijkt je dat wat?'

'Waar dan ook, als jij je er maar prettig bij voelt. En jij? Wat voor soort huis wil jij?'

'Het zou fijn zijn als het dicht bij een mooie plaats ligt, maar ver genoeg weg om er geen lawaai van te hebben. Zelf wil ik ook een grote tuin, net als jij, het liefst met hoge muren eromheen, zodat niemand naar binnen kan kijken. En ik heb een werkkamer nodig, plus een souterrain om spullen in op te slaan. Dat is het eigenlijk wel.'

'Een mooie keuken,' zei ik. 'Ik wil ook graag een mooie keuken met aangrenzend een terras waar we 's ochtends kunnen ontbijten, en een grote haard in de woonkamer met een houtvuur. En een gele slaapkamer voor Millie.'

'Waarom maken we geen schets van ons droomhuis?' stelde hij voor, en hij pakte een vel papier uit zijn attachékoffer. 'Dan heb ik een goed uitgangspunt.'

Tegen de tijd dat hij me twee uur later in een taxi zette, had hij een tekening gemaakt van een prachtig huis, compleet met tuinontwerp, een terras, drie zitkamers, een open haard, een keuken, een werkkamer, vijf slaapkamers – waaronder een gele voor Millie –, drie badkamers en een rond raampje in het dak.

'Ik daag je uit zo'n huis te vinden voordat ik terugkom uit Argentinië,' lachte ik.

'Ik zal mijn uiterste best doen,' beloofde hij en gaf me een kus.

De weken daarna kwam mijn leven in een maalstroom terecht. Zodra ik terug was uit Argentinië diende ik mijn ontslag in en zette ik mijn huis te koop. Ik had mijn tijd van huis gebruikt om over alles na te denken en ik twijfelde er niet aan of ik er goed aan zou doen als ik deed wat Jack van me had gevraagd. Ik wist dat ik met hem wilde trouwen en de gedachte dat ik de eerstvolgende lente in een prachtig huis op het platteland zou wonen en misschien wel in verwachting zou zijn van onze eerste baby vervulde me met opwinding. Ik had dertien jaar non-stop gewerkt en er waren tijden geweest dat ik me afvroeg of ik ooit nog uit die tredmolen zou kunnen stappen. En aangezien ik wist dat ik niet langer zou kunnen reizen wanneer Millie eenmaal bij me zou komen wonen, en dat ik mijn huidige lange werktijden niet zou kunnen handhaven, had ik me al vaak druk gemaakt over het soort baan waar ik in terecht zou komen. Al mijn zorgen verdwenen nu als sneeuw voor de zon en terwijl ik uitnodigingen voor de bruiloft uitkoos om naar vrienden en familie te sturen, voelde ik me de gelukkigste mens op aarde.

HEDEN

Jack – nauwgezet als altijd – komt om halfelf 's ochtends de trap op, naar de slaapkamer, en vertelt me dat we om precies elf uur zullen vertrekken. Ik maak me geen zorgen of ik op tijd klaar zal zijn. Ik heb al gedoucht en dertig minuten is lang genoeg om me aan te kleden en mijn make-up te doen. Het douchen heeft me een beetje gekalmeerd, want sinds ik om acht uur wakker ben geworden, ben ik voortdurend opgewonden geweest; ik durf nauwelijks te geloven dat ik Millie snel zal zien. Behoedzaam als ik tegenwoordig ben, herinner ik mezelf eraan dat er nog van alles kan gebeuren. Maar het gezicht dat ik aan Jack laat zien, toont niets van mijn innerlijke onrust. Het is kalm en beheerst, en wanneer hij een stap achteruit doet om me te laten passeren, ben ik gewoon een normale jonge vrouw die op het punt staat een dagje uit te gaan.

Jack volgt me naar de aangrenzende slaapkamer, waar mijn kleren hangen. Ik loop naar de enorme kledingkast die de gehele lengte van de muur beslaat, schuif de spiegeldeur open, trek een van de laden open en kies voor de crèmekleurige beha met slipje, een setje dat Jack vorige week voor me heeft gekocht. In een andere la vind ik een paar huidkleurige kousen, die ik liever draag dan een panty. Jack kijkt vanuit een stoel toe terwijl ik mijn pyjama uitdoe en mijn ondergoed en kousen aantrek. Dan schuif ik de volgende deur open en blijf even staan kijken naar al mijn kleren, die keurig op kleur hangen. Ik heb mijn blauwe jurk al lang niet meer gedragen en Millie vindt die mooi omdat hij dezelfde kleur heeft als mijn ogen. Ik pak de blauwe dus uit de kast.

'Doe die crèmekleurige maar aan,' zegt Jack. Dat is ook zo, hij ziet me graag in neutrale tinten, dus ik hang de blauwe jurk terug en pak de crèmekleurige.

Mijn schoenen zijn opgeborgen in boxen op planken in een ander gedeelte van de kledingkast. Ik kies een paar beige schoenen met hakken. Aangezien we meestal gaan wandelen na de lunch zouden platte schoenen praktischer zijn, maar Jack ziet me graag altijd elegant, of we nu rond een meer wandelen of samen met onze vrienden eten. Ik doe ze aan, neem een bijpassende handtas van de plank en geef die aan Jack. Ik loop naar de kaptafel en ga zitten. Mijn make-up aanbrengen duurt niet lang: een beetje oogpotlood, wat rouge en een vleugje lipstick. Er zijn nog vijftien minuten over, dus om de tijd te doden besluit ik nagellak op te doen. Ik kies een mooie rozetint uit de verschillende flesjes die staan uitgestald, en ik wilde dat ik het flesje kon meenemen om Millies nagels te kleuren, want ik weet dat ze dat geweldig zou vinden. Als de lak droog is, sta ik op, pak mijn tas aan van Jack en loop naar beneden.

'Welke jas wil je aan?' vraagt hij als we in de gang zijn.

'Die beige wollen maar, denk ik.'

Hij haalt de jas uit de garderobekast en helpt me erin. Ik knoop hem dicht en keer de zakken binnenstebuiten terwijl Jack toekijkt. Hij doet de voordeur open en als hij hem achter ons heeft gesloten, volg ik hem naar de auto.

Hoewel het bijna eind maart is, voelt de lucht koud aan. Mijn instinct is om die lucht krachtig door mijn neus in te ademen en naar binnen te zuigen. In plaats daarvan herinner ik mezelf eraan dat ik de hele dag voor me heb, en die gedachte maakt me blij. Dit uitstapje is zwaarbevochten en ik ben van plan er optimaal van te genieten. Als we bij de auto komen, activeert Jack de afstandsbediening en beginnen de grote zwarte hekken die voor ons huis staan open te gaan. Hij loopt om naar de passagierskant van de auto en doet mijn portier voor me open. Ik stap in en een man die langs het huis jogt kijkt door de hekken in onze richting. Ik ken hem niet, maar Jack wenst hem goedemorgen en de man beantwoordt de groet met een wuivend gebaar – omdat hij te zeer buiten adem is om iets te zeggen of omdat hij zijn energie spaart voor de rest van zijn hardloopsessie. Jack sluit mijn portier en nog geen minuut later rijden we door de hekken naar buiten. Terwijl ze achter me dichtzwaaien draai ik mijn hoofd om en weet ik een glimp op te vangen van het prachtige huis dat Jack voor me heeft gekocht, omdat ik het graag wil zien zoals anderen het zien.

We beginnen onze rit naar Londen en onder het rijden denk ik terug aan het etentje van gisteravond. Hoe het me is gelukt om alles voor elkaar te krijgen is nog steeds een raadsel, want er waren heel veel dingen die fout hadden kunnen gaan.

'Je soufflés waren perfect,' zegt Jack, waarmee hij me zegt dat ik niet de enige ben die nadenkt over de vorige avond. 'Het was handig van je om een oponthoud te zien aankomen bij het aan tafel gaan en dat in je berekening mee te nemen, echt heel handig. Maar Esther lijkt je niet erg te mogen. Ik vraag me af hoe dat komt?'

Ik weet dat ik mijn woorden zorgvuldig moet kiezen. 'Ze houdt niet van perfectie,' zeg ik.

Het antwoord bevalt hem. Hij begint een wijsje te neuriën en terwijl ik kijk naar het voorbijglijdende landschap denk ik na over Esther. Onder andere omstandigheden had ik haar waarschijnlijk leuk gevonden. Maar haar onmiskenbare intelligentie maakt haar gevaarlijk voor iemand als ik. Het is niet zozeer dat ze niet van perfectie houdt, zoals ik aanvankelijk dacht, maar eerder dat ze er wantrouwig tegenover staat.

Het duurt bijna een uur om bij Millies school te komen. Ik gebruik die tijd om na te denken over Dena Anderson, Jacks cliënt. Ik weet niet veel over haar, behalve dat ze onlangs is getrouwd met een rijke filantroop die alom wordt gerespecteerd om zijn werk voor diverse liefdadigheidsinstellingen en dus een onwaarschijnlijke kandidaat is als het gaat om huiselijk geweld. Maar ik weet maar al te goed hoe schijn kan bedriegen en als Jack haar als cliënt heeft geaccepteerd, moet ze wel een heel sterke zaak hebben. Verliezen is een woord dat niet in Jacks vocabulaire voorkomt, zoals hij mij voortdurend laat weten.

We hebben Millie al ongeveer een maand niet opgezocht, dus zit ze, popelend om me te zien, met een gele muts op en een gele sjaal om – geel is haar lievelingskleur – samen met haar verzorgster Janice op de bank voor de buitendeur te wachten. Als ik uit de auto stap, holt ze naar me toe, haar ogen glanzend van de tranen van opluchting, en wanneer ik haar een stevige knuffel geef, ben ik me ervan bewust dat Jack naar ons kijkt. Janice komt naar ons toe en ik hoor dat Jack haar vertelt dat we, hoewel we wisten dat Millie teleurgesteld zou zijn, het niet hadden aangedurfd om haar te komen bezoeken tot ik geheel was hersteld van de griep die me had geveld. Janice stelt hem gerust dat we er goed aan hebben gedaan, en voegt eraan toe dat ze Millie heeft uitgelegd waarom we niet konden komen.

'Maar ze vond het heel naar,' erkent ze. 'Ze is dol op jullie allebei.'

'En wij zijn dol op haar,' zegt Jack met een liefhebbende glimlach naar Millie.

'Zeg Jack ook maar even gedag, Millie,' zeg ik zachtjes. Ze maakt zich los en wendt zich tot Jack.

'Hallo, Jack,' zegt ze met een brede lach op haar gezicht. 'Fijn jou te zien.'

'En ik vind het heel fijn om jou te zien,' zegt hij met een kus op haar wang. 'Je begrijpt toch wel waarom we een tijdje niet geweest zijn?'

Millie knikt. 'Ja, arme Grace was ziek. Maar het gaat nu weer beter.'

'Veel beter,' stemt Jack in. 'Ik heb iets voor je meegenomen, Millie, omdat je zoveel geduld hebt gehad.' Hij steekt zijn hand in zijn jaszak. 'Kun je raden wat het is?'

'Agatha Christie?' Haar bruine ogen lichten op van plezier, want er is niets wat ze leuker vindt dan naar detectiveromans luisteren.

'Slimme meid.' Hij haalt een luisterboek uit zijn zak.

'Ik geloof dat je *And Then There Were None* nog niet hebt, toch?'

Ze schudt haar hoofd.

'Dat is een van mijn favorieten,' zegt Janice met een glimlach. 'Zullen we er vanavond mee beginnen, Millie?'

'Ja,' knikt Millie. 'Dank je wel, Jack.'

'Graag gedaan,' zegt Jack. 'En nu neem ik mijn twee allerliefste dames mee uit lunchen. Waar willen jullie graag naartoe?'

'Het hotel,' zegt Millie meteen. Ik weet waarom ze het hotel kiest, net zoals ik weet waarom Jack nee zal zeggen.

'Zullen we naar het restaurant aan het meer gaan?' vraagt hij alsof zij niets heeft gezegd. 'Of die tent waar ze die heerlijke pannenkoekjes als dessert hebben?' Millies gezicht betrekt. 'Waar wil je liever heen?'

'Het meer,' mompelt ze, en haar donkere haar zwaait voor haar gezicht.

Millie praat onderweg niet veel. Ze had graag gewild dat ik bij haar achterin kwam zitten, maar Jack heeft haar verteld dat hij zich dan net een taxichauffeur zou voelen.

Als we aankomen bij het restaurant zet Jack de auto op de parkeerplaats en terwijl we het pad op lopen, pakt hij ons allebei bij de hand, zodat hij tussen ons in loopt. Het personeel begroet ons alsof we oude vrienden zijn, aangezien we Millie hier vaker mee naartoe nemen. Iemand van de bediening brengt ons naar de ronde tafel in de hoek bij het raam, waar Jack graag zit. We nemen plaats zoals altijd: Jack met zijn gezicht naar het raam en Millie en ik aan weerskanten van hem. Terwijl we de menukaart bekijken strek ik mijn been onder de tafel en zoek haar voet, mijn geheime teken naar haar toe.

Jack kletst tijdens de maaltijd wat met Millie en moedigt haar aan te praten door haar te vragen wat ze heeft gedaan in de weekends dat wij niet zijn geweest. Ze vertelt ons dat ze een keer bij Janice heeft geluncht en dat ze een keer ergens aan het eind van de middag een hapje zijn gaan eten, en dat ze ook een keer allebei waren uitgenodigd door haar vriendin Paige – en niet voor het eerst dank ik God dat Millie iemand als Janice heeft om in te springen wanneer ik niet bij haar kan zijn.

'Grace, wandelen?' vraagt Millie na de lunch. 'Rond het meer.'

'Ja, natuurlijk.' Ik vouw mijn servet netjes op en leg het op de tafel, met opzet zonder gehaaste bewegingen. 'Zullen we meteen maar gaan?'

Jack duwt zijn stoel naar achteren. 'Ik ga mee.'

Hoewel ik niet anders had verwacht, voel ik toch een hevige teleurstelling in me opkomen.

'We gaan helemaal rond,' waarschuwt Millie.

'Niet helemaal rond,' protesteert Jack. 'Het is te koud om zo lang buiten te zijn.'

'Dan blijft Jack hier,' zegt Millie. 'Ga ik met Grace.'

'Nee,' zegt Jack. 'We gaan allemaal.'

Millie kijkt Jack plechtig aan van de andere kant van de tafel.

'Ik vind je leuk, Jack,' zegt ze. 'Maar Zjorz Koeni niet.'

'Ik weet het,' knikt Jack. 'Ik vind hem ook niet leuk.'

'Hij is lelijk,' zegt Millie.

'Ja, hij is hartstikke lelijk,' zegt Jack instemmend.

En Millie schatert het uit.

We wandelen een eindje langs het meer; Jack loopt tussen Millie en mij in. Jack vertelt Millie dat hij bezig is met het in orde maken van haar kamer voor wanneer ze bij ons komt wonen, en als ze vraagt of de kamer geel wordt, zegt hij 'ja natuurlijk'.

Hij heeft gelijk: het is te koud om al te lang buiten te zijn en na ongeveer twintig minuten lopen we terug naar de auto. Millie is op weg naar school nog stiller dan op de heenweg en ik weet dat ze net zo gefrustreerd is als ik. Bij het afscheid vraagt ze of we haar het volgende weekend weer komen opzoeken, en als Jack bevestigend antwoordt, ben ik blij dat Janice zich binnen gehoorsafstand bevindt.

VERLEDEN

Toen Jack en ik Millie vertelden dat we gingen trouwen, was het eerste wat ze vroeg of ze bruidsmeisje mocht zijn.

'Natuurlijk mag dat!' zei ik, en omhelsde haar. 'Ja toch, Jack?' voegde ik eraan toe, enigszins van slag omdat ik hem zag fronsen.

'Ik dacht dat we de bruiloft simpel zouden houden,' zei hij nadrukkelijk.

'Dat doen we ook, maar ik heb wel een bruidsmeisje nodig.'

'Serieus?'

'Eh, ja,' zei ik, van mijn stuk gebracht. 'Dat is traditie. Je vindt het toch niet erg?'

'Denk je niet dat het voor Millie een beetje te veel wordt?' vroeg hij op zachtere toon. 'Als je echt een bruidsmeisje nodig hebt, waarom vraag je dan Kate of Emily niet?'

'Omdat ik Millie wil,' hield ik vol, me bewust van de gespannen blik waarmee ze ons gadesloeg.

Even viel er een ongemakkelijke stilte. 'Dan wordt het Millie,' zei hij glimlachend en stak zijn arm naar haar uit. 'Kom, laten we de directrice van je school het goede nieuws gaan vertellen.'

Mevrouw Goodrich en Janice waren verrukt toen ze hoorden dat we gingen trouwen. Nadat we Millie even hadden weggestuurd om voor het eten haar handen te wassen zei mevrouw Goodrich dat het ook haar het beste leek als Millie nog vijftien maanden op school zou blijven, tot haar achttiende, zoals altijd al gepland was, hoewel Jack herhaalde dat hij het prima zou vinden als Millie meteen bij ons zou intrekken. Ik was blij dat mevrouw Goodrich opperde dat het fijn voor ons zou zijn om eerst een tijdje met z'n tweeën te wonen, en ik vroeg me af of ze misschien vermoedde dat we hoopten snel een gezin te stichten.

Niet lang daarna waren we op weg naar Hecclescombe, waar Cranleigh Park net zo wondermooi bleek te zijn als Jack me had verteld. Het was het perfecte decor voor een bruiloft en ik was Giles en Moira, de vrienden van Jack, dankbaar dat we hun schitterende huis mochten gebruiken. We dachten niet dat ook maar iemand van onze gasten het erg zou vinden de drie kwartier vanuit Londen te moeten rijden om de middag en avond in zo'n plezierige omgeving te vertoeven, vooral ook omdat Giles en Moira zo vriendelijk waren om slaapgelegenheid te bieden aan iedereen die het niet zag zitten om na het diner nog naar Londen terug te gaan. Na een paar uur besteed te hebben aan het samenstellen van een menu voor vijftig personen, dat zou worden bereid en geserveerd door een cateringbedrijf uit Londen, vertrokken we naar het hotel dat Jack had geboekt toen ik in Argentinië zat.

Ik kon eigenlijk niet wachten tot we eindelijk met elkaar naar bed zouden gaan, maar het diner kreeg voorrang, want we waren maar net op tijd voor onze reservering. Het eten was overheerlijk, maar ik wilde niets liever dan naar onze kamer gaan.

Ik ging nog even onder de douche en toen ik de badkamer uit kwam, vol verlangen om met Jack te vrijen, was ik ontgoocheld toen ik hem diep in slaap op het bed aantrof. Ik kon het niet over mijn hart verkrijgen hem wakker te maken, want ik wist dat hij doodmoe was – hij had tijdens het eten aan me opgebiecht dat hij ons weekend bijna had afgezegd vanwege de lading werk die hij had liggen, maar dat hij me niet had willen teleurstellen. Toen hij zich een paar uur later weer verroerde, vond hij het verschrikkelijk dat hij in slaap was gevallen. Hij nam me in zijn armen en bedreef de liefde met me.

Het grootste deel van de volgende ochtend bleven we in bed, en na een ontspannen lunch gingen we terug naar Londen. Hoewel het betekende dat ik Jack de rest van de week niet zag, was ik blij dat we even weg waren geweest van alle hectiek die onze ophanden zijnde bruiloft met zich meebracht. En dat ik Jack niet kon zien, gaf mij de kans om het schilderij te voltooien dat ik voor hem aan het maken was, waaraan ik twee maanden eerder was begonnen. Omdat ik zelden de tijd had om eraan te werken had ik me erbij neergelegd dat ik het hem als huwelijksgeschenk zou geven in plaats van met Kerstmis, zoals mijn bedoeling was geweest, maar nu Jack het 's avonds zo druk had en mijn koffers voorlopig achter in de kast stonden, lukte het me om het voor de kerst af te krijgen. Ik hoopte dat hij het mooi zou vinden en dat het een muur in ons nieuwe huis zou sieren – ik zag het zo boven de haard hangen waarover we het hadden gehad.

Het was een groot schilderij en op het eerste gezicht leek het een abstract ontwerp van verschillende tinten rood met kleine vlekjes zilver erdoor. Pas als je er beter naar keek, kon je zien dat de rode massa bestond uit honderden piepkleine vuurvliegjes – en alleen Jack en ik zouden weten dat die rode massa niet was aangebracht met verf, maar met lipstick, die ik vervolgens had afgelakt met een vernislaag.

Ik had Jack niet verteld dat ik van schilderen hield, en zelfs toen hij een van de doeken die in mijn keuken hingen had bewonderd, had ik niet gezegd dat ik de kunstenaar erachter was. Dus toen ik het op eerste kerstdag vertelde – toen ik er eenmaal zeker van was dat hij het schilderij dat ik hem had gegeven goed vond – dat ik niet alleen *Fireflies* had vervaardigd, maar dat ik het schilderij had gecreëerd door het honderden keren te kussen met verschillende tinten lipstick op mijn lippen, overstelpte hij me met zoveel complimenten dat ik blij was dat ik hem had weten te verrassen. Hij was opgetogen dat ik kon schilderen en vertelde me telkens weer dat hij verwachtte dat ik de muren van ons nieuwe huis rijkelijk zou voorzien van mijn werken.

Mijn huis werd al snel verkocht. Ik wilde dat Jack het geld dat het me opbracht zou besteden aan het huis in Spring Eaton dat hij voor ons had gevonden, maar hij weigerde het en herinnerde me eraan dat het zijn huwelijkscadeau aan mij was. Hij had het slaperige dorp Spring Eaton op een zondag ontdekt tijdens een rit terug van Adam en Diane. Hij vond de ligging, ruim dertig kilometer ten zuiden van Londen, ideaal. Omdat er nog wat dingen aan het huis gebeuren moesten voor we zouden verhuizen, wilde hij dat ik het pas zou zien na onze huwelijksreis.

Als ik hem met vragen bestookte over hoe het eruitzag, glimlachte hij alleen maar en zei dat het perfect was. Toen ik vroeg of het leek op het huis op de tekening die we samen hadden gemaakt, antwoordde hij plechtig dat dat natuurlijk het geval was. Ik vertelde hem dat ik het geld van de verkoop van mijn huis wilde gebruiken om ons huis in te richten als mijn huwelijksgeschenk aan hem, en met een hoop overtuigingskracht wist ik hem over te halen. Het was vreemd om meubels te kopen voor een huis dat ik nog niet had gezien, maar Jack wist precies wat hij wilde en ik kon me helemaal vinden in zijn smaak.

Ik hield een maand voor de bruiloft op met werken en een week later, nadat ik me plagend bij Jack beklaagd had dat de nieuwigheid van de hele dag niets omhanden hebben er nu wel af was, verscheen hij aan mijn deur met in zijn handen een grote doos met een rode strik erop. Ik maakte de doos open en trof een drie maanden oude labrador-pup aan die me met grote ogen aankeek.

'Jack, wat een schatje!' riep ik uit, en ik tilde haar op. 'Waar heb je die vandaan? Is ze van jou?'

'Nee, ze is van jou,' zei hij. 'Om je bezig te houden.'

'Dat zal ze zeker doen,' lachte ik. Ik zette haar op de grond en ze rende door de gang om de omgeving te verkennen. 'Maar wat doen we met haar als wij in Thailand op huwelijksreis zijn? We kunnen mijn ouders misschien wel vragen om haar zolang in huis te nemen, maar ik weet niet of ze dat willen.'

'Maak je geen zorgen, dat is allemaal al in orde. Ik heb een huishoudster geregeld om op het huis te passen wanneer wij weg zijn – ik wil niet dat het dan leegstaat, en er moeten nog wat meubels worden afgeleverd, dus zij gaat er zolang wonen – en ze gaat ook voor Molly zorgen.'

'Molly?' Ik keek naar de pup. 'Ja, die naam past goed bij haar. Millie zal zo blij zijn, ze heeft altijd een hond gewild. Millie en Molly – dat klinkt als een perfect stel!'

'Dat dacht ik nou ook,' knikte Jack.

'Millie zal dol op haar zijn.'

'En jij dan? Jij toch ook?'

'Natuurlijk!' Ik pakte haar op en hield haar in mijn armen. 'Ik ben nu al dol op haar.' Ik lachte toen ze mijn gezicht begon te likken. 'Ik vrees dat ik het vreselijk zal vinden om haar achter te laten wanneer we naar Thailand gaan.'

'Maar bedenk eens hoe blij je zult zijn om haar weer te zien als we terugkomen. Ik zie jullie hereniging al helemaal voor me,' glimlachte hij.

'Ik kan niet wachten haar aan Millie te laten zien! Je bent echt een schat, Jack.' Ik boog naar hem toe en gaf hem een tedere kus. 'Molly is precies wat ik nodig heb om me gezelschap te houden terwijl jij de hele dag op je werk bent. Ik hoop dat er mooie wandelroutes zijn in Spring Eaton.'

'Die zijn er zeker, met name langs de rivier.'

'Ik kijk ernaar uit,' zei ik opgewekt. 'Ik kijk ernaar uit om het huis te zien en met je getrouwd te zijn!'

'Ik ook,' zei hij, en hij kuste me terug. 'Ik kijk er ook naar uit.'

Nu Molly mijn aandacht opslokte, vlogen de laatste weken voorbij. Op de dag voor de bruiloft haalde ik Millie op van school en leverden we Molly af bij Jack, die haar die avond mee zou nemen naar het huis om haar bij de huishoudster te brengen. Ik vond het verschrikkelijk om haar achter te laten, maar Jack wist me ervan te overtuigen dat mevrouw Johns, de dame die op ons huis zou passen, echt heel aardig was en het geen enkel probleem vond om voor Molly te zorgen tot wij terug uit Thailand waren. Ik was een paar dagen daarvoor in een hotel in de buurt gaan logeren, nadat ik mijn laatste bezittingen in een kleine verhuiswagen richting Spring Eaton had zien verdwijnen, dus daar gingen Millie en ik naartoe om ons voor te bereiden op de grote dag. Die avond verzekerden we ons ervan dat onze jurken perfect pasten en probeerden we de make-up uit die ik speciaal voor de bruiloft had gekocht. Ik wilde geen traditionele trouwjurk, dus ik had een crèmekleurige zijden jurk gekocht die bijna tot op mijn enkels viel en op de juiste plekken mijn figuur accentueerde, en Millie had ook voor een crèmekleurige jurk gekozen, maar met een roze sjerp in dezelfde kleur als het boeket dat ze zou dragen.

Toen ik de volgende ochtend mijn jurk aantrok, voelde ik me mooier dan ooit tevoren. De bruidsboeketten waren al bij het hotel bezorgd – roze rozen voor Millie en een weelde van dieprode voor mij. Jack had een auto geregeld die ons naar de burgerlijke stand zou brengen, en toen er om elf uur op de deur werd geklopt, liet ik Millie opendoen.

'Zeg maar dat ik er zo aan kom,' zei ik, en ik trok me terug in de badkamer om mezelf nog één keer kritisch in de spiegel te bekijken. Tevreden liep ik de slaapkamer weer in en pakte mijn boeket.

'Je ziet er weergaloos uit.' Beduusd keek ik op. Daar stond Jack in de deuropening. Hij zag er zo knap uit in zijn donkere pak en dieprode gilet dat mijn maag een sprongetje maakte. 'Bijna net zo mooi als Millie zelfs.' Naast hem stond Millie vrolijk in haar handen te klappen.

'Wat doe jij hier?' riep ik uit, bezorgd en verrukt tegelijk. 'Is er iets gebeurd?'

Hij liep naar me toe en nam me in zijn armen. 'Ik kon gewoon niet wachten je te zien. Bovendien heb ik iets voor je.' Hij liet me los, stak zijn hand in zijn zak en haalde een zwart doosje tevoorschijn. 'Ik ben vanochtend nog naar de bank geweest om ze op te halen.' Ik opende het doosje en zag een kostbare parelketting op een bedje van zwart fluweel liggen, met een bijpassend stel oorbellen.

'Jack, ze zijn schitterend!'

'Ze zijn van mijn moeder geweest. Tot gisteravond had ik er niet meer aan gedacht. Ik dacht dat je ze vandaag misschien wilde dragen, daarom ben ik hier. Maar het hoeft natuurlijk niet.'

'Heel graag zelfs,' zei ik, en ik haalde de ketting uit het doosje en maakte het slotje open.

'Laat mij maar.' Hij nam de ketting van me over en liet hem om mijn hals glijden. 'Wat vind je ervan?'

Ik keerde me om naar de spiegel. 'Ongelooflijk, zo goed als ze bij de jurk passen,' zei ik, en ik streek met mijn vingers over de parels. 'Ze hebben precies dezelfde roomtint.' Ik deed mijn gouden oorringen uit en verving ze door de parels.

'Grace is mooi, heel, heel mooi!' lachte Millie.

'Helemaal mee eens,' zei Jack ernstig. Hij stak zijn hand in zijn andere zak en haalde er een kleiner doosje uit. 'Ik heb ook iets voor jou, Millie.'

Toen Millie de druppelvormige parel aan het zilveren kettinkje zag, slaakte ze een zucht van verrukking. 'Dank je wel, Jack,' zei ze stralend. 'Doe ik nu meteen om.'

'Je bent zo goed voor ons, Jack,' zei ik tegen hem terwijl ik het kettinkje om Millies hals deed. 'Maar je weet dat ze zeggen dat het ongeluk brengt als je je bruid op de huwelijksdag al voor de ceremonie ziet?'

'Nou, dat risico neem ik dan maar voor lief,' glimlachte hij.

'Hoe gaat het met Molly? Raakt ze al een beetje gewend?'

'Het gaat prima. Kijk.' Hij nam zijn telefoon uit zijn zak en liet Millie en mij een foto zien van een slapende Molly in haar mand.

'Dus er is een tegelvloer,' mijmerde ik. 'Nu weet ik in elk geval één ding over mijn toekomstige woning.'

'En dat is voorlopig alles wat je zult weten,' zei hij, en hij stopte zijn telefoon weer weg. 'Zullen we dan maar gaan? De chauffeur was nogal verrast toen ik hem vroeg om mij op te pikken op weg naar jou, dus als we nu niet snel naar buiten gaan, denkt hij straks nog dat ik hierheen ben gekomen om de boel af te blazen.' Hij gaf Millie en mij een arm en begeleidde ons naar beneden, naar de auto, waarna we naar de burgerlijke stand vertrokken.

Toen we aankwamen, stond iedereen daar op ons te wachten, ook mijn ouders. Ze hadden inmiddels bijna al hun huisraad ingepakt ter voorbereiding op hun verhuizing naar Nieuw-Zeeland; ze waren van plan twee weken na onze terugkomst van de huwelijksreis te vertrekken. Ik was wel verrast geweest toen ze me vertelden dat ze zo snel zouden weggaan, maar bij nader inzien besefte ik dat ze al zestien lange jaren hadden gewacht. Een week eerder hadden Jack en ik met ze gegeten, en bij die gelegenheid hadden ze de zorg voor Millie officieel aan ons overgedragen, wat betekende dat wij nu de voogdij over haar hadden. We waren allemaal blij met deze regeling en mijn ouders lieten ons weten, misschien omdat ze zich schuldig voelden dat Jack de financiële last zou dragen, dat ze uiteraard zouden helpen waar ze konden. Maar Jack stond erop dat hij en ik verantwoordelijk zouden zijn voor Millie, en hij beloofde mijn ouders dat ze niets tekort zou komen.

Onze gasten waren verrast toen ze Jack samen met Millie en mij uit de auto zagen stappen, en terwijl we de brede trap op liepen die naar het bureau van de burgerlijke stand leidde, plaagden ze hem dat hij het rijden in een Rolls-Royce natuurlijk niet had kunnen weerstaan. Mijn vader begeleidde mij, Jack begeleidde Millie, en mijn oom Leonard, die ik al een aantal jaren niet had gezien, had mijn moeder een arm gegeven. Ik was bijna boven aan de trap toen ik Millie hoorde gillen. Ik draaide me om en zag haar van de trap vallen.

'Millie!' gilde ik. Tegen de tijd dat zij als een zielig hoopje aan de voet van de trap lag, was ik al halverwege. Het leek een eeuwigheid te duren voordat het me lukte om me door de drom mensen die om haar heen stond te dringen en naast haar neer te knielen. Het deerde me niet dat mijn jurk vuil werd; het enige wat ertoe deed, was dat Millie daar zo roerloos lag.

'Het is oké, Grace, ze haalt adem,' zei Adam geruststellend, vanaf Millies andere zijde, waar hij gehurkt zat, terwijl ik paniekerig haar pols voelde. 'Het komt vast goed met haar. Diane belt een ambulance, die kan er elk moment zijn.'

'Wat is er gebeurd?' vroeg ik met trillende stem, me bewust

van mijn ouders die naast me neerhurkten. Ik streek Millies haar uit haar gezicht; ik durfde haar niet van houding te laten veranderen.

'Grace, het spijt me.' Ik keek op en zag Jack staan met een lijkwit gezicht. 'Ze struikelde opeens – ik geloof dat ze met haar hak in de zoom van haar jurk terechtkwam – en voor ik het wist, viel ze. Ik probeerde haar nog vast te grijpen, maar dat lukte niet.'

'Het geeft niet,' zei ik snel. 'Het is jouw schuld niet.'

'Ik had haar steviger moeten vasthouden,' ging hij wanhopig verder, en hij haalde zijn hand door zijn haar. 'Ik had eraan moeten denken dat een trap niet altijd gemakkelijk voor haar is.'

'Die hoek in haar been bevalt me niet,' zei mijn vader zacht. 'Het ziet eruit alsof het gebroken is.'

'O mijn god,' kreunde ik.

'Kijk, ze komt bij.' Mijn moeder nam Millies hand in de hare.

'Stil maar, Millie,' mompelde ik toen ze zich verroerde. 'Stil maar.'

De ambulance arriveerde na een paar minuten. Ik wilde mee naar het ziekenhuis, maar mijn ouders zeiden dat zij wel zouden gaan en herinnerden me eraan dat ik hier was om te trouwen.

'Ik kan nu niet trouwen,' snikte ik toen Millie de ambulance in werd gedragen.

'Natuurlijk wel,' zei mijn moeder ferm. 'Het komt helemaal goed met Millie.'

'Ze heeft haar been gebroken,' huilde ik. 'En misschien heeft ze nog andere verwondingen.'

'Ik zou het je niet kwalijk nemen als je het wilt afblazen,' zei Jack zacht.

'Ik kan me gewoon niet voorstellen dat wij alles door laten

gaan terwijl we niet eens weten hoe Millie eraan toe is.'

De ambulancemedewerkers waren geweldig. Ze begrepen hoe lastig de situatie voor mij was en ze onderzochten Millie ter plekke zo grondig mogelijk. Ze vertelden me dat er afgezien van haar been verder niets gebroken leek te zijn en dat mijn ouders me op de hoogte konden houden van de ontwikkelingen als ik het huwelijk zou laten doorgaan. Ze wezen me er ook op dat Millie in het ziekenhuis meteen naar de röntgenafdeling zou worden gebracht, waar ik sowieso niet bij haar kon blijven. Nog steeds in dubio keek ik naar Jack, die een eindje verderop stilletjes met Adam stond te praten, en de trieste blik op zijn gezicht gaf de doorslag. Ik klauterde de ambulance in en gaf een versufte Millie een kus. Nadat ik had beloofd dat ik haar de volgende ochtend zou opzoeken, gaf ik mijn ouders het mobiele nummer van Jack, omdat mijn mobieltje al in mijn koffer zat, en ik vroeg ze me te bellen als er nieuws was.

'Weet je zeker dat je het wilt laten doorgaan?' vroeg Jack bezorgd toen de ambulance was vertrokken. 'Ik denk dat er niemand in de stemming is om feest te vieren na wat er met Millie is gebeurd. Misschien moeten we wachten tot we zeker weten dat ze niets ernstigs mankeert.'

Ik keek naar onze gasten, die op een kluitje stonden te wachten en zich afvroegen of ons huwelijk nog voltrokken zou worden of niet. 'Ik denk dat zij het prima vinden als wij er geen probleem mee hebben.' Ik keerde me naar hem toe. 'Jack, wil je nog steeds trouwen?'

'Natuurlijk, ik wil niets liever. Maar de beslissing is aan jou.'

'Laten we het dan maar doen. Dat zou Millie ook willen,' loog ik, want ik wist dat Millie niet zou begrijpen waarom we de bruiloft zonder haar hadden laten doorgaan. Omdat ik het gevoel had dat ik haar verraadde, welden er weer tranen op in mijn ogen. Ik knipperde ze weg, zodat Jack ze niet zou zien, en ik hoopte dat ik nooit meer zou hoeven kiezen tussen hem en Millie.

Iedereen was verheugd dat de trouwerij toch doorging en toen mijn moeder een paar uur later belde dat het goed ging met Millie, afgezien van de beenbreuk, voelde ik me week van opluchting. Ik wilde de receptie kort houden en die avond naar haar toe gaan, maar mijn moeder zei dat ze vast lag te slapen en dat het met alle pijnstillers die ze van de dokter had gekregen niet waarschijnlijk was dat ze voor de volgende ochtend wakker zou worden. Ze voegde eraan toe dat zij van plan was om 's nachts bij Millie in het ziekenhuis te blijven, dus deelde ik haar mee dat Jack en ik de volgende ochtend op weg naar het vliegveld nog op bezoek zouden komen.

Hoewel ik erin slaagde om van de rest van de avond te genieten, was ik blij toen de laatste gasten waren vertrokken en Jack en ik eindelijk op weg waren naar ons hotel. Aangezien Jacks auto nog in Londen stond, hadden Moira en Giles ons een van hun auto's geleend, zodat we naar het vliegveld konden rijden – en na terugkomst uit Thailand meteen naar Spring Eaton. Hun garage stond vol auto's en ze hielden vol dat ze deze wagen niet nodig hadden; ze zeiden dat we hem konden terugbrengen wanneer het ons uitkwam.

Toen we aankwamen bij het hotel waar we onze huwelijksnacht zouden doorbrengen, liep ik meteen de badkamer in en liet een warm bad volstromen. Jack schonk zichzelf een whisky in terwijl hij op me wachtte. Liggend in het bad dwaalden mijn gedachten steeds weer af naar Millie, en ik was blij dat de dag eindelijk voorbij was. Het water werd langzaam koud, ik stapte eruit en droogde mezelf haastig af, ernaar verlangend Jacks gezicht te zien wanneer hij me zou zien verschijnen in het roomkleurige zijden negligé met bijpassend slipje dat ik speciaal voor onze huwelijksnacht had gekocht. Ik trok het setje aan, opende verwachtingsvol de deur en liep de slaapkamer binnen.

HEDEN

Op weg naar huis in de auto na het bezoek aan Millie zeg ik tegen Jack dat ik Diane voor vrijdag zal moeten bellen om haar te vertellen dat ik niet met haar en Esther kan lunchen.

'Maar ik vind dat je moet gaan,' zegt hij. Omdat hij hetzelfde al veel vaker heeft gezegd, weet ik dat het niets te betekenen heeft. 'Tenslotte heb je al twee keer afgezegd.' Zelfs die woorden zijn niet genoeg om me hoop te geven. Maar op vrijdagochtend, als hij zegt dat ik mijn mooiste jurk moet aantrekken, vraag ik me toch weer af of het moment waarop ik heb gewacht eindelijk is gekomen. Mijn gedachten hollen zo ver vooruit dat ik mezelf streng moet herinneren aan alle andere keren dat ik een teleurstelling te verwerken kreeg. Zelfs als ik naast Jack in de auto stap, sta ik mezelf nog niet toe te geloven dat het gaat gebeuren. Maar wanneer we helemaal de stad in rijden, móét ik het wel geloven en begin ik koortsachtig een plan te bedenken, als de dood dat ik de kans laat glippen.

Pas wanneer Jack de auto parkeert in de straat waar zich het restaurant bevindt en uitstapt, besef ik hoe ik me heb laten misleiden.

Diane en Esther zitten al aan een tafel. Diane zwaait en ik loop naar hen toe, met een glimlach die mijn bittere teleurstelling maskeert, me bewust van Jacks hand op mijn rug.

'Wat fijn dat je er bent,' zegt ze, en omhelst me kort. 'Jack, wat leuk dat je even gedag komt zeggen. Heb je middagpauze?'

'Ik heb vanochtend thuis gewerkt,' zegt hij. 'En aangezien ik pas laat in de middag op kantoor hoef te zijn, hoopte ik met jullie te mogen lunchen – maar dan trakteer ik wel natuurlijk.'

'In dat geval met alle plezier,' lacht ze. 'Het is vast geen enkele moeite om voor een persoon meer te dekken, het is immers een tafel voor vier.'

'Alleen kunnen we nu niet over je roddelen,' grapt Esther. Terwijl Jack er een stoel van een andere tafel bij pakt, bedenk ik dat ze niets ergers had kunnen zeggen, al zou ze het gewild hebben. Niet dat het nog veel uitmaakt.

'Jullie hebben ongetwijfeld interessantere dingen om te bespreken dan mij,' glimlacht Jack, die mij tegenover Esther laat zitten en naar de serveerster gebaart voor een extra couvert.

'En Grace heeft hoe dan ook vast niets dan goeds over je te vertellen, dus het zou ook niet erg boeiend zijn,' zucht Diane.

'O, ze zou heus wel wat onvolkomenheden te melden hebben.' Esther kijkt me uitdagend aan. 'Ja toch, Grace?'

'Ik betwijfel het,' zeg ik. 'Zoals je wel merkt, is Jack behoorlijk perfect.'

'Kom nou, zó perfect kan hij niet zijn! Er moet toch wel íéts aan hem mankeren!'

Ik frons om goed te laten zien dat ik erover nadenk, en dan schud ik spijtig mijn hoofd. 'Nee, sorry, ik zou het echt niet weten – tenzij je meetelt dat hij te veel bloemen voor me koopt. Soms is het lastig om nog een vaas te vinden om ze in te zetten.'

Naast mij hoor ik Diane zuchten. 'Dat is geen onvolkomenheid, Grace.' Ze wendt zich tot Jack. 'Zou je Adam eens wat tips kunnen geven over hoe je een vrouw moet verwennen?'

'Vergeet niet dat Grace en Jack zo'n beetje pas getrouwd zijn vergeleken met ons,' merkt Esther op. 'En ze hebben nog geen kinderen. Hoffelijkheid verdwijnt nogal eens zodra sleur en baby's in het spel komen.' Ze wacht even. 'Hebben jullie lang samengewoond voordat jullie trouwden?'

'We hebben geen tijd gehad om samen te wonen,' legt Jack uit. 'We zijn binnen een halfjaar na onze ontmoeting al getrouwd.'

Esther trekt haar wenkbrauwen op. 'Jeetje, wat snel!'

'Toen ik eenmaal wist dat Grace de ware voor me was, leek het geen zin te hebben om te wachten,' zegt hij, en hij pakt mijn hand.

Esther kijkt me aan met een lachje dat om haar mondhoek speelt. 'En er kwamen geen lijken uit de kast toen jullie eenmaal getrouwd waren?'

'Niet één.' Ik neem het menu aan dat de serveerster me overhandigt en sla het gretig open, niet alleen omdat ik graag wil dat Esthers ondervraging ophoudt, maar ook omdat ik honger heb. Ik bekijk de gerechten die erop staan en ik zie dat de ossenhaas wordt geserveerd met champignons en frietjes. Perfect.

'Neemt iemand iets wat ook maar een beetje dikmakend is?' vraagt Diane hoopvol.

Esther schudt haar hoofd. 'Sorry. Ik ga voor een salade.'

'Ik neem de ossenhaas,' zeg ik. 'Met frietjes. En waarschijnlijk ook nog de chocokarameltaart na,' voeg ik eraan toe, omdat ik weet dat dat is wat ze wil horen.

'In dat geval doe ik met Esther mee wat de salade betreft en volg ik jouw voorbeeld met de karameltaart,' zegt ze opgewekt.

'Heeft er iemand zin in wijn?' vraagt Jack, zoals altijd de volmaakte gastheer.

'Nee, dank je,' zegt Diane, en ik leg me mismoedig neer bij een alcoholvrije lunch, aangezien Jack overdag nooit drinkt.

'Ik lust wel een wijntje,' zegt Esther. 'Maar alleen als jij en Grace met me meedoen.'

'Ik niet,' zegt Jack. 'Ik heb vanmiddag nog veel te doen.'

'Ik doe mee,' zeg ik tegen Esther. 'Heb je liever rood of wit?'

Terwijl we wachten op onze lunch komt het gesprek op het lokale muziekfestival dat jaarlijks in juli plaatsvindt en waar mensen vanuit de wijde omtrek op afkomen. We zijn het erover eens dat wij dichtbij genoeg wonen om probleemloos het festival te kunnen bezoeken, maar er toch ver genoeg vandaan om geen last te hebben van de duizenden bezoekers. Diane en Adam gaan altijd naar het festival, maar Jack en ik zijn er vorig jaar niet geweest en we worden al snel meegesleept in Dianes plannen om met zijn allen te gaan. Nu we het over muziek hebben, horen we dat Esther piano speelt, en Rufus gitaar. Ik beken dat ik totaal niet muzikaal ben, waarop Esther me vraagt of ik van lezen hou, en ik bevestigend antwoord, hoewel ik er maar weinig aan toekom. We praten over de boeken die we mooi vinden en Esther noemt een nieuwe bestseller die net is verschenen. Ze vraagt of we die hebben gelezen en dat hebben we geen van allen.

'Wil je het van me lenen?' vraagt ze, terwijl de serveerster onze gerechten op de tafel zet.

'Ja, graag.' Ik ben zo getroffen door het feit dat ze voorstelt mij haar boek te lenen in plaats van Diane, dat ik even vergeet hoe het allemaal in elkaar steekt.

'Ik breng het vanmiddag wel langs,' biedt ze aan. 'Ik geef vrijdags geen les.'

Nu weet ik het weer. 'Je moet het misschien wel in de brievenbus doen. Als ik in de tuin ben, en dat ben ik waarschijnlijk, hoor ik de bel niet.'

'Ik zou jullie tuin graag een keer zien,' zegt ze enthousiast. 'Vooral na wat Jack heeft gezegd over jouw groene vingers.'

'Je hoeft echt niet dat hele stuk naar ons toe te komen rijden,' zegt Jack, die haar enorme hint zo keurig weet te omzeilen. 'Grace kan het boek zelf wel kopen.'

'Het is geen probleem, hoor.' Esther bekijkt haar salade goedkeurend. 'Jee, dit ziet er heerlijk uit.'

'Weet je, we gaan het straks na de lunch meteen kopen. Smith's zit hier om de hoek.'

'Werk je alleen op vrijdag niet?' vraag ik om van onderwerp te veranderen.

'Nee, ook niet op dinsdag. Ik heb een duobaan met een van de andere leerkrachten.'

'Dat zou ik ook wel willen,' zegt Diane peinzend. 'Een fulltime baan is zwaar als je kinderen hebt. Maar ik zou mijn werk niet helemaal willen opgeven, en dat is het enige alternatief, want in ons bedrijf hebben ze nog nooit van duobanen gehoord.'

Esther kijkt me aan. 'Ik begrijp niet dat je je werk niet mist. Ik bedoel, je had een hartstikke leuke baan voor je ging trouwen.'

Ik wijd me vol overgave aan het snijden van een stukje van mijn biefstuk, want het is moeilijk om herinnerd te worden aan het leven dat ik hiervoor had. 'Nee, echt niet – ik heb meer dan genoeg te doen.'

'En wat zijn je hobby's dan, behalve schilderen, tuinieren en lezen?'

'O, van alles wat,' zeg ik, en ik realiseer me hoe armzalig dat klinkt.

'Wat Grace jullie niet heeft verteld, is dat ze veel van haar kleding zelf maakt,' merkt Jack op. 'Pas geleden heeft ze nog een mooie jurk voor zichzelf gemaakt.'

'Serieus?' Esther kijkt me vol belangstelling aan.

Ik vertrek geen spier; ik ben eraan gewend geraakt om snel en adequaat te moeten reageren.

'Het is maar een jurk voor in en om het huis,' leg ik uit. 'Niets bijzonders. Ik maak geen avondkleding of al te ingewikkelde dingen.'

'Ik wist niet dat je overweg kon met naald en draad.' Dianes ogen beginnen te glimmen. 'Ik zou heel graag kunnen naaien.'

'Ik ook,' zegt Esther. 'Misschien kun je het me leren, Grace.'

'Misschien kunnen we een naaiclubje beginnen met jou als onze lerares,' suggereert Diane.

'Zo goed ben ik er niet in,' sputter ik tegen, 'en daarom heb ik het ook niet eerder verteld. Ik ben bang dat mensen graag willen zien wat ik zelf heb gemaakt.'

'Nou, als je kunt naaien zoals je kookt, weet ik zeker dat die zelfgemaakte jurk prachtig is!'

'Die moet je ons inderdaad eens laten zien,' zegt Esther.

'Zal ik doen,' beloof ik. 'Maar alleen als jullie me niet vragen ook voor jullie aan de slag te gaan.'

De voortdurende noodzaak om haar opmerkingen te pareren maakt me zo gespannen dat ik erover denk het dessert toch maar over te slaan, iets wat ik normaal niet zou doen. Maar als ik niets neem, neemt Diane ook niets, en aangezien Esther net heeft gezegd dat ze echt genoeg heeft gegeten, zou dat betekenen dat de maaltijd nu snel voorbij is. Ik weeg de voors en tegens tegen elkaar af, maar uiteindelijk is de verleiding van de chocokarameltaart te sterk. Ik neem nog een slokje wijn, in de hoop dat ik Esthers ondervraging daarmee af kan wenden; ik zou willen dat ze haar aandacht een tijdje op Diane richt.

Alsof ze mijn gedachten leest, vraagt ze Diane naar haar zoon. Zijn eetgedrag is een van Dianes favoriete gespreksonderwerpen

derwerpen, dus ik krijg een paar minuten respijt terwijl het gesprek draait om de beste manier om kinderen groenten te laten eten die ze niet lusten. Jack luistert opmerkzaam, alsof het onderwerp hem daadwerkelijk interesseert, en mijn gedachten dwalen af naar Millie. Ik vraag me bezorgd af hoe ze zal reageren als ik haar komend weekend weer niet kom bezoeken, want het wordt steeds lastiger om mijn veelvuldige verzuim aan haar uit te leggen. Vroeger zou het niet in me zijn opgekomen te wensen dat ze anders zou zijn dan ze altijd is geweest. Nu wens ik constant dat ze geen downsyndroom had, dat ze niet afhankelijk van me was, dat ze haar eigen leven kon leiden in plaats van dat van mij te moeten delen.

Met een ruk kom ik terug in het hier en nu wanneer Diane mijn dessert voor me bestelt, en ik vertel Esther, in antwoord op haar vraag waar ik zo over zat te dromen, dat ik aan Millie dacht.

Diane vraagt of we haar onlangs nog hebben gezien, dus vertel ik haar dat we afgelopen zondag bij haar zijn geweest en dat Jack ons mee uit lunchen heeft genomen. Ik wacht tot er iemand vraagt of we komend weekend weer naar haar toe gaan, maar dat gebeurt niet, dus ik word geen steek wijzer.

'Ze verheugt zich er vast op dat ze bij jullie komt wonen,' zegt Esther wanneer de desserts arriveren.

'Dat doet ze zeker,' zeg ik instemmend.

Jack glimlacht. 'Wij verheugen ons er ook op.'

'Wat vindt ze van het huis?'

Ik pak mijn glas. 'Ze heeft het nog niet gezien.'

'Maar jullie zijn er toch een jaar geleden ingetrokken?'

'Ja, maar we wilden alles perfect in orde hebben voor ze het ziet,' verklaart Jack.

'Het leek mij al tamelijk perfect toen ik er was,' merkt ze op.

'Haar kamer is nog niet helemaal klaar, maar ik beleef veel plezier aan de inrichting ervan, nietwaar, schat?' Tot mijn afschuw voel ik tranen in mijn ogen opwellen, en ik buig mijn hoofd snel voorover, me bewust van Esthers blik.

'Wat voor kleur wordt het?' vraagt Diane.

'Rood,' zegt Jack. 'Haar lievelingskleur.' Hij gebaart met zijn hoofd naar mijn chocokarameltaart. 'Vergeet niet te eten, schat.'

Ik pak mijn lepel en vraag me af hoe ik nu nog een hap door mijn keel kan krijgen.

'Het ziet er zalig uit,' zegt Esther. 'Je wilt zeker geen hapje aan mij afstaan, of wel?'

Ik aarzel en doe alsof het me moeite kost, maar dat heeft eigenlijk geen zin, want Jack laat zich echt niet om de tuin leiden. 'Ga je gang,' zeg ik, en ik geef haar mijn vorkje.

'Dank je wel.' Ze prikt er een stukje taart aan. 'Zijn jullie hier in twee auto's naartoe gereden?'

'Nee, we zijn samen gekomen.'

'Dan zet ik je thuis wel af, als je wilt.'

'Dat is niet nodig, ik breng Grace naar huis voordat ik naar kantoor ga,' zegt Jack.

'Dat is wel een omweg, toch?' fronst ze. 'Je kunt hiervandaan meteen de snelweg naar Londen op rijden. Ik breng haar wel thuis, Jack, dat is echt geen probleem.'

'Heel aardig van je, maar er liggen nog wat papieren die ik nodig heb voor een bespreking met een cliënt later vanmiddag.' Hij wacht even. 'Jammer dat ik ze niet heb meegenomen, want dan had ik je aanbod Grace thuis te brengen graag geaccepteerd.'

'Een andere keer dan.' Esther wendt zich tot mij: 'Grace, zullen we onze telefoonnummers uitwisselen? Ik zou het leuk vinden als jullie eens bij ons komen eten, maar ik moet wel overleggen met Rufus om te kijken wanneer hij kan. Hij heeft een zakenreis naar Berlijn voor de boeg en ik weet niet precies wanneer.'

'Natuurlijk.' Ik geef haar ons nummer thuis en ze tikt het in op haar mobiel.

'En je mobiele nummer?'

'Heb ik niet.'

Ze is heel even stil. 'Je hebt geen mobiele telefoon?'

'Nee.'

'Waarom niet?'

'Omdat ik er het nut niet van inzie.'

'Maar iedereen die ouder is dan tien en jonger dan tachtig heeft er een!'

'Nou, ik niet,' zeg ik, ondanks mezelf geamuseerd om haar reactie.

'Ja, ongelooflijk, hè?' zegt Diane. 'Ik heb haar geprobeerd over te halen er eentje te kopen, maar ze wil het niet.'

'Maar hoe krijgt iemand je dan in hemelsnaam te pakken als je op pad bent?' vraagt Esther zich af.

Ik haal mijn schouders op. 'Nou, niet dus.'

'Helemaal zo gek nog niet,' zegt Diane droogjes. 'Ik kan nooit eens winkelen zonder dat Adam of een van de kinderen belt met het verzoek iets voor ze mee te nemen of om te vragen wanneer ik terugkom. Hoe vaak ik bij de kassa van de Tesco mijn boodschappen in tasjes heb staan laden terwijl ik tegelijkertijd iets probeerde te regelen met thuis, dat wil je niet weten.'

'Maar wat als er iets gebeurt?' vraagt Esther, die er maar niet over uit kan.

'Vroeger redden mensen zich ook uitstekend zonder een mobieltje,' merk ik op.

'Ja, in de middeleeuwen.' Ze wendt zich tot Jack. 'Jack, koop in godsnaam een mobiele telefoon voor je vrouw!'

Jack opent zijn handen in een gebaar van overgave. 'Ik zou

het maar al te graag doen. Maar ze zou hem toch niet gebruiken.'

'Ik geloof er niets van – dat komt wel als ze eenmaal beseft hoe handig zo'n ding is.'

'Jack heeft gelijk, ik doe er toch niets mee,' bevestig ik.

'Zeg me dan dat je wel een computer hebt.'

'Ja, natuurlijk.'

'Mag ik dan je e-mailadres?'

'Tuurlijk. Dat is jackangel@court.com.'

'Is dat niet het adres van Jack?'

'Ook dat van mij.'

Ze kijkt me van de andere kant van de tafel vragend aan. 'Heb je geen eigen adres?'

'Waarom zou ik? Jack en ik hebben geen geheimen voor elkaar. En als iemand me mailt, is dat meestal om ons voor een etentje uit te nodigen of iets anders wat Jack ook betreft, dus is het gemakkelijker als hij de berichten ook ziet.'

'Vooral ook omdat Grace vaak vergeet om me dingen te vertellen,' zegt Jack, met een toegeeflijk glimlachje naar mij.

Esther kijkt ons beiden nadenkend aan. 'Julie zijn echt een soort van twee-eenheid, hè? Nou, aangezien je geen mobiel hebt, zul je mijn nummers op papier moeten opschrijven. Heb je een pen bij je?'

Ik weet dat ik er geen heb. 'Geen idee,' zeg ik, met de intentie om net te doen of ik ernaar zoek. Ik wil mijn tas pakken, die ik over de rugleuning van mijn stoel heb gehangen, maar zij is er het eerst bij en geeft hem aan mij.

'Jeetje, die voelt leeg aan!'

'Ik heb nooit veel bij me,' zeg ik, terwijl ik mijn tas opendoe en erin tuur. 'Nee, sorry, ik heb geen pen bij me.'

'Maakt niet uit, ik noteer ze wel.' Jack pakt zijn mobieltje. 'Ik heb je vaste nummer al, Esther, van Rufus, dus geef me alleen je mobiele nummer maar.'

Terwijl ze het nummer opdreunt, doe ik mijn uiterste best het in mijn geheugen op te slaan, maar ik raak ergens aan het eind de draad kwijt. Ik sluit mijn ogen en tracht de laatste paar cijfers terug te halen, maar het lukt me niet.

'Dank je, Esther,' zegt Jack. Ik doe mijn ogen open en zie dat Esther me nieuwsgierig aankijkt. 'Ik schrijf het wel voor Grace op zodra we thuis zijn.'

'Wacht even – is het 721 of 712 in het midden?' Esther fronst haar voorhoofd. 'Ik kan dat maar niet onthouden. Het eind is simpel – 9146 – maar de cijfers daarvoor weet ik niet zeker. Kun jij ze even checken, Diane?'

Diane pakt haar telefoon en zoekt Esthers nummer op. 'Het is 712,' zegt ze.

'O ja... 07517129146. Heb je dat, Jack?'

'Ja, klopt als een bus. Goed, wil er nog iemand koffie?'

Maar we zien ervan af, want Diane moet terug naar haar werk en Esther heeft er geen trek in. Jack vraagt de rekening en Diane en Esther verdwijnen richting het toilet. Ik zou ook graag willen, maar ik ga niet met ze mee.

Nadat de rekening is betaald, nemen Jack en ik afscheid van onze tafelgenoten en lopen we naar de parkeerplaats.

'Nou, heb je je een beetje vermaakt, mijn perfecte echtgenote?' vraagt Jack, en hij houdt het portier voor me open.

Ik herken een van zijn verraderlijke vragen. 'Niet echt.'

'Heb je zelfs niet genoten van het dessert waar je je zo op zat te verheugen?'

Ik moet even slikken. 'Minder dan ik had gedacht.'

'Het is maar goed dat Esther je ermee kon helpen, nietwaar?'

'Ik zou het anders wel hebben opgegeten,' zeg ik.

'En mij mijn plezier hebben ontnomen?'

Er trekt een trilling door mijn lichaam. 'Absoluut.'

Hij trekt zijn wenkbrauwen op. 'Bespeur ik daar een hernieuwde vechtlust? Daar ben ik blij om. Om je de waarheid te zeggen begon ik me stierlijk te vervelen.' Hij werpt me een geamuseerde blik toe. 'Kom op, Grace... Ik reken op je.'

VERLEDEN

Die avond, de avond van mijn trouwdag, toen ik de slaapkamer binnenkwam nadat ik een bad had genomen, voelde ik me bedrukt toen de kamer leeg bleek te zijn. In de veronderstelling dat Jack even was weggegaan om een telefoontje te plegen, was ik geërgerd dat er op onze trouwdag iets belangrijker voor hem kon zijn dan ik. Maar mijn ergernis sloeg snel om in ongerustheid toen ik bedacht dat Millie in het ziekenhuis lag – en na slechts enkele seconden was ik ervan overtuigd dat er iets verschrikkelijks met haar aan de hand was, dat mijn moeder Jack had gebeld om hem dat te vertellen, en dat hij de kamer had verlaten omdat hij niet wilde dat ik hun gesprek zou horen.

Ik rende naar de deur en gooide die open in de verwachting dat ik Jack ijsberend op de gang zou aantreffen, zijn hoofd brekend over hoe hij mij het tragische nieuws moest vertellen. Maar de gang was leeg. Ik nam aan dat hij naar de lobby beneden was gegaan, en aangezien ik geen tijd wilde verdoen door hem te zoeken, zocht ik in mijn bagage, die de chauffeur bij het hotel had afgeleverd, haalde mijn telefoon tevoorschijn en belde het mobiele nummer van mijn moeder. Terwijl ik wachtte op de verbinding, bedacht ik dat ik haar niet zou kunnen bereiken als ze met Jack aan het bellen was. Ik stond op het punt weer op te hangen en mijn vaders mobiel te bellen toen ik haar telefoon hoorde overgaan en snel daarna haar stem hoorde.

'Mam, wat is er gebeurd?' riep ik uit voordat ze zelfs maar hallo had kunnen zeggen. 'Zijn er complicaties of zo?'

'Nee, het gaat prima.' Mijn moeder klonk verbaasd.

'Dus het gaat goed met Millie?'

'Ja hoor, ze slaapt.' Ze liet een korte stilte vallen. 'Gaat het wel goed met jou? Je klinkt gespannen.'

Ik ging op het bed zitten, helemaal wee van opluchting. 'Jack is verdwenen, dus ik dacht dat jij misschien had gebeld met slecht nieuws en dat hij even was weggegaan om rustig met je te kunnen praten,' legde ik uit.

'Hoe bedoel je, "verdwenen"?'

'Nou ja, hij is niet in de hotelkamer. Ik ben in bad geweest en toen ik de badkamer uit kwam, was hij weg.'

'Hij zal wel naar de receptie zijn gelopen voor het een of ander. Hij is vast zo terug. Hoe was de bruiloft?'

'Prima, het ging heel goed, als je in aanmerking neemt dat ik steeds aan Millie moest denken. Ik vond het vreselijk dat ze er niet bij was. Ze zal zo teleurgesteld zijn als ze hoort dat we getrouwd zijn zonder haar erbij.'

'Dat begrijpt ze heus wel,' zei mijn moeder troostend, en ik voelde woede in me opkomen omdat ze Millie zo slecht kende, want die zou het natuurlijk niet begrijpen. Ik baalde ervan dat het huilen me nader dan het lachen stond, maar na alles wat er was gebeurd, was Jacks verdwijntruc de laatste druppel. Ik zei tegen mijn moeder dat ik haar de volgende ochtend in het ziekenhuis zou zien, vroeg haar om Millie een kus van me te geven en hing op.

Ik belde Jacks mobiele nummer en maande mezelf tot kalmte. We hadden nog niet eerder ruzie gehad en als een viswijf tegen hem tekeergaan door de telefoon zou niets uithalen. Er had zich kennelijk iets voorgedaan met een van zijn cliënten, een acuut probleem dat hij nog moest afhandelen voor we naar Thailand vertrokken. Hij zou zelf net zo geïrriteerd zijn als ik dat hij op zijn trouwdag werd gestoord.

Ik was opgelucht toen ik zijn telefoon hoorde overgaan, opgelucht dat hij niet met iemand aan het bellen was; ik hoopte maar dat dat betekende dat het probleem – wat het ook was – inmiddels was opgelost. Toen hij niet opnam, onderdrukte ik een uitroep van frustratie en ik liet een boodschap achter op zijn voicemail.

'Jack, waar ben je in vredesnaam? Wil je me alsjeblieft terugbellen?'

Ik hing op en begon rusteloos door de kamer heen en weer te lopen, me afvragend waar hij kon zijn. Mijn blik viel op de klok op het nachtkastje en ik zag dat het negen uur was. Ik probeerde te bedenken waarom Jack niet had opgenomen en ik vroeg me af of de andere partners misschien naar het hotel waren gekomen om met hem te overleggen. Na nog eens tien minuten belde ik zijn nummer weer. Deze keer kwam de voicemail er meteen voor.

'Jack, bel me alsjeblieft terug,' zei ik op scherpe toon, wetend dat hij zijn mobiel moest hebben uitgezet na mijn telefoontje van zojuist. 'Ik wil graag weten waar je bent.'

Ik tilde mijn koffer op het bed, deed hem open en haalde er de beige broek en het shirt uit die ik de volgende dag voor de reis wilde aantrekken. Ik trok ze aan over mijn negligé en slipje, stopte de sleutelkaart in mijn zak en verliet de kamer; mijn telefoon nam ik mee. Ik was te onrustig om op de lift te wachten en ik liep de trap af naar de lobby, waar ik op de receptie afstevende.

'Mevrouw Angel, toch?' De jongeman achter de balie glimlachte naar me. 'Wat kan ik voor u doen?'

'Nou, ik ben eigenlijk op zoek naar mijn man. Hebt u hem gezien?'

'Ja, hij kwam ongeveer een uur geleden naar beneden, niet lang nadat u had ingecheckt.'

'Weet u waar hij naartoe is gegaan? Naar de bar, misschien?'

Hij schudde zijn hoofd. 'Hij liep de hoofdingang uit. Ik ging ervan uit dat hij iets uit de auto ging halen.'

'Hebt u hem terug zien komen?'

'Nu u het zegt, nee, ik heb hem niet meer gezien. Maar ik had het op een gegeven moment druk met het inchecken van andere gasten, dus het zou kunnen dat ik hem gewoon niet heb opgemerkt.' Hij keek naar de telefoon in mijn hand. 'Hebt u al geprobeerd hem te bellen?'

'Ja, maar zijn telefoon staat uit. Hij zit zich waarschijnlijk in de bar te bedrinken omdat hij geen vrijgezel meer is.' Ik glimlachte en probeerde luchtig te doen. 'Ik ga wel even kijken.'

Ik liep naar de bar, maar er was geen Jack te bekennen. Ik ging de verschillende lounges af, de fitnessstudio en het zwembad. Op weg naar de beide restaurants liet ik weer een boodschap achter op zijn voicemail, met haperende stem van de spanning.

'Niet gevonden?' De receptionist schonk me een meelevende blik toen ik in mijn eentje de lobby weer in kwam.

Ik schudde mijn hoofd. 'Ik kan hem nergens vinden.'

'Hebt u gekeken of uw auto nog op de parkeerplaats staat? Dan weet u in elk geval of hij het hotel heeft verlaten of niet.'

Ik liep door de hoofdingang en volgde het pad dat naar de parkeerplaats achter het hotel leidde. De auto stond niet waar Jack hem had neergezet en ook niet op een andere plek.

Omdat ik niet weer door de lobby wilde lopen, waar ik opnieuw met de receptionist zou worden geconfronteerd, ging ik door de achterdeur en holde ik de trap op naar onze hotelkamer, in de hoop dat Jack daar zou zijn, dat hij terug was gekomen terwijl ik naar hem op zoek was. Toen ik de kamer leeg aantrof, barstte ik van pure frustratie in snikken uit. Ik vertelde mezelf dat het feit dat de auto er niet stond in elk geval verklaarde waarom hij mijn telefoontjes niet had beantwoord, aangezien hij nooit telefoneerde tijdens het rijden. Maar als hij om een dringende reden naar kantoor moest, waarom had hij dan niet op de badkamerdeur geklopt om me dat te vertellen? En als hij me niet had willen storen, waarom had hij dan niet in elk geval een briefje achtergelaten?

Ik werd steeds ongeruster. Weer belde ik zijn nummer en liet in tranen een bericht achter waarin ik zei dat ik de politie zou bellen als ik niet binnen tien minuten wat van hem zou horen. Ik wist dat de politie mijn laatste optie zou zijn, dat ik eerst Adam zou bellen, maar ik hoopte dat Jack zich zou realiseren hoe ontzettend ongerust ik was als hij me over de politie hoorde beginnen.

Het waren de tien langste minuten van mijn leven. Juist toen ik op het punt stond Adam te bellen, gaf mijn telefoon een piepje, wat wilde zeggen dat ik een sms had ontvangen. Ik slaakte een beverige zucht van opluchting en opende het berichtje. Toen ik zag dat het van Jack was, welden er tranen op in mijn ogen, waardoor het onmogelijk was om te zien wat hij had geschreven. Maar het maakte niet uit, want ik wist wat er in het bericht zou staan, namelijk dat hij onverwacht was weggeroepen, dat het hem speet dat ik zo ongerust was geweest, maar dat hij zijn telefoon niet had kunnen opnemen omdat hij in bespreking was, dat hij snel terug zou zijn en dat hij van me hield.

Ik pakte een tissue uit de doos op het bureau, droogde mijn tranen, snoot mijn neus en keek weer naar het berichtje.

'*Doe niet zo hysterisch, dat staat je niet. Ik moet nog wat afhandelen, ik zie je morgenochtend.*'

Verbijsterd ging ik op het bed zitten. Ik las het bericht

steeds opnieuw, ervan overtuigd dat ik het op de een of andere manier verkeerd had begrepen. Ik kon niet geloven dat Jack zulke wrede, bijtende woorden had gebruikt. Hij had nooit eerder op dergelijke toon tegen me gesproken, hij had zelfs nooit zijn stem verheven. Ik had het gevoel dat ik een klap in mijn gezicht kreeg. En waarom zou hij pas de volgende ochtend terug zijn? Ik had toch zeker recht op uitleg en op zijn minst een verontschuldiging? Ineens werd ik woedend en ik belde hem terug, bevend van boosheid. Toen hij niet opnam, moest ik me inhouden om geen berichtje in te spreken waar ik later spijt van zou krijgen.

Ik wilde, ik móést met iemand praten, en het besef dat er niemand was die ik kon bellen viel me zwaar. De verstandhouding met mijn ouders was niet van dien aard dat ik ze snikkend kon opbellen om ze te vertellen dat Jack me in onze huwelijksnacht alleen had gelaten, en om de een of andere reden was ik te beschaamd om een van mijn vriendinnen te bellen. Normaal gesproken zou ik Kate of Emily in vertrouwen hebben genomen, maar op de bruiloft had ik me gerealiseerd hoezeer ik ze had verwaarloosd sinds ik Jack had ontmoet, dus ik had niet het idee dat ik hen kon bellen. Ik dacht erover contact met Adam op te nemen om na te gaan of hij wist waarom Jack zo plotseling was weggeroepen, maar aangezien ze aan verschillende soorten zaken werkten, betwijfelde ik of hij het zou weten. Bovendien speelde ook hier het gevoel van schaamte mee dat er iets was wat Jack op onze huwelijksnacht belangrijker vond dan mij.

Ik depte mijn betraande ogen met een tissue en probeerde de situatie te doorgronden. Als hij met een van de andere advocaten in een vertrouwelijke bespreking had gezeten, zo redeneerde ik, was het normaal dat hij zijn telefoon had uitgezet na mijn eerste belpoging, zodat hij niet meer gestoord zou worden. Hij had me waarschijnlijk willen terugbellen zodra hij de kans kreeg, maar de bespreking was vast uitgelopen. Misschien had hij tijdens een korte pauze mijn berichten gehoord en was hij boos geworden om de toon die ik had aangeslagen, waarna hij had gereageerd met een venijnige sms in plaats van me te bellen. En misschien had hij ingeschat dat ik in een gesprek met hem zo opgefokt zou zijn dat hij niet naar zijn bespreking kon terugkeren voor hij me had weten te kalmeren.

Dat klonk allemaal zo plausibel dat het me speet dat ik me zo hysterisch had gedragen. Jack was terecht kwaad op me. Ik had al ervaren hoezeer zijn werk onze relatie kon beïnvloeden – god wist hoe vaak hij te moe of te gestrest was geweest om seks te hebben – en hij had zich daar al voor verontschuldigd en me gesmeekt te begrijpen dat de aard van zijn werk met zich meebracht dat hij er niet altijd voor me kon zijn, in zowel mentaal als fysiek opzicht. Ik was trots geweest op het feit dat we nooit ruzie hadden gemaakt, maar nu had ik het bij de eerste hindernis al verkeerd aangepakt.

Ik wilde niets liever dan Jack zien, ik wilde hem vertellen hoe het me speet, zijn armen om me heen voelen en hem horen zeggen dat hij het me had vergeven. Ik las zijn bericht nog eens en besefte dat 'ik zie je morgenochtend' ook 'ik zie je in de kleine uurtjes' zou kunnen betekenen. Ik voelde me nu veel rustiger en was ineens heel moe. Ik kleedde me uit en ging in bed liggen, mezelf koesterend in de gedachte dat Jack me over niet al te lange tijd wakker zou maken om met me te vrijen. Ik lag nog een kort ogenblik te hopen dat Millie nog steeds lag te slapen voordat ik zelf in een diepe slaap viel.

Het was niet bij me opgekomen dat Jack de nacht met een andere vrouw zou kunnen hebben doorgebracht, maar het was de eerste gedachte die ik had toen ik iets na acht uur wakker werd en zag dat hij niet was teruggekomen. Vechtend tegen de paniek pakte ik mijn telefoon in de verwachting een bericht van hem aan te treffen, al was het maar om te zeggen hoe laat hij in het hotel zou zijn. Maar er was niets, en aangezien het denkbaar was dat hij had besloten een paar uurtjes op kantoor te slapen om mij niet te storen, aarzelde ik of ik hem zou bellen, voor het geval ik hem wakker zou maken. Maar ik wilde hem wanhopig graag spreken, dus belde ik toch. Toen zijn voicemail weer klonk, haalde ik diep adem en liet een boodschap achter op zo normaal mogelijke toon, met de vraag of hij me wilde laten weten hoe laat ik hem in het hotel kon verwachten, waarbij ik hem eraan herinnerde dat we op weg naar het vliegveld nog langs het ziekenhuis moesten om Millie te bezoeken. Daarna nam ik een douche, kleedde ik me aan en ging ik zitten wachten.

Terwijl ik daar zo zat, realiseerde ik me dat ik niet eens wist hoe laat onze vlucht zou vertrekken. Ik kon me vaag herinneren dat Jack iets had gezegd over een middagvlucht, en ik nam aan dat we wel een paar uur van tevoren op het vliegveld moesten zijn. Toen ik bijna een uur later weer een bericht van Jack ontving, was ik opnieuw verbijsterd over de toon. Geen verontschuldiging, nergens een woord over, alleen het bevel om hem om elf uur te treffen op de parkeerplaats. Tegen de tijd dat ik me de lift in worstelde met onze twee koffers en mijn handbagage, keerde mijn maag zich om van de spanning. Bij het inleveren van de sleutel aan de receptie was ik blij dat de man die ik de avond tevoren had gesproken was vervangen door een jonge vrouw die, zo hoopte ik, niets wist van mijn vermiste kersverse echtgenoot.

Een portier hielp me de bagage naar de parkeerplaats te brengen. Ik vertelde hem dat mijn man even was gaan tanken en ging op een bankje zitten, waarmee ik zijn suggestie dat ik beter in de warmte van het hotel kon wachten negeerde. Ik wilde geen zware jas meenemen naar Thailand en omdat ik had verwacht dat we vanuit het hotel direct in de auto zouden stappen om naar het vliegveld te gaan, met nauwelijks een paar stappen in de buitenlucht, droeg ik een jasje dat niet was opgewassen tegen de snijdende wind die over de parkeerplaats joeg. Tegen de tijd dat Jack vijfentwintig minuten later kwam opdagen, was ik blauw van de kou en een huilbui nabij. Hij stopte de auto slechts enkele meters bij me vandaan en liep naar me toe.

'Instappen,' zei hij, en hij pakte de koffers en legde ze in de kofferbak.

Ik had het te koud om hem tegen te spreken en ik strompelde zowat de auto in, waar ik me tegen het portier nestelde, verlangend naar warmte. Ik wachtte tot hij iets zou zeggen – wat dan ook – waarmee hij enigszins zou uitleggen waarom ik het gevoel had dat ik naast iemand was gaan zitten die ik niet kende. Toen de stilte te lang had geduurd, raapte ik al mijn moed bijeen en keek naar hem. Het gebrek aan emotie op zijn gezicht schokte me. Ik had kwaadheid verwacht, of stress of ergernis. Maar er was niets.

'Wat is er aan de hand, Jack?' vroeg ik onzeker. Het was alsof ik niets had gezegd. 'In godsnaam, Jack!' riep ik uit. 'Wat is er verdomme aan de hand?'

'Zou je niet willen vloeken,' zei hij vol weerzin.

Ik keek hem onthutst aan. 'Wat verwacht je dan? Je verdwijnt zonder een woord te zeggen, laat me alleen in onze huwelijksnacht, dan kom je me een halfuur te laat ophalen en laat me in de kou zitten wachten! Ik heb toch zeker het recht om boos te zijn!'

'Nee,' zei hij. 'Dat heb je niet. Je hebt helemaal geen rechten.'

'Doe niet zo belachelijk! Is er een ander, Jack? Is dat waar het om gaat? Ben je verliefd op een ander? Was je vannacht bij haar?'

'Nu doe je zelf belachelijk. Jij bent mijn vrouw, Grace.

Waarom zou ik een ander nodig hebben?'

Verslagen en mistroostig schudde ik mijn hoofd. 'Ik begrijp er niets van. Heb je een probleem op je werk, iets wat je me niet kunt vertellen?'

'Ik leg het allemaal wel uit als we in Thailand zijn.'

'Waarom kun je het me nu niet vertellen? Alsjeblieft, Jack, zeg me wat er aan de hand is.'

'In Thailand.'

Ik wilde hem eigenlijk zeggen dat ik niet veel zin had om naar Thailand te gaan nu hij in deze stemming was, maar ik troostte me met de gedachte dat ik als we daar zouden zijn aangekomen in elk geval uitleg zou krijgen over de reden waarom ons huwelijk zo'n beroerde start had gemaakt. Aangezien zijn slechte humeur iets te maken leek te hebben met problemen op zijn werk, vroeg ik me ongerust af of dit iets was waar ik in de toekomst vaker mee te maken zou krijgen. Ik was zo bezig met de vraag hoe ik me staande kon houden in een huwelijk met een man die me nu niet eens bekend voorkwam, dat het even duurde voordat ik besefte dat we rechtstreeks naar het vliegveld reden.

'En Millie dan?' riep ik uit. 'We zouden nog bij haar op bezoek!'

'Het is al te laat, vrees ik,' zei hij. 'Dan hadden we al kilometers geleden de afslag moeten nemen.'

'Maar ik heb je in mijn bericht gezegd dat we langs het ziekenhuis moesten!'

'Nou ja, omdat je er niets over zei toen je in de auto stapte, ging ik ervan uit dat je van gedachten was veranderd. Bovendien hebben we er geen tijd voor.'

'Maar we vliegen vanmiddag pas!'

'Het vliegtuig vertrekt om drie uur en we moeten om twaalf uur inchecken.'

'Maar ik heb het haar beloofd! Ik heb tegen Millie gezegd

dat ik haar vanochtend nog zou opzoeken!'

'Wanneer dan? Wanneer heb je haar dat verteld? Ik herinner het me niet.'

'Toen ze in de ambulance lag!'

'Ze was bewusteloos, dus ze zal het niet meer weten.'

'Daar gaat het niet om! Bovendien heb ik tegen mijn moeder gezegd dat we zouden komen, en zij heeft het Millie vast verteld.'

'Als je het even met mij had overlegd, had ik je kunnen vertellen dat het niet mogelijk was.'

'Hoe had ik dan met je moeten overleggen? Je was er niet! Jack, keer alsjeblieft om, we hebben tijd genoeg. De incheckbalie gaat om twaalf uur open, maar het duurt een tijd voordat-ie weer dichtgaat. Het duurt niet lang, dat beloof ik, ik wil haar alleen even zien.'

'Geen sprake van.'

'Waarom doe je zo?' riep ik uit. 'Je weet hoe Millie in elkaar zit, je weet dat ze het niet zal begrijpen als we niet komen opdagen.'

'Bel haar dan en leg het uit. Bel haar en zeg dat je het verkeerd hebt ingeschat.'

Gefrustreerd barstte ik in tranen uit. 'Ik heb het niet verkeerd ingeschat,' snikte ik. 'We hebben tijd genoeg, dat weet je best!'

Hij had me nog nooit zien huilen en hoewel ik me schaamde dat ik mijn toevlucht tot tranen nam, hoopte ik dat hij nu zou inzien hoe onredelijk hij deed. Dus toen hij de auto uiteindelijk van de weg stuurde en een afslag naar een tankstation nam, droogde ik mijn tranen en snoot mijn neus, in de veronderstelling dat hij terug zou rijden.

'Dank je,' zei ik toen hij de auto stilzette.

Hij schakelde de motor uit en keerde zich naar me toe. 'Luister eens, Grace, luister goed. Als jij naar Millie toe wilt, dan kan dat. Je kunt nu uitstappen en een taxi naar het ziekenhuis nemen. Maar ik ga naar het vliegveld en als jij ervoor kiest naar het ziekenhuis te gaan, dan ga je dus niet met mij naar Thailand. Zo simpel is het.'

Ik schudde mijn hoofd en er rolden nieuwe tranen over mijn wangen. 'Ik geloof je niet,' huilde ik. 'Je laat me heus niet tussen jou en Millie kiezen, niet als je van me houdt.'

'En toch is dat precies wat ik doe.'

'Hoe kan ik nu kiezen?' Ik keek hem gekweld aan. 'Ik hou van jullie allebei!'

Hij slaakte een geïrriteerde zucht. 'Het stemt me behoorlijk somber dat je er zo'n heisa om maakt. Het zou simpel moeten zijn. Ga je ons huwelijk echt in de waagschaal stellen alleen omdat ik weiger terug te keren om naar Millie te gaan nu we al zo'n eind op weg zijn naar het vliegveld? Beteken ik zo weinig voor je?'

'Nee, natuurlijk niet,' zei ik met verstikte stem, terwijl ik mijn tranen inhield.

'En vind je ook niet dat ik heel inschikkelijk ben geweest de afgelopen tijd, door nooit te klagen over al die tijd die we elk weekend met Millie moeten doorbrengen?'

'Jawel,' zei ik terneergeslagen.

Hij knikte tevreden. 'Dus wat wordt het, Grace? Het vliegveld of het ziekenhuis? Je echtgenoot of je zusje?' Hij wachtte even. 'Kies je voor Millie of voor mij?'

'Voor jou, Jack,' zei ik zachtjes. 'Natuurlijk voor jou.'

'Goed. Oké, waar is je paspoort?'

'In mijn tas,' mompelde ik.

'Mag ik het alvast?'

Ik pakte mijn tas, haalde mijn paspoort eruit en gaf het aan hem.

'Dank je,' zei hij, en hij liet het in zijn binnenzak glijden. Zonder nog een woord te zeggen zette hij de auto in de versnelling en reed weg bij het tankstation, terug de snelweg op.

Ondanks wat er net was gebeurd, kon ik me nauwelijks voorstellen dat Jack me niet naar Millie zou laten gaan. Ik vroeg me af of het om een soort test ging en of hij me – nu ik voor hem had gekozen in plaats van haar – misschien toch naar het ziekenhuis zou brengen. Toen ik zag dat we richting het vliegveld bleven rijden, voelde ik me radeloos, niet alleen vanwege Millie, maar ook omdat ik, in de zes maanden sinds ik Jack had ontmoet, nooit een glimp had opgevangen van deze kant van zijn karakter. Ik had nooit kunnen vermoeden dat hij iemand anders zou kunnen zijn dan de liefste, meest redelijke man op aarde. Al mijn instincten vertelden me dat ik hem moest vragen de auto stil te zetten en me eruit te laten, maar ik was onzeker over wat er zou gebeuren als ik dat deed. In de stemming waarin hij nu verkeerde, wist ik niet of hij zou doen waarmee hij had gedreigd: zonder mij naar Thailand gaan. En als hij dat inderdaad deed, wat moest ik dan, en hoe zat het met ons huwelijk? Tegen de tijd dat we bij het vliegveld waren, was ik misselijk van de stress.

In de rij voor de incheckbalie opperde Jack dat ik mijn moeder zou bellen om haar te zeggen dat het ons niet meer was gelukt naar het ziekenhuis te komen; hij zei dat hoe sneller ik dat deed, hoe beter het voor alle betrokkenen zou zijn. Nog steeds verbijsterd door zijn houding deed ik wat hij zei, en toen ik meteen mijn moeders voicemail kreeg, wist ik niet of ik ontdaan moest zijn of opgelucht. Al met al leek het me eigenlijk ook beter dat ik Millie niet zou spreken. Ik liet een boodschap achter waarin ik uitlegde dat ik me had vergist in het tijdstip van de vlucht en dat ik daarom toch niet kon komen. Ik vroeg mijn moeder om Millie een kus van me te geven en haar te vertellen dat ik zou bellen na aankomst in Thailand. Toen ik ophing, glimlachte Jack en pakte hij mijn hand, en voor het eerst ooit wilde ik die terugtrekken.

Toen wij aan de beurt waren, was Jack zo ontzettend charmant tegenover de grondstewardess – hij verklaarde dat we pasgetrouwd waren en dat we een rampzalige huwelijksdag hadden gehad omdat ons bruidsmeisje, dat het downsyndroom heeft, van de trap was gevallen en haar been had gebroken – dat we werden bevorderd tot eersteklaspassagiers. Maar ik voelde me er geen steek beter door – het feit dat hij Millies aandoening had gebruikt om sympathie op te wekken riep eerder afkeer in me op. De oude Jack zou zoiets nooit hebben gedaan, en de gedachte dat ik de volgende twee weken zou doorbrengen met iemand die nagenoeg een vreemde voor me was geworden, was angstaanjagend. Maar het alternatief – Jack vertellen dat ik niet met hem naar Thailand wilde – was dat net zo goed. Terwijl we door de paspoortcontrole liepen, kon ik het gevoel dat ik de grootste fout van mijn leven beging maar niet van me afschudden.

Mijn verwarring werd nog groter in de vertrekhal, waar Jack met zijn arm om mijn schouders de krant ging zitten lezen alsof er geen vuiltje aan de lucht was. Ik sloeg de champagne die ons werd aangeboden af, in de hoop dat Jack zou begrijpen dat er wat mij betreft even niets te vieren viel. Maar hij nam zonder aarzelen een glas aan, schijnbaar onaangedaan door de afstand die inmiddels tussen ons bestond. Ik probeerde mezelf ervan te overtuigen dat wat er tussen ons was voorgevallen slechts gekibbel tussen geliefden was geweest, een kleine hobbel in de weg naar een lang en gelukkig huwelijk, maar ik wist dat er iets ernstigers aan de hand was. In een wanhopige poging te begrijpen wat er was misgegaan, dacht ik na over alles wat er was gebeurd sinds ik minder dan vierentwintig uur geleden de badkamer uit was gekomen, en toen ik me de paniekerige berichten herinnerde die ik op zijn telefoon had achtergelaten, begon ik me af te vragen of het misschien allemaal aan mij lag. Maar ik wist dat dat niet het geval was, ik wist dat het aan Jack lag. Ik was alleen zo moe dat ik niet kon bedenken waarom hij zo deed. Plotseling kon ik niet wachten om op het vliegtuig te stappen; ik hoopte dat ik na veertien uur in de watten gelegd te zijn in een betere gemoedstoestand zou verkeren als ik eenmaal in Thailand was.

Omdat ik in de vertrekhal ook had geweigerd om iets te eten had ik enorme honger toen we aan boord gingen, want ik was die ochtend te zeer van streek geweest om te kunnen ontbijten. Jack gedroeg zich zorgzaam toen we op onze plek gingen zitten, hij zag erop toe dat ik over alles beschikte wat ik nodig had, zodat mijn stemming enigszins verbeterde. Ik begon me te ontspannen en mijn ogen vielen langzaam dicht.

'Moe?' vroeg Jack.

'Ja.' Ik knikte. 'En ik heb honger. Als ik in slaap val, maak je me dan wakker voor het eten?'

'Natuurlijk.'

Ik sliep al voordat het vliegtuig was opgestegen. Toen ik uiteindelijk mijn ogen weer opendeed, was de cabine donker en leek iedereen te slapen. Alleen Jack was wakker en las de krant.

Ik keek hem vol ongeloof aan. 'Ik dacht dat je me wakker zou maken als het eten kwam?'

'Het leek me beter je niet te storen. Maar maak je geen zorgen, over een paar uur serveren ze het ontbijt.'

'Ik kan niet nog een paar uur wachten; ik heb sinds gisteren niets gegeten!'

'Vraag dan een van de stewardessen om je iets te brengen.'

Ik staarde hem aan over de kloof die tussen ons in lag. In ons andere leven, voordat we getrouwd waren, zou hij zelf de stewardess een seintje hebben gegeven. Waar was die perfecte gentleman gebleven? Was het allemaal een façade geweest, had hij zijn ware ik in een mantel van welwillende vriendelijkheid gehuld om indruk op me te maken? Zich bewust van mijn blik op hem liet hij zijn krant zakken.

'Wie ben je, Jack?' vroeg ik zachtjes.

'Je echtgenoot,' zei hij. 'Ik ben je echtgenoot.' Hij nam mijn hand in de zijne, bracht die naar zijn lippen en drukte er een kus op. 'In voor- en tegenspoed. In ziekte en gezondheid. Tot de dood ons scheidt.' Daarop liet hij mijn hand los en drukte op de knop voor de stewardess. Ze kwam meteen.

'Zou u mijn vrouw alstublieft iets te eten kunnen brengen? Ze heeft het diner gemist.'

'Zeker, meneer,' glimlachte ze.

'Nou,' zei Jack toen ze weg was. 'Zo goed?' Hij verdiepte zich weer in zijn krant en ik was blij dat hij de pathetische tranen van dankbaarheid niet zag die achter mijn ogen prikten. Toen mijn eten werd gebracht, at ik het snel op, en aangezien ik niet bepaald zin had om met Jack te praten, sliep ik vervolgens verder tot we onze afdaling naar Bangkok inzetten.

Jack had erop gestaan dat hij alles rondom onze huwelijksreis zou regelen omdat hij me wilde verrassen. Hij was al een paar keer in Thailand geweest en kende de beste verblijfplaatsen, dus hoewel ik hevig had gehint op Koh Samui, had ik nauwelijks enig idee waar we naartoe zouden gaan. Ik was best teleurgesteld dat we niet naar de hal voor binnenlandse vluchten liepen, maar dat Jack me naar de taxistandplaats leidde. Al snel waren we op weg naar het centrum van Bangkok, en ondanks mezelf raakte ik geboeid door de bedrijvigheid in de stad, hoewel het lawaai me wel tegenstond. Toen de taxi vaart minderde voor een hotel dat The Golden Temple heette, fleurde ik nog verder op, want het was een van de mooiste hotels die ik ooit had gezien. Maar in plaats van te stoppen, bleef de taxi doorrijden tot we arriveerden bij een goed maar minder luxueus hotel driehonderd meter verderop. De lobby zag er beter uit dan de gevel, maar toen we in onze kamer kwamen en zagen dat de badkamer zo klein was dat Jack de douche nauwelijks in zou kunnen, verwachtte ik dat hij rechtsomkeert zou maken om te vertrekken.

'Uitstekend,' zei hij, deed zijn colbert uit en hing het in de kast. 'Dit voldoet prima.'

'Jack, dat kun je niet menen.' Ik keek de kamer rond. 'We kunnen ons toch wel iets beters veroorloven?'

'Het is tijd om de feiten onder ogen te zien, Grace.'

Hij keek zo ernstig dat ik me afvroeg waarom het niet in me was opgekomen dat hij misschien zijn baan wel kwijt was, en nu ik daarover nadacht, besefte ik dat dat de perfecte verklaring was voor de onverwachte ommekeer in zijn gedrag. Als hij het op vrijdagavond te horen had gekregen, zo redeneerde ik, en mijn gedachten schoten heen en weer in mijn hoofd terwijl ik het probeerde uit te vogelen, was hij vermoedelijk op zaterdag terug naar kantoor gegaan toen ik in bad lag, om een oplossing te vinden met de andere partners voordat we op huwelijksreis zouden gaan. Natuurlijk had hij het me niet willen vertellen op onze bruiloft, natuurlijk leek mijn beloofde bezoek aan Millie onbeduidend vergeleken met zijn perikelen! Geen wonder dat hij had willen wachten tot we in Thailand waren voor hij me zou vertellen wat er was gebeurd, en aangezien hij onze hotelreservering overduidelijk had omgezet in een goedkopere optie, bereidde ik me voor op de boodschap dat het hem niet was gelukt om via onderhandelingen zijn baan terug te krijgen.

'Wat is er gebeurd?' vroeg ik.

'Je droom is voorbij.'

'Het geeft niet,' zei ik geruststellend, bij mezelf denkend dat dit weleens het beste zou kunnen zijn wat ons kon overkomen. 'We redden het wel.'

'Hoe bedoel je?'

'Nou, je vindt vast gemakkelijk een andere baan – of je

kunt zelfs een eigen kantoor beginnen, als je wilt. En als we echt krap komen te zitten, kan ik altijd weer gaan werken. Ik zal mijn oude baan niet terugkrijgen, maar ze willen me vast wel voor een andere functie.'

Hij keek me geamuseerd aan. 'Ik ben mijn baan niet kwijt, Grace.'

Ik staarde hem aan. 'Wat is dit dan allemaal?'

Hij schudde meewarig zijn hoofd. 'Je had voor Millie moeten kiezen, dat had je moeten doen.'

Ik voelde een siddering van angst over mijn ruggengraat gaan. 'Wat is er toch aan de hand?' vroeg ik, en ik probeerde mijn stem onder controle te houden. 'Waarom doe je zo?'

'Besef je wel wat je hebt gedaan, besef je dat je je ziel aan me hebt verkocht? En die van Millie trouwens ook.' Hij zweeg even. 'Vooral die van Millie.'

'Hou op!' zei ik op scherpe toon. 'Hou op spelletjes te spelen!'

'Het is geen spelletje.' De kalmte in zijn stem veroorzaakte scheuten van paniek in mijn lichaam. Ik voelde hoe mijn ogen door de kamer schoten, onbewust op zoek naar een uitweg.

'Het is te laat,' zei hij toen hij het zag. 'Veel te laat.'

'Ik begrijp het niet,' zei ik, een snik onderdrukkend. 'Wat wil je dan toch?'

'Precies dat wat ik heb: jou en Millie.'

'Je hébt Millie niet en je hebt mij al helemaal niet.' Ik pakte mijn handtas en keek hem woedend aan. 'Ik ga terug naar Londen.'

Hij wachtte tot ik bij de deur was. 'Grace?'

Ik keerde me langzaam om omdat ik niet wist hoe ik zou reageren als hij me vertelde wat ik wist dat hij me ging vertellen, dat het allemaal één idiote grap was geweest. Ook wilde ik hem niet laten zien hoe opgelucht ik was, want ik moest er niet aan denken wat er zou zijn gebeurd als hij me over de drempel had laten stappen.

'Ja?' vroeg ik koeltjes.

Hij stak zijn hand in zijn zak en haalde mijn paspoort tevoorschijn. 'Vergeet je niet iets?' Hij hield het tussen zijn duim en wijsvinger en zwaaide het heen en weer. 'Je kunt zonder dit niet naar Engeland, dat weet je. In feite kun je nergens naartoe als je dit niet hebt.'

Ik stak mijn hand uit. 'Geef hier, alsjeblieft.'

'Nee.'

'Geef me mijn paspoort, Jack! Ik meen het!'

'En zelfs als ik het je zou geven, hoe dacht je dan zonder geld op het vliegveld te komen?'

'Ik heb wel geld,' zei ik uit de hoogte, blij dat ik voor vertrek wat Thaise baht had gekocht. 'En ik heb een creditcard.'

'Nee,' zei hij, vol medeleven zijn hoofd schuddend, 'die heb je niet. Niet meer.'

Ik ritste snel mijn handtas open en zag dat mijn portemonnee weg was, net als mijn mobiele telefoon.

'Waar is mijn portemonnee, waar is mijn telefoon? Wat heb je ermee gedaan?' Ik greep zijn reistas en graaide erin, op zoek naar mijn bezittingen.

'Je zult ze daar niet in vinden,' zei hij geamuseerd. 'Je verdoet je tijd.'

'Denk je nou echt dat je me hier gevangen kunt houden? Dat ik niet weg kan komen als ik dat wil?'

'Daarbij,' zei hij plechtig, 'komt Millie me goed van pas.'

Het werd me koud om het hart. 'Hoe bedoel je?'

'Laat ik het zo zeggen: wat denk je dat er gebeurt als ik haar schoolgeld niet meer betaal? Een inrichting of een tehuis misschien?'

'Ik betaal haar schoolgeld – ik heb genoeg overgehouden aan de verkoop van mijn huis.'

'Dat geld heb je aan mij overgemaakt, weet je nog, om meubels voor onze nieuwe woning te kopen, wat ik heb gedaan. En wat de rest betreft... dat geld is nu van mij. Je hebt geen geld, Grace, helemaal niets.'

'Dan ga ik weer aan het werk. En ik klaag je aan om de rest van mijn geld terug te krijgen,' voegde ik er woest aan toe.

'Nee hoor, niets ervan. Ten eerste: je gaat niet weer aan het werk.'

'Je kunt me niet tegenhouden.'

'Natuurlijk wel.'

'Hoe dan? We leven in de eenentwintigste eeuw, Jack. Als dit allemaal echt gebeurt, als dit niet een of andere zieke grap is, denk je dan echt dat ik met je getrouwd blijf?'

'Jazeker, want je hebt geen keus. Ga maar even zitten, dan zal ik je vertellen waarom niet.'

'Ik ben niet geïnteresseerd. Geef me mijn paspoort nou maar, en genoeg geld om terug naar Engeland te gaan, en dan zullen we het erop houden dat het één grote, vreselijke vergissing was. Jij kunt hier blijven als je wilt, en als je terugkomt, vertellen we iedereen dat we beseften dat we niet bij elkaar passen en dat we hebben besloten uit elkaar te gaan.'

'Dat is erg grootmoedig van je.' Hij liet het even op zich inwerken en ik merkte dat ik mijn adem inhield. 'De enige moeilijkheid is dat ik geen fouten maak. Dat heb ik nooit gedaan en dat zal ik nooit doen.'

'Toe nou, Jack,' zei ik wanhopig. 'Laat me alsjeblieft gaan.'

'Ik zal je zeggen wat mijn bedoeling is. Als je nou even gaat zitten, leg ik je alles uit, zoals ik al zei. En daarna, als je hebt gehoord wat ik te melden heb, laat ik je gaan, als je dan tenminste nog weg wilt.'

'Beloof je dat?'

'Op mijn erewoord.'

Ik woog mijn opties vlug tegen elkaar af en toen ik me realiseerde dat ik maar één optie had, ging ik op de rand van het bed zitten, zo ver mogelijk bij hem vandaan. 'Ga je gang.'

Hij knikte. 'Maar voordat ik van wal steek, om je te laten inzien hoe serieus ik het meen, zal ik je een geheimpje verklappen.'

Ik keek hem wantrouwig aan. 'Wat dan?'

Hij boog zich naar me toe met een onbestemd lachje om zijn mondhoek. 'Er is geen huishoudster,' fluisterde hij.

HEDEN

Na thuiskomst van de lunch met Diane en Esther ga ik naar boven, naar mijn kamer, zoals altijd. Ik hoor de sleutel omdraaien in het slot en een paar minuten later het gezoem van de rolluiken die dichtgaan; nog een voorzorgsmaatregel voor het onwaarschijnlijke geval dat ik mijn weg zal vinden door de gesloten deur, de trap af, naar de gang. Mijn oren, subtiel afgestemd op het minste of geringste geluid – omdat er niets anders is, geen muziek, geen televisie, om ze te prikkelen – pikken het gonzen op van de zwarte hekken die zich openen, en snel daarna het kraakgeluid van de auto die over het grind van de oprit rijdt. Ik voel me niet ongerust door zijn vertrek, zoals normaal gesproken, want vandaag heb ik gegeten. Op een keer kwam hij pas na drie dagen terug en tegen die tijd was ik in staat om mijn tanden in de zeep uit de badkamer te zetten.

Ik kijk rond in de kamer die de afgelopen maanden mijn thuis is geweest. Er is niet veel, alleen een bed, een raam met tralies en een tweede deur. Die leidt naar een kleine badkamer, mijn enige ingang naar een andere wereld, met een douche, wastafel en toilet, en een klein stukje zeep en een handdoek als enige decoraties.

Hoewel ik deze twee ruimten tot in alle hoekjes ken, blijven mijn ogen continu zoeken omdat er altijd de gedachte is dat ik iets kan hebben gemist wat mijn leven draaglijker zou maken, een spijker die ik zou kunnen gebruiken om al mijn ellende in de zijkant van het bed te krassen, of tenminste een spoor van mezelf mee achter te laten mocht ik plotseling verdwijnen. Maar er is niets. Het is trouwens niet de dood die Jack voor mij in petto heeft. Wat hij heeft gepland, is geraffineerder. Zoals altijd wanneer ik erover nadenk wat er komen gaat, hoop ik vurig dat hij zal omkomen bij een auto-ongeluk op weg van het huis naar zijn werk, zo niet vandaag, dan toch voor eind juni, wanneer Millie bij ons komt wonen. Want daarna is het te laat.

Er zijn geen boeken, er is geen krant, er is geen pen die ik kan gebruiken om mezelf afleiding te bezorgen. Ik breng mijn dagen zwevend in de tijd door, als een lijdzaam stukje mens. Dat is althans wat Jack in me ziet. In werkelijkheid wacht ik af tot zich een kleine kans voordoet – en dat gaat zeker gebeuren, want als ik daar niet in geloof, hoe kan ik dan verder? Hoe kan ik dan blijven voortbestaan in de schertsvertoning die mijn leven is geworden? Vandaag heb ik even gedacht dat mijn kans was gekomen, wat achteraf bezien behoorlijk stom van me was. Hoe had ik kunnen denken dat Jack me in m'n eentje naar een lunch zou laten gaan, een gelegenheid die ik had kunnen benutten om aan hem te ontsnappen? Het was simpelweg dat hij nooit eerder zo ver was gegaan, dat hij me helemaal had gebracht; hij zette me altijd graag op het verkeerde been. De keer dat ik tegenover Diane had gedaan alsof ik was vergeten dat ik met haar zou lunchen, had hij me tot halverwege naar het restaurant gereden voordat hij was omgekeerd, lachend om de vertwijfelde teleurstelling op mijn vertrokken gezicht toen ik begreep dat mijn kans om te vluchten was verkeken.

Ik denk er vaak over hem te vermoorden, maar dat gaat niet. Ten eerste heb ik de middelen er niet voor. Ik heb geen toegang tot medicijnen, messen of andere destructieve instrumenten, want hij heeft alles onder controle. Als ik om een aspirientje vraag omdat ik hoofdpijn heb, en hij het zich verwaardigt me er een te brengen, wacht hij tot ik het heb doorgeslikt, zodat ik het niet ergens kan verstoppen en er beetje bij beetje, hoofdpijn na hoofdpijn, genoeg van kan verzamelen om hem ermee te vergiftigen. Elke maaltijd die hij me brengt, wordt geserveerd op een plastic bord vergezeld van plastic bestek en een plastic bekertje. Als ik gerechten bereid voor een etentje, is hij de hele tijd aanwezig en kijkt hij aandachtig toe hoe ik de messen terugleg in hun vakjes, voor het geval ik zou besluiten er een op mijn lichaam te verstoppen en op enig moment tegen hem te gebruiken. Of hij hakt en snijdt wat ik nodig heb. Hoe dan ook, wat voor zin zou het hebben hem te vermoorden? Als ik naar de gevangenis moest of in een cel mijn rechtszaak moest afwachten, wat zou er dan van Millie worden? Maar ik ben niet de hele tijd zo passief geweest. Voordat ik de hopeloosheid van mijn situatie erkende, was ik best vindingrijk in mijn pogingen aan Jack te ontsnappen. Maar als het erop aankwam, was het het gewoon niet waard; de prijs die ik elke keer betaalde, was te hoog.

Ik sta op van de rand van het bed en kijk door het raam naar de tuin. De tralies zitten zo dicht op elkaar dat het zinloos zou zijn om het glas te breken in de hoop me erdoorheen te kunnen wurmen – en de kans dat ik een geschikt voorwerp zal vinden om ze mee door te zagen is nihil. Zelfs al zou ik iets vinden – wat een wonder zou zijn – tijdens een van de zeldzame gelegenheden dat ik het huis mag verlaten, dan zou ik het niet mee kunnen nemen, want Jack is voortdurend in de buurt. Hij is mijn hoeder, mijn bewaker, mijn cipier. Ik mag nergens naartoe zonder hem aan mijn zijde, zelfs niet naar de wc in een restaurant.

Jack denkt dat als hij me slechts twee seconden uit het oog verliest, ik de gelegenheid te baat neem om iemand over mijn benarde toestand in te lichten, om hulp te vragen, te vluchten. Maar dat doe ik niet, nu niet meer, tenzij ik honderd procent zeker weet dat ik word geloofd, want ik moet rekening houden met Millie. Zij is de reden waarom ik op straat of in een restaurant niet om hulp roep – naast het feit dat Jack veel geloofwaardiger overkomt dan ik. Ik heb het een keer geprobeerd en ik werd bejegend alsof ik krankzinnig was, terwijl Jack medeleven kreeg omdat hij met zo'n raaskallende vrouw zat opgescheept.

Er hangt geen klok in mijn kamer en ik heb geen horloge, maar ik ben er vrij goed in geworden te schatten hoe laat het is. In de winter, wanneer de avond vroeg valt, is het gemakkelijker, maar in de zomer heb ik niet echt een besef van het exacte tijdstip waarop Jack thuiskomt van zijn werk – dat kan ergens tussen zeven en tien liggen. Bizar genoeg voel ik me altijd getroost door het geluid van zijn terugkomst. Sinds die keer dat hij drie dagen achtereen niet thuiskwam, ben ik bang om de hongerdood te sterven. Hij heeft me daarmee een lesje geleerd. Als ik íéts weet over Jack, is het dat alles wat hij doet en zegt weloverwogen is, uitgekiend tot in de details. Hij gaat er prat op dat hij alleen maar de waarheid vertelt, en hij geniet ervan dat ik de enige ben die de betekenis achter zijn woorden begrijpt.

De opmerking die hij maakte tijdens het etentje bij ons thuis, toen hij zei dat ons leven een nieuwe dimensie zou krijgen wanneer Millie bij ons komt wonen, is slechts één voorbeeld van zijn dubbele bodems. Zijn andere opmerking, dat de gedachte dat ik alles overheb voor Millie hem deed beseffen dat ik de vrouw was naar wie hij zijn hele leven al zocht, eveneens.

Vanavond komt hij rond acht uur thuis, schat ik in. Ik hoor de voordeur opengaan en achter hem weer sluiten, zijn voetstappen in de gang, het geluid van de sleutels die hij op het gangkastje gooit. Ik stel me voor hoe hij zijn mobieltje uit zijn zak haalt en een paar tellen later hoor ik hoe hij het naast zijn sleutels legt. Vervolgens een korte stilte, dan het geluid van de deur naar de garderobekast, waar hij zijn jas ophangt. Ik ken hem inmiddels goed genoeg om te weten dat hij rechtstreeks naar de keuken loopt om zichzelf een whisky in te schenken, maar alleen omdat mijn kamer boven de keuken ligt en ik geleerd heb de verschillende geluiden aan het begin van zijn avond te onderscheiden.

Inderdaad hoor ik hem ongeveer een minuut later – misschien nadat hij de post heeft doorgenomen – de keuken binnenlopen, een kastje openen, een glas eruit nemen, het kastje dichtdoen, naar de vriezer lopen, de deur en de lade openen, de ijsblokjeshouder pakken, de blokjes eruit drukken en er twee in het glas deponeren, het ene na het andere. Ik hoor hem de kraan opendoen, de houder weer vullen, die terugleggen in de lade, de lade dichtdoen, de deur sluiten, de fles whisky pakken die ernaast staat, de schroefdop opendraaien, een shot whisky in het glas schenken, de dop weer op de fles draaien, de fles neerzetten, het glas oppakken en de whisky ronddraaien met het ijs. Ik kan het geluid van zijn eerste slok niet horen, maar ik stel me voor dat hij die neemt, want er verstrijken altijd een paar seconden voordat ik hem terug hoor lopen over de keukenvloer, naar de gang en zijn werkkamer in. Het zou kunnen dat hij me in de loop van de avond iets te eten brengt, maar ik heb tussen de middag gegeten, dus ik maak me niet ongerust als hij dat niet doet.

Er zit geen regelmaat in de maaltijden die hij me brengt. Soms krijg ik 's ochtends wat te eten, soms 's avonds en soms helemaal niets. Als hij me een ontbijt brengt, zijn dat bijvoorbeeld ontbijtgranen en een glas sap of een stuk fruit en water. 's Avonds kan het een driegangenmaaltijd met een glas wijn zijn, maar ook een sandwich en een beker melk. Jack weet dat er niets geruststellender is dan routine, dus hij ontzegt me alles wat daarop lijkt. Hoewel hij zich er niet van bewust is, bewijst hij me daar een dienst mee. Zonder routine loop ik niet het risico dat ik me in mijn lot schik en op den duur niet meer zelf kan nadenken. En ik moet blijven nadenken.

Het is afschuwelijk om van iemand afhankelijk te zijn voor de basale dingen van het leven, hoewel ik dankzij de kraan in mijn badkamertje niet zal doodgaan van de dorst. Ik zou echter wel kunnen sterven van verveling, want er is niets om de lege dagen die tot in de oneindigheid voor me liggen mee op te fleuren. De etentjes waar ik eerder ontzettend tegen opzag, zijn nu een welkome afleiding. Ik beleef zelfs enig plezier aan de uitdaging te voldoen aan Jacks steeds hogere eisen aan de gerechten die we onze gasten zullen serveren, want als het me allemaal lukt, zoals afgelopen zaterdag, maakt de smaak van succes mijn bestaan draaglijk. Zo zit mijn leven nu in elkaar.

Omstreeks een halfuur nadat hij is thuisgekomen, hoor ik zijn voetstappen op de trap en dan op de overloop. De sleutel wordt omgedraaid in het slot. De deur gaat open en hij staat in de deuropening, mijn knappe psychopaat van een echtgenoot. Ik kijk hoopvol naar zijn handen, maar hij heeft geen dienblad bij zich.

'We hebben een e-mail van Millies school gekregen. Ze willen met ons praten.' Hij kijkt me even aan. 'Waarover zouden ze in vredesnaam met ons willen praten, vraag ik me af?'

Ik krijg het plotseling koud. 'Ik zou het niet weten,' zeg ik, blij dat hij niet kan zien hoeveel sneller mijn hart klopt.

'Nou, dan we zullen daar wel achter komen, nietwaar? Janice heeft mevrouw Goodrich kennelijk verteld dat we van plan zijn om komende zondag weer op bezoek te gaan, en ze oppert dat we wat vroeger zouden kunnen komen voor een kort gesprek.' Hij laat een stilte vallen. 'Ik hoop maar dat alles in orde is.'

'Vast wel,' zeg ik, kalmer dan ik me voel.

'Dat is ze geraden.'

Hij vertrekt en doet de deur achter zich op slot. Hoewel ik blij ben dat mevrouw Goodrich dat bericht heeft gestuurd, omdat het betekent dat ik Millie weer ga zien, voel ik ook een vage ongerustheid in me opkomen. We zijn nog nooit eerder op de school ontboden. Millie weet dat ze niets mag zeggen, maar soms vraag ik me af of ze het echt begrijpt. Ze heeft geen idee hoeveel er op het spel staat, want hoe zou ik haar dat ooit kunnen vertellen?

De noodzaak om een oplossing te vinden voor de nachtmerrie waarin we verstrikt zijn geraakt – de nachtmerrie waarin ik ons verstrikt heb laten raken – weegt zwaar op me en ik dwing mezelf diep adem te halen en de paniek te onderdrukken. Ik heb nog bijna vier maanden, vertel ik mezelf, vier maanden om die opening te vinden en Millie en mijzelf daar op de een of andere manier doorheen te wurmen, want er is niemand om ons te helpen. De enige mensen die daartoe misschien in staat waren geweest – wellicht zou een oermoedergevoel of vaderinstinct hun hebben verteld dat ik in de problemen zat – zitten nu aan de andere kant van de wereld, door Jack aangemoedigd om daar nog sneller naartoe te gaan dan ze oorspronkelijk van plan waren.

Hij is heel slim, echt heel slim. Alles wat ik hem ooit heb toevertrouwd heeft hij tegen me gebruikt. Ik wilde dat ik hem nooit iets had gezegd over het onbehagen bij mijn ouders rondom Millies geboorte. Of dat ze de dagen telden tot ik mijn belofte om Millie in huis te nemen zou inlossen, zodat ze eindelijk naar Nieuw-Zeeland konden verhuizen. Het stelde hem in staat om in te spelen op hun angst dat ik die belofte om wat voor reden dan ook zou verbreken en dat ze uiteindelijk toch nog voor Millie zouden moeten zorgen. In het weekend dat we op zijn voorstel mijn ouders bezochten, was dat niet zozeer om mijn vader om mijn hand te vragen, maar eerder om hem te vertellen dat ik had gezinspeeld op de mogelijkheid dat Millie met hen naar Nieuw-Zeeland zou gaan omdat ik wilde trouwen en zelf een gezin wilde stichten. Toen mijn vader zich hiervan kapot schrok, had Jack gesuggereerd dat het misschien maar beter was om vaart achter de emigratie te zetten, waarmee hij op doeltreffende wijze de enige mensen wegwerkte die me hadden kunnen helpen.

Ik ga op het bed zitten en vraag me af hoe ik de rest van de avond en vervolgens de nacht moet doorkomen. Slapen zal niet lukken, niet met dat gesprek met mevrouw Goodrich in het vooruitzicht. Als ik het objectief bekijk, wordt het de ideale gelegenheid om de waarheid eruit te gooien, dat Jack me gevangenhoudt, dat hij Millie onnoemelijk veel kwaad wil doen, en haar te smeken om me te helpen, om de politie te bellen. Maar zoiets heb ik al eens gewaagd en de ervaring heeft me geleerd dat Jack op ditzelfde ogenblik mijn ondergang zit te beramen voor het geval ik tijdens de bespreking ook maar iets laat merken. Ik zal vernederd worden en in een nog beroerdere toestand belanden dan ik nu al verkeer; Jack zal beslist op wraak zinnen. Ik steek mijn handen naar voren. Het onbedwingbare trillen bevestigt datgene wat ik me pas de laatste tijd ben gaan realiseren, maar wat Jack steeds al heeft geweten – dat angst het beste afschrikwekkende middel is dat er bestaat.

VERLEDEN

'Wat bedoel je precies?' vroeg ik, zittend op de rand van het bed in onze hotelkamer, me afvragend hoe ik, toen hij mij de keuze had gegeven tussen een bezoek aan Millie in het ziekenhuis of voortzetting van de reis naar Thailand, had kunnen geloven, ondanks alles wat er sinds onze bruiloft was voorgevallen, dat hij toch een goede vent was.

'Precies wat ik zei: er is geen huishoudster.'

Ik zuchtte, te vermoeid voor zijn gezwets. 'Wat wil je me nou vertellen?'

'Een verhaal. Een verhaal over een jongetje. Wil je het horen?'

'Als dat betekent dat je me laat gaan, ja, dan wil ik het heel graag horen.'

'Goed.' Hij pakte de enige stoel die in de kamer stond en ging pal voor me zitten.

'Er was eens een jongetje dat in een ver land woonde, heel ver hiervandaan, samen met zijn vader en moeder. Toen hij nog heel klein was, was het jongetje bang voor zijn sterke, machtige vader en hield hij van zijn moeder. Maar toen de kleine jongen zag dat zijn moeder zwak en nutteloos was en hem niet kon beschermen tegen zijn vader, begon hij haar te verachten en te genieten van de angst in haar ogen wanneer zijn vader haar naar de kelder sleepte om haar daar op te sluiten tussen de ratten.

Het besef dat zijn vader een ander mens zo'n panische angst kon aanjagen, maakte dat de vrees die de jongen voor hem voelde omsloeg in bewondering en dat hij hem begon na te bootsen. Al snel klonk het gegil van zijn moeder dat door de vloerplanken opsteeg hem als muziek in de oren en werd de geur van haar angst het heerlijkste parfum. Hij begon naar dit effect te hunkeren, zodanig dat wanneer zijn vader hem de vrije teugel liet, de jongen zijn moeder naar de kelder bracht, waarbij haar smeekbeden om haar daar niet achter te laten alleen maar bijdroegen aan zijn plezier. En naderhand, wanneer hij het geluid van haar angst tot zich liet doordringen en de geur ervan opsnoof, wenste hij dat hij haar daar eeuwig kon vasthouden.

Op een avond, toen de jongen ongeveer dertien jaar oud was, lukte het zijn moeder om uit de kelder te ontsnappen terwijl zijn vader in de tuin aan het werk was. Maar de jongen wist dat hij het geluid van haar angst nooit meer zou horen als ze weg zou komen, dus sloeg hij haar om te voorkomen dat ze zou vluchten. En toen ze gilde, sloeg hij haar weer. En nog een keer. En hoe meer ze gilde, hoe meer hij sloeg, en hij merkte dat hij niet kon stoppen, zelfs niet toen ze op de grond viel. Daarna keek hij naar haar gehavende, bebloede gezicht en vond hij dat ze er nog nooit zo prachtig had uitgezien.

Zijn vader, die op het gegil van de moeder was afgekomen, arriveerde en trok de jongen van haar af. Maar het was te laat, want ze was al dood. De vader was boos en sloeg de jongen, maar de jongen sloeg hem terug. Toen de politie kwam, vertelde de jongen dat zijn vader zijn moeder had vermoord en dat hij had geprobeerd haar te beschermen. De vader ging naar de gevangenis, tot genoegen van de jongen.

Toen hij ouder werd, begon de jongen te verlangen naar iemand van hem zélf, iemand die hij angst kon aanjagen wanneer hij wilde en hoe hij wilde. Iemand die hij verborgen kon houden, iemand die door niemand gemist zou worden. Hij wist dat het niet eenvoudig zou zijn om zo'n persoon te vinden, maar hij was ervan overtuigd dat als hij goed genoeg zou zoeken, hij diegene uiteindelijk zou vinden. En ondertussen zocht hij naar een manier om zijn hunkering te bevredigen. Dus weet je wat hij deed?' Als verdoofd schudde ik mijn hoofd. 'Hij werd advocaat en specialiseerde zich in zaken van huiselijk geweld. En weet je wat hij vervolgens deed?' Hij boog voorover en bracht zijn mond dicht bij mijn oor. 'Hij trouwde met jou, Grace.'

Ik kon amper nog ademhalen. Terwijl hij het verhaal vertelde, had ik niet willen geloven dat hij die jongen was geweest, maar nu begon ik hevig te beven. De kamer draaide voor mijn ogen. Hij ging achterover zitten en strekte zijn benen met een tevreden uitdrukking op zijn gezicht. 'Zo, vertel eens, vond je het een leuk verhaal?'

'Nee,' zei ik met trillende stem. 'Maar ik heb ernaar geluisterd, dus kan ik nu gaan?' Ik maakte aanstalten om op te staan, maar hij duwde me terug.

'Ik vrees van niet.'

Er stroomden tranen van angst over mijn wangen. 'Maar dat heb je beloofd.'

'Meen je dat nou?'

'Alsjeblieft. Laat me alsjeblieft gaan. Ik zal niemand vertellen wat je mij net hebt verteld, ik zweer het je.'

'Natuurlijk wel.'

Ik schudde mijn hoofd. 'Nee, nee, echt niet.'

Even zweeg hij, alsof hij nadacht over wat ik had gezegd. 'Waar het op neerkomt, Grace, is dat ik je niet kan laten gaan omdat ik je nodig heb.' Hij zag de angst in mijn ogen, hurkte naast me neer en snoof. 'Perfect,' fluisterde hij.

Iets aan de manier waarop hij het zei maakte me doodsbang en ik deinsde achteruit.

'Maak je geen zorgen. Ik zal je geen pijn doen,' zei hij. Hij stak zijn hand uit en streek over mijn wang. 'Dat is niet de reden waarom je hier bent. Maar laten we nog even terugkeren naar het verhaal… Goed… terwijl ik mijn kans afwachtte om iemand voor mezelf te vinden, transformeerde ik mezelf tot een achtenswaardige persoon. Eerst zocht ik de perfecte naam en bedacht ik "Angel". Ik heb zelfs overwogen om mezelf Gabriel Angel te noemen, maar ik dacht dat ik daarmee een stap te ver ging, dus verdiepte ik me in de materie en kwam ik erachter dat aardige mannen in films vaak Jack heten – en hoppa! Jack Angel was geboren. Vervolgens heb ik de perfecte baan gevonden.' Hij schudde geamuseerd zijn hoofd. 'De ironie ervan blijft wonderbaarlijk: Jack Angel, verdediger van mishandelde vrouwen. Maar ik had ook behoefte aan een perfect leven – als een man tegen de veertig loopt zonder dat er een echtgenote in beeld is, beginnen mensen vragen te stellen – dus je kunt je wel voorstellen hoe ik me voelde toen ik jou en Millie zag, die dag in het park, mijn perfecte vrouw en mijn…'

'Nooit!' gooide ik eruit. 'Ik zal nooit jouw perfecte vrouw zijn. Als je denkt dat ik met je getrouwd blijf na wat je hebt gezegd, dat ik je kinderen ga krijgen…'

Hij barstte in lachen uit en kapte me af. 'Kinderen! Weet je wat het moeilijkste is wat ik ooit heb gedaan? Niet mijn moeder doden of mijn vader de bak in zien gaan – die dingen waren gemakkelijk, plezierig zelfs. Nee, het moeilijkste wat ik ooit heb gedaan is seks hebben met jou. Hoe kan het dat je dat niet hebt gemerkt, hoe kan het dat je niet door mijn excuses heen hebt geprikt? Hoe kun je niet hebben beseft dat het een opgave voor me was toen ik uiteindelijk seks met je had, dat ik het walgelijk en onnatuurlijk vond? Daarom verdween ik gisteravond. Ik wist dat je zou verwachten dat ik met je zou vrijen – het was tenslotte onze huwelijksnacht – en de gedachte dat ik het moest doen om de schijn op te houden was ondraaglijk. Dus je snapt wel dat ik niet van je verwacht dat je mijn kinderen krijgt. Als de mensen ernaar gaan vragen, vertellen we dat we op dat gebied problemen ondervinden en daarna zullen ze uit beleefdheid niet verder vragen. Ik heb je nodig als echtgenote, maar alleen in naam. Jij bent niet mijn trofee, Grace, maar Millie.'

Ik staarde hem aan. 'Millie?'

'Ja, Millie. Ze voldoet aan mijn hele eisenpakket. Over zestien maanden is ze van mij en dan zal ik eindelijk hebben wat ik mezelf zo lang heb moeten ontzeggen. Niemand zal haar missen, alleen jij. Niet dat ik van plan ben haar te vermoorden – die fout heb ik al eens gemaakt.'

Ik sprong op. 'Denk je werkelijk dat ik je ook maar één haar van Millie laat krenken?'

'Als ik dat zou willen, denk jij dan werkelijk dat je mij kunt tegenhouden?' Ik rende naar de deur. 'Hij zit op slot,' zei hij verveeld.

'Help!' riep ik, met mijn vuist bonkend op de deur. 'Help!'

'Als je dat nog één keer doet, zie je Millie nooit meer!' blafte hij. 'Kom terug en ga zitten.'

Panisch van angst bleef ik op de deur bonken, schreeuwend om hulp.

'Ik waarschuw je, Grace. Weet je nog wat ik heb gezegd over Millie die in een inrichting zou kunnen terechtkomen? Weet je hoe eenvoudig ik dat kan regelen?' Hij knipte met zijn vingers. 'Zó snel.'

Ik draaide me om en keek hem aan. 'Dat laten mijn ouders niet gebeuren!'

'Geloof je nou echt dat ze hun comfortabele leventje in Nieuw-Zeeland opgeven om zich terug te haasten en haar te redden, om haar vervolgens bij zich in huis te nemen? Ik dacht het niet. Je hebt niemand, Grace, niemand om Millie of jou te redden.'

'Ik ben haar voogd!' riep ik uit.

'Ik ook, en dat staat zwart op wit.'

'Maar ik zou er nooit mee akkoord gaan dat ze wordt opgenomen!'

'Hoe zit het dan als jij zelf ook labiel en wilsonbekwaam wordt verklaard? Als jouw echtgenoot word ik dan verantwoordelijk voor zowel jou als Millie en dan kan ik doen wat ik wil.' Hij gebaarde naar de deur. 'Ga je gang: blijf maar op de deur beuken en om hulp schreeuwen. Daarmee leg je de basis voor je gekte.'

'Jij bent degene die gek is,' siste ik.

'Natuurlijk.' Hij stond op, liep naar het nachtkastje, rukte de telefoon uit de contactdoos, haalde een zakmes uit zijn zak en sneed het snoer door. 'Ik geef je wat tijd voor jezelf om te overpeinzen wat ik heb gezegd, en als ik terugkom, praten we verder. Ga op het bed zitten.'

'Nee.'

'Doe niet zo moeilijk.'

'Je kunt me hier niet opsluiten!'

Hij liep naar me toe. 'Ik wil je geen pijn doen, om de simpele reden dat ik misschien niet zou kunnen stoppen. Maar als het moet, dan moet het maar.' Hij bracht zijn arm omhoog en ik kromp ineen, omdat ik dacht dat hij me zou slaan. 'En als jij sterft, wat moet er dan van Millie terechtkomen?'

Ik voelde zijn handen op mijn schouders en verstijfde van angst, in de veronderstelling dat hij ze naar mijn hals zou brengen. In plaats daarvan manoeuvreerde hij me ruw naar het bed en duwde me erop. Terwijl er een golf van opluchting door me heen ging dat hij me niet had gewurgd, dat ik nog leefde, vloog ik op van het bed bij het geluid van de deur die openging. Maar voordat ik er was, glipte hij naar buiten. Toen de deur achter hem sloot, sloeg ik erop met mijn vuisten en schreeuwde dat hij me eruit moest laten. Ik hoorde zijn voetstappen wegsterven in de gang en ik bleef maar om hulp roepen. Maar er kwam niemand en ik zeeg radeloos neer op de vloer en huilde.

Het duurde even voor ik weer tot mezelf kwam. Ik stond op en liep naar de schuifdeuren die naar het balkon leidden, maar hoe hard ik er ook aan trok, ik kreeg ze niet open. Ik strekte mijn nek om over het balkon heen te kijken, maar ik zag alleen blauwe lucht en de daken van wat gebouwen. Onze kamer lag op de zesde verdieping aan het eind van een lange gang, dus aan één kant was er geen aangrenzende kamer. Ik liep naar de andere muur en klopte er een paar keer hard op, maar er werd niet terug geklopt. Ik vermoedde dat de meeste mensen weg waren, om bezienswaardigheden te gaan bekijken, want het was halverwege de middag.

Ik móést iets doen, dus ik richtte mijn aandacht op onze koffers op het bed en begon ze te doorzoeken, in de hoop iets te vinden wat me zou kunnen helpen de kamer uit te komen. Maar ik vond niets bruikbaars. Zowel mijn pincet als mijn nagelschaartje was verdwenen. Ik had geen idee hoe Jack het voor elkaar had gekregen om ze uit mijn toilettas te halen zonder dat ik het had gemerkt, maar aangezien die in de bagageruimte had gezeten, in mijn koffer, kon ik slechts aannemen dat hij ze eruit had gehaald voordat we uit Engeland waren vertrokken, waarschijnlijk in het hotel toen ik in de badkamer was. Er sprongen weer tranen in mijn ogen bij de gedachte dat ik me minder dan vierentwintig uur geleden had verheugd op het huwelijkse leven, zonder enig vermoeden van de horror die me te wachten stond.

Ik vocht tegen de paniek die zich van me meester dreigde te maken en ik dwong mezelf om rationeel na te denken over wat ik zou kunnen doen. Tot ik iemand terug hoorde komen in de aangrenzende kamer had het geen zin om op de muur te bonzen. Ik dacht erover een briefje onder de deur door te schuiven, naar de gang, hopend dat iemand die verderop in de gang naar een kamer terugging het zou zien liggen en nieuwsgierig genoeg zou worden om het te komen lezen. Maar mijn pen was uit mijn tas verdwenen, net als mijn oogpotloden en lipsticks. Jack had elke zet die ik kon bedenken voorzien.

Ik begon de kamer als een bezetene te doorzoeken, om te kijken of er iets – wat dan ook – lag waar ik iets aan had. Maar er was niets. Verslagen ging ik op het bed zitten. Als ik de geluiden van deuren die elders in het hotel open- en dichtgingen niet had gehoord, zou ik hebben gedacht dat het verlaten was, maar hoe geruststellend die geluiden ook waren, mijn gevoel van desoriëntatie was beangstigend. Ik vond het moeilijk te geloven dat wat ik meemaakte echt gebeurde, en het schoot me door mijn hoofd dat ik misschien wel was terechtgekomen in een of ander verwrongen televisieprogramma waarin mensen voor onmogelijke situaties werden gesteld terwijl de wereld toekeek hoe ze zich eruit zouden redden.

Om de een of andere reden stelde het idee dat ik naar mezelf op een scherm zat te kijken en dat miljoenen mensen meekeken, me in staat een stap terug te doen en mijn opties objectief te overwegen. Ik wist dat ik de relatieve kalmte die ik had hervonden zou verliezen als ik zou denken aan het verschrikkelijke verhaal dat Jack me had verteld. Dus in plaats daarvan ging ik op het bed liggen en richtte mijn gedachten op wat ik kon doen als Jack terugkwam, wat ik tegen hem zou zeggen, hoe ik me zou gedragen. Ik voelde hoe ik in slaap viel en hoewel ik ertegen probeerde te vechten, was het al donker toen ik mijn ogen weer opende en besefte ik dat ik een tijd had geslapen. Het lawaai van het drukke nachtleven in de straat beneden vertelde me dat het avond was en ik stond op en liep naar de deur.

Ik weet niet waarom – misschien kwam het omdat ik nog

slaperig was –, maar ik draaide instinctief aan de deurknop. Toen ik me realiseerde dat die meegaf en dat de deur niet op slot zat, was ik zo verbluft dat het even duurde voor ik reageerde. Zoals ik daar stond en probeerde te begrijpen hoe het zat, begon het tot me door te dringen dat ik hem de deur niet op slot had horen doen. Ik had simpelweg aangenomen dat hij dat had gedaan, dus ik had niet eens een poging gewaagd om de deur te openen. Ook bedacht ik dat hij niet had gezegd dat hij me zou opsluiten; ik was zelf tot die conclusie gekomen. Nu ik me herinnerde hoe paniekerig ik me had gedragen, hoe ik op de deur had gebonkt en op de muur had geklopt, voelde ik me onnozel en beschaamd, en ik stelde me voor hoe Jack lachend was weggelopen.

Tranen van razernij prikten in mijn ogen. Ik knipperde ze boos terug en herinnerde mezelf eraan dat ik feitelijk nog steeds een gevangene was zolang hij mijn paspoort en portemonnee had. Maar ik kon in elk geval de kamer verlaten.

Stilletjes opende ik de deur, als de dood dat ik Jack buiten zou aantreffen, klaar om aan te vallen, en ik dwong mezelf om de gang in te kijken. Die was leeg. Ik ging de kamer weer in, vond mijn schoenen, pakte mijn handtas van de vloer en vertrok. Terwijl ik in de richting van de lift rende, deed de gedachte dat ik Jack zou zien staan nadat de deuren zich hadden geopend me besluiten om de trap te nemen. Ik nam twee treden tegelijk en kon nauwelijks geloven dat ik kostbare uren had verspild door te denken dat ik opgesloten zat. Toen ik in de lobby kwam en zag dat er veel mensen waren, was de opluchting enorm. Ik haalde diep adem om mezelf te kalmeren en liep snel naar de receptie, waar Jack en ik slechts uren daarvoor hadden ingecheckt, blij dat mijn nachtmerrie voorbij was.

'Goedenavond, kan ik u helpen?' De jongedame achter de balie glimlachte naar me.

'Ja, graag, wilt u de Britse ambassade voor me bellen?' vroeg ik, en ik dwong mezelf rustig te spreken. 'Ik moet terug naar Engeland en ik ben mijn paspoort en geld kwijt.'

'O, wat vervelend.' De jongedame keek meelevend.

'Mag ik uw kamernummer alstublieft?'

'Dat weet ik niet, maar de kamer is op de zesde verdieping, mijn naam is Grace Angel en ik ben vandaag met mijn echtgenoot aangekomen.'

'Kamer 601,' bevestigde ze met een blik op haar scherm. 'Mag ik vragen waar u uw paspoort bent kwijtgeraakt? Op het vliegveld?'

'Nee, ik had het nog hier in het hotel.' Ik lachte beverig. 'Ik ben het eigenlijk niet kwijt, mijn echtgenoot heeft het, en mijn portemonnee heeft hij ook, hij heeft ze afgepakt en nu kan ik niet terug naar Engeland.' Ik keek haar smekend aan. 'Ik heb echt uw hulp nodig.'

'Waar is uw man dan, mevrouw Angel?'

'Ik heb geen idee.' Ik wilde haar vertellen dat hij me in de kamer had opgesloten, maar ik weerhield mezelf daar net op tijd van, aangezien ik alleen maar had verondersteld dat hij dat had gedaan.

'Hij is een paar uur geleden weggegaan en hij heeft mijn paspoort en geld meegenomen. Wilt u alstublieft de Britse ambassade voor me bellen?'

'Hebt u een ogenblik, dan overleg ik even met de manager.' Ze glimlachte me bemoedigend toe, liep naar een man die wat verderop stond en sprak hem aan. Ze legde hem mijn probleem uit en hij keek me aan. Ik schonk hem een flauw lachje en ik werd me er voor het eerst van bewust hoe onverzorgd ik eruit moest zien; ik wilde dat ik eraan had gedacht om mijn gekreukte reiskleren te vervangen door iets netters. Hij luisterde knikkend en lachte geruststellend naar me. Hij pakte zijn telefoon en begon een nummer te draaien.

'Misschien wilt u even gaan zitten terwijl wij een en ander uitzoeken,' opperde de jongedame, die naar me terugliep.

'Nee hoor, het gaat wel. Hoe dan ook zal ik waarschijnlijk zelf met de ambassade moeten praten.' Ik zag dat de man had opgehangen en liep naar hem toe. 'Wat zeiden ze?' vroeg ik.

'Het komt helemaal in orde, mevrouw Angel. Waarom gaat u niet even zitten terwijl u wacht?'

'Komt er dan iemand van de ambassade deze kant op?'

'Misschien wilt u even gaan zitten?'

'Grace?' Ik draaide me om en zag Jack haastig naar me toe komen. 'Het komt goed, Grace, ik ben er weer.'

De angst golfde door me heen. 'Blijf van me af!' schreeuwde ik.

Ik wendde me tot de jongedame, die me verschrikt aankeek. 'Help me alstublieft, deze man is gevaarlijk!'

'Stil maar, Grace,' zei Jack sussend. Hij glimlachte verontschuldigend naar de manager. 'Dank u, heel fijn dat u me hebt laten weten dat ze hier was. Luister, Grace,' ging hij verder alsof hij tegen een kind sprak, 'zullen we teruggaan naar onze kamer, zodat je even kunt slapen? Je voelt je vast veel beter als je uitgerust bent.'

'Ik hoef niet te slapen, ik wil alleen maar terug naar Engeland!' Me ervan bewust dat mensen ons nieuwsgierig gadesloegen deed ik een poging zachter te spreken. 'Geef me mijn paspoort, Jack, en mijn portemonnee en mobiel.' Ik stak mijn hand uit. 'Nu.'

Hij kreunde. 'Waarom doe je dit toch altijd?'

'Ik wil mijn paspoort, Jack.'

Hij schudde zijn hoofd. 'Ik heb je je paspoort teruggegeven op het vliegveld, zoals altijd, en jij hebt het in je tas gestopt, zoals altijd.'

'Je weet heel goed dat ik het niet heb.' Ik zette mijn tas op de balie en deed hem open. 'Kijk,' zei ik tegen de jongedame, met trillende stem van de emotie. Ik schudde de inhoud eruit. 'Het zit er niet in, en mijn portemonnee is ook weg. Hij heeft ze allebei van me afgenomen en...' Ik zweeg en staarde naar mijn paspoort en portemonnee, die uit mijn tas waren gevallen, gevolgd door mijn make-uptasje, haarborstel, een pakje vochtige doekjes, een flesje pillen dat ik nooit eerder had gezien en mijn mobiele telefoon.

'Je hebt ze teruggestopt!' schreeuwde ik Jack beschuldigend toe. 'Je bent teruggekomen toen ik sliep en je hebt ze er weer in gedaan!' Ik wendde me tot de manager. 'Ze zaten er niet in, echt niet. Hij heeft ze eruit gehaald, is toen weggegaan en liet mij in de waan dat ik in de kamer opgesloten zat.'

De manager keek verwonderd. 'Maar u kunt de deur van binnenuit altijd openen.'

'Jawel, maar hij liet me in de waan dat ik opgesloten was!' Terwijl ik het zei, hoorde ik hoe hysterisch ik klonk.

'Ik denk dat ik wel weet wat er aan de hand is.' Jack pakte het flesje met pillen op en schudde ermee. 'Je bent vergeten je medicijnen in te nemen, nietwaar?'

'Ik gebruik helemaal geen medicijnen, ze zijn niet van mij. Jij hebt ze in mijn tas gedaan!' gilde ik.

'Nu is het genoeg, Grace.' Jacks stem klonk ferm. 'Je gedraagt je als een idioot!'

'Kunnen we nog iets voor u doen?' bood de manager aan. 'Wilt u misschien een glas water?'

'Ja, u kunt de politie bellen! Deze man is een gevaarlijke misdadiger!' Er viel een geschokte stilte. 'Het is waar!' voegde ik er wanhopig aan toe, en ik hoorde de menigte achter me fluisteren. 'Hij heeft zijn eigen moeder vermoord. Bel alstublieft de politie!'

'Dit is precies waar ik u over heb gewaarschuwd,' zuchtte Jack, een blik uitwisselend met de manager. 'Het is helaas niet de eerste keer dat dit gebeurt.' Hij legde zijn hand onder mijn elleboog. 'Kom, Grace, laten we gaan.'

Ik schudde hem van me af. 'Belt u alstublieft de politie!' De jongedame met wie ik als eerste had gesproken, keek me ongemakkelijk aan. 'Alstublieft!' smeekte ik. 'Ik vertel u de waarheid!'

'Luister, Grace.' Nu klonk Jack geïrriteerd. 'Als je echt naar de politie wilt, ga je gang. Maar weet je nog wat er de vorige keer gebeurde? We konden het land niet uit tot ze jouw beweringen hadden onderzocht en toen ze beseften dat die nergens op gebaseerd waren, dreigden ze je aan te klagen wegens verspilling van de kostbare tijd van de politie. En dat was in Amerika. Ik denk dat de politie hier minder begripvol zal zijn.'

Ik staarde hem aan. 'Hoezo de vorige keer?'

'Ik zou u echt niet aanraden om de politie erbij te halen,' zei de manager bezorgd. 'Tenzij er een goede reden voor is, uiteraard.'

'Er is een goede reden voor! Deze man is gevaarlijk!'

'Als mevrouw Angel echt weg wil, kunnen we misschien een taxi bellen om haar naar het vliegveld te brengen, nu ze haar paspoort weer heeft,' opperde de jongedame nerveus.

Ik keek haar opgelucht aan. 'Ja, ja, doet u dat alstublieft!' Ik begon mijn spullen terug in mijn tas te stoppen. 'Belt u meteen een taxi, alstublieft.'

'Ga je dit echt doorzetten?' vroeg Jack berustend.

'Absoluut!'

'Dan kan ik er verder niets meer aan doen.' Hij wendde zich tot de manager. 'Mijn excuses voor deze hele toestand. Misschien wil een van uw medewerkers mijn vrouw naar onze kamer begeleiden zodat ze haar koffer kan halen.'

'Natuurlijk. Kiko, neem jij mevrouw Angel alsjeblieft even mee naar haar kamer, dan bel ik een taxi.'

'Bedankt,' zei ik dankbaar terwijl ik Kiko naar de lift volgde. Mijn benen trilden zo hevig dat het lopen me moeilijk viel. 'Heel erg bedankt.'

'Graag gedaan, mevrouw Angel,' zei ze beleefd.

'Je zult wel denken dat ik gek ben, maar ik garandeer je dat dat niet het geval is,' ging ik verder, want ik had het gevoel dat ik haar een verklaring schuldig was.

'Het is al goed, mevrouw Angel, u hoeft geen uitleg te geven.' Ze glimlachte en drukte op de knop voor de lift.

'Je moet de politie bellen,' zei ik tegen haar. 'Als ik ben vertrokken moet je de politie bellen en ze vertellen dat mijn echtgenoot, de heer Angel, een gevaarlijke misdadiger is.'

'Onze manager gaat er vast en zeker achteraan.'

De lift arriveerde en ik volgde haar en stapte erin, wetend dat ze helemaal niet geloofde dat Jack gevaarlijk was, of een misdadiger. Maar dat maakte niet uit, want ik was van plan zelf de politie te bellen zodra ik in de taxi zou zitten.

We kwamen aan op de zesde verdieping en ik volgde haar door de gang naar onze kamer. Ik nam de sleutel uit mijn tas, deed de deur open en stond stil, plotseling huiverig om er binnen te gaan. Maar ik had me geen zorgen hoeven maken; het zag er allemaal net zo uit als ik het had achtergelaten. Ik liep naar mijn koffer en haalde er schone kleren uit.

'Ik ben zo terug,' zei ik, en ik liep naar de badkamer. 'Ik kleed me alleen even om.'

Ik trok haastig mijn kleren uit, waste me snel en kleedde me weer aan. Toen ik mijn vuile kleren in elkaar frommelde, voelde ik me lichamelijk opgefrist en geestelijk sterker. Ik wilde geen moment langer meer wachten en deed de deur open. Maar voordat ik de badkamer uit kon stappen schoot er een hand naar voren die me terug naar binnen duwde terwijl een andere hand over mijn mond werd gelegd, die de schreeuw die door me heen ging smoorde.

'Heb je genoten van dat tafereel dat ik voor je had bedacht?' vroeg Jack, met zijn gezicht een paar centimeter van dat van mij verwijderd. 'Ik wel, enorm zelfs. Sterker nog, ik heb twee vliegen in één klap geslagen. Ten eerste heb je net tegenover tientallen mensen laten zien dat je erg labiel bent – de manager schrijft op dit moment een verslag van jouw gedrag van zojuist, zodat er iets op papier staat – en ten tweede heb je hopelijk geleerd dat ik je altijd een stap voor zal zijn.' Hij zweeg even om de woorden tot me te laten doordringen. 'Nou gaan we het volgende doen. Ik haal mijn hand van je mond en als je ook maar één kik geeft, dwing ik je genoeg pillen in te nemen voor een overdosis, en dan laat ik je dood op de zelfmoord van een onevenwichtige vrouw lijken. Als dat gebeurt, zal ik mij als Millies enig overgebleven voogd natuurlijk aan onze belofte houden en haar opnemen in ons prachtige nieuwe huis – alleen ben jij er dan niet bij, en wie moet haar dan beschermen? Ben ik duidelijk genoeg geweest?' Ik knikte. 'Goed.'

Hij haalde zijn hand van mijn mond, sleepte me de badkamer uit en gooide me op het bed. 'Oké, ik wil dat je heel goed naar me luistert. Elke keer dat je probeert te ontsnappen, of het nu is door op de deur te bonzen, door iemand aan te spreken, of door het op een lopen te zetten, zal Millie daarvoor boeten. Jouw poging van daarnet heeft bijvoorbeeld tot gevolg dat we niet bij haar op bezoek gaan in het weekend na onze terugkomst, hoewel ze ons wel verwacht. Als je morgen weer iets stoms doet, gaan we de week daarop ook niet. Enzovoort. We doen alsof je hier in Thailand een hardnekkig buikvirus hebt opgelopen om ons verzuim te verklaren – en van dat virus kun je zo nodig weken last hebben. Dus als je Millie binnen een redelijke termijn weer wilt zien, stel ik voor dat je precies doet wat ik zeg.'

Ik begon ongecontroleerd te trillen, niet alleen vanwege de dreiging in zijn stem, maar ook vanwege het afschuwelijke besef dat ik door terug te gaan naar de kamer om mijn koffer te halen mijn kans om aan hem te ontsnappen had verspeeld. Ik had mijn bagage niet nodig, ik had gemakkelijk zonder kunnen weggaan, maar toen Jack het zei, had het heel redelijk geleken om naar boven te gaan en mijn koffer te halen. Als hij niet had gevraagd of iemand me kon begeleiden, had ik waarschijnlijk aan zijn motieven getwijfeld. En als ik me eerder had gerealiseerd dat de deur niet op slot was geweest, als ik niet in slaap was gevallen, had hij de gelegenheid niet gehad om mijn paspoort, mobiel en portemonnee weer in mijn tas te stoppen.

'Je vraagt je af of de situatie anders zou zijn als je anders had gehandeld, hè?' zei hij geamuseerd. 'Laat me je uit je lijden helpen – het antwoord is nee, de situatie zou exact zo zijn als die nu is. Als je naar de lobby was gegaan voordat ik de kans had gekregen om je paspoort, portemonnee en telefoon in je tas te doen, had ik ze gewoon in je koffer gedaan nadat je de kamer had verlaten – je zult nu wel begrijpen dat ik je de hele tijd in de gaten heb gehouden – en dan had ik ten overstaan van iedereen geopperd dat je ze simpelweg was kwijtgeraakt. Dan had ik de manager gevraagd om je hiernaartoe te brengen en ze samen met jou te gaan zoeken. Waar het op neerkomt, Grace, is dat ik je ken, dat ik weet hoe je zult reageren en wat je zult zeggen. Ik weet zelfs dat je weer zult proberen weg te komen voordat we Thailand verlaten, wat overigens heel dom zou zijn. Maar je zult uiteindelijk wel wijzer worden, want je zult wel moeten.'

'Nooit,' snikte ik. 'Ik zal me hier nooit in schikken.'

'Dat zullen we nog wel zien. Goed, dan gaan we het nu als volgt aanpakken. We gaan slapen en morgenochtend gaan we beneden ontbijten, en wanneer we langs de receptie lopen, bied jij je verontschuldigingen aan voor de nodeloze opschudding die je vanavond hebt veroorzaakt, en zeg je dat je uiteraard helemaal niet terug wilt naar Engeland. Na het ontbijt – waarbij je me liefdevol in de ogen kijkt – neem ik wat mooie foto's van je buiten het hotel, zodat we al onze vrienden kunnen laten zien hoe gelukkig je hier was. Daarna ga ik wat zaken afhandelen en ga jij, mijn liefste, zonnebaden op het balkon, zodat je prachtig bruin bent tegen de tijd dat we in Engeland terugkomen.'

Hij begon zijn veters los te maken. 'Na al die opwinding ben ik ineens hartstikke moe.'

'Ik ga niet met jou in één bed slapen!'

'Dan slaap je toch op de vloer? En probeer nou maar niet te vluchten. Bespaar je de moeite.'

Ik trok een donsdeken van het bed, ging op de vloer zitten en trok het dekbed om me heen, verdoofd van angst. Hoewel mijn instinct me zei dat ik ervandoor moest gaan bij de eerste de beste gelegenheid, redeneerde ik dat het gemakkelijker zou zijn te ontsnappen en hem voor altijd te laten opsluiten als ik wachtte tot we terug in Engeland waren. Ik moest er niet aan denken wat hij me zou aandoen als ik het hier in Thailand nog eens zou wagen en het weer zou mislukken. Hij dacht dat hij me kende, hij dacht dat hij wist hoe ik zou reageren, hij had voorspeld dat ik nog eens zou proberen te vluchten. Het enige wat ik kon doen was hem op het verkeerde been zetten, hem te laten denken dat ik het had opgegeven. Hoezeer ik ook bij hem vandaan wilde, mijn prioriteit was nu om terug te keren naar Engeland, om terug keren naar Millie.

HEDEN

Tijdens de rit naar Millies school op zondagochtend ben ik zo gestrest over de vraag waarom mevrouw Goodrich ons heeft gevraagd op gesprek te komen, dat het een opluchting is dat Jack me voor vertrek geen ontbijt heeft gebracht. Hij heeft me gisteren ook niets gegeven, wat betekent dat ik niet heb gegeten sinds de lunch in het restaurant van afgelopen vrijdag. Ik weet niet waarom hij heeft besloten me geen eten te brengen, maar vermoedelijk heeft het te maken met het feit dat Esther me heeft geholpen mijn dessert op te krijgen, wat hij beschouwt als valsspelen – hij weet maar al te goed dat ik het niet meer lustte na de opmerking die hij over Millies slaapkamer had gemaakt. In de morbide wereld die Jack voor mij heeft gecreëerd, zijn er veel dingen die ik niet mag, en het verspillen van voedsel hoort daar ook bij.

Mijn hart begint te bonzen zodra we het kantoor van mevrouw Goodrich binnenkomen, en al helemaal wanneer Janice er met een ernstig gezicht bij komt zitten. We hebben Millie nog niet gezien, dus ik ga ervan uit dat ze niet weet dat Jack en ik er al zijn. Maar ik had me geen zorgen hoeven maken; ze wilden ons alleen maar vertellen dat de schoolarts haar iets heeft voorgeschreven om haar voor bedtijd te kalmeren omdat ze niet goed kan slapen, waardoor ze overdag soms lichtgeraakt is.

‘Bedoelt u slaappillen?’ vraag ik.

'Ja,' zegt mevrouw Goodrich. 'Om te worden toegediend – uiteraard met uw toestemming – als ze ze nodig heeft.'

'Ik heb daar geen problemen mee, jij wel, schat?' vraagt Jack, zich tot mij wendend. 'Als het in Millies belang is.'

'Nee, niet als de dokter vindt dat ze ze nodig heeft,' zeg ik langzaam. 'Het is alleen dat ik het niet prettig vind als ze van medicijnen afhankelijk wordt om te kunnen slapen.'

'Hij heeft niet iets al te sterks voorgeschreven, hoop ik?' informeert Jack.

'Nee, helemaal niet, ze zijn bij de apotheek vrij verkrijgbaar.'

Mevrouw Goodrich opent een map die voor haar op het bureau ligt, haalt er een papier uit en geeft het aan hem.

'Dank u. Ik noteer de naam even, als u het niet erg vindt.'

'Eerlijk gezegd heb ik haar er gisteren eentje gegeven omdat ze me nogal van streek leek,' zegt Janice terwijl hij de naam van de pillen op zijn telefoon intikt. 'Ik hoop dat jullie het niet erg vinden.'

'Natuurlijk niet,' zeg ik geruststellend. 'Je hebt mijn schriftelijke toestemming al om in mijn afwezigheid naar eigen goeddunken te handelen.'

'Wat we ons afvragen,' vervolgt mevrouw Goodrich, 'is of er een bepaalde reden is waarom Millie ineens slaapproblemen heeft.' Ze zwijgt tactvol. 'Leek ze bijvoorbeeld gespannen of ongelukkig toen u haar vorig weekend kwam opzoeken?'

Jack schudt zijn hoofd. 'Ze kwam op mij niet anders dan anders over.'

'Op mij ook niet – hoewel ze een beetje teleurgesteld was dat we niet naar het hotel gingen om te lunchen,' zeg ik. 'Om de een of andere reden is het haar favoriete gelegenheid, terwijl Jack en ik de voorkeur geven aan het restaurant aan het meer. Maar ze trok al snel bij.'

Mevrouw Goodrich wisselt een vluchtige blik met Janice. 'We vroegen ons eigenlijk af of het komt doordat ze het huis nog niet heeft gezien,' zegt ze.

'Dat betwijfel ik,' zeg ik snel. 'Ik bedoel, ze begrijpt dat wij liever hebben dat ze het ziet als het helemaal klaar is, zonder stoflakens en ladders – of heeft ze er tegen jou iets over gezegd, lieverd?'

'Nee, niets,' bevestigt Jack. 'Maar als het haar dwarszit, vind ik het prima om haar haar slaapkamer te laten zien zodra die af is. Het enige gevaar is dat ze er waarschijnlijk weg van zal zijn en dat ze niet meer weg wil,' voegt hij er met een lach aan toe.

'Ik denk dat ze misschien gebukt gaat onder de gedachte dat ze hier weg moet,' opper ik, en ik negeer de manier waarop mijn hart omdraait in mijn lijf. 'Tenslotte heeft ze hier de afgelopen zeven jaar gewoond en is ze hier heel, heel gelukkig geweest.'

'Je hebt natuurlijk gelijk.' Janice knikt. 'Daar had ik zelf aan moeten denken.'

'En ze is speciaal aan jou gehecht. Misschien kun je haar geruststellen dat je altijd contact zult houden, dat je haar zult blijven zien na haar vertrek,' ga ik verder. 'Als je dat tenminste wilt.'

'Dat wil ik zeker! Millie is een soort zusje van me geworden.'

'Nou, als je haar vertelt dat je haar geregeld komt opzoeken zodra ze bij ons woont, zal dat vast helpen om eventuele angsten die ze heeft te verlichten.'

Jack glimlacht. Hij weet maar al te goed wat ik zojuist heb gedaan. 'En als Millie iets zegt, wat dan ook, hoe onbelangrijk het ook lijkt, wat reden geeft voor bezorgdheid, laat het ons dan alstublieft weten,' zegt hij. 'We willen alleen maar dat Millie gelukkig is.'

'Nou, mag ik dan nog eens benadrukken hoe gezegend Millie is dat ze u beiden heeft,' zegt mevrouw Goodrich.

'Wij zijn zélf juist gezegend,' corrigeert Jack bescheiden. 'Met zowel Grace als Millie in mijn leven, acht ik mezelf de meest gezegende man ter wereld.' Hij staat op. 'Goed, laten we Millie mee uit lunchen nemen. Hoewel ze waarschijnlijk teleurgesteld zal zijn dat we niet naar het hotel gaan – ik heb een tafel gereserveerd in een nieuw restaurant. Het eten schijnt er voortreffelijk te zijn.'

Ik verwacht er maar niet te veel van. Als Jack ons meeneemt naar een nieuwe gelegenheid houdt dat in dat hij die al aan een inspectie heeft onderworpen.

'Vandaag naar het hotel?' vraagt Millie hoopvol wanneer we haar halen.

'Nou, ik wil jullie eigenlijk graag meenemen naar een nieuw restaurant,' zegt Jack.

'Ik vind het hotel leuk,' zegt ze stuurs.

'Een andere keer. Kom, we gaan.'

Millies gezicht staat sip als we naar de auto lopen; de frustratie dat we niet naar het hotel gaan staat er duidelijk op af te lezen. Het lukt me om even in haar hand te knijpen. Ze begrijpt dat ik haar daarmee vertel dat ze voorzichtig moet zijn en ze doet een poging wat vrolijker te kijken.

Tijdens de lunch vraagt Jack Millie waarom ze 's nachts niet kan slapen en ze vertelt hem dat ze vliegen hoort zoemen in haar hoofd. Hij vraagt of de pil die Janice haar gisteravond gaf heeft geholpen en ze zegt dat dat zo is, dat ze heel goed heeft geslapen, 'als een roos', dus vertelt hij haar dat ze zo nodig vaker zo'n pil mag; dat we daar toestemming voor hebben gegeven. Ze vraagt of Molly al is teruggekomen en omdat mijn keel plotseling dichtgeschroefd zit, zoals altijd wanneer ik aan Molly denk, is het Jack die Millie rustig vertelt dat de kans klein is dat ze nog opduikt, dat ze vermoedelijk is gevonden door een meisje dat niet weet dat Molly is weggelopen en heel veel van haar houdt. Hij belooft dat zodra ze bij ons komt wonen, ze een eigen puppy mag uitkiezen en terwijl Millies gezicht opklaart, is mijn neiging om een mes van de tafel te grissen en dat diep in zijn hart te steken overweldigend. Misschien dat Jack het aanvoelt, want hij legt zijn hand op mijn hand, zodat de serveerster die onze borden komt afruimen glimlacht om de genegenheid die we tentoonspreiden.

Als we ons nagerecht ophebben, zegt Millie dat ze naar de wc moet.

'Dan ga je toch,' zegt Jack.

Millie kijkt me aan. 'Jij ook, Grace?'

Ik sta op. 'Ja, ik moet ook.'

'We gaan alle drie,' zegt Jack.

We volgen hem naar de toiletten, die precies zijn zoals ik had gedacht: één damestoilet en één herentoilet, met de twee deuren naast elkaar. Het damestoilet is bezet, dus we wachten aan weerszijden van Jack op onze beurt. Er komt een vrouw naar buiten en Jack grijpt mijn elleboog stevig vast om me eraan te herinneren dat ik haar niet mag vertellen dat mijn echtgenoot een psychopaat is.

Wanneer Millie de toiletruimte in loopt, keert de vrouw zich om en lacht ons toe – ik weet dat ze een charmant jong stel ziet, twee mensen die zo dicht tegen elkaar staan dat ze wel heel verliefd moeten zijn, waardoor ik weer eens besef hoe hopeloos de situatie is. Ik verlies zo langzamerhand de hoop dat iemand ooit vraagtekens zal zetten bij de absolute perfectie van ons leven. Elke keer als we met vrienden samen zijn verwonder ik me over hun onnozelheid. Hoe kunnen ze geloven dat Jack en ik nooit onenigheid hebben, dat we het over letterlijk álles eens zijn, en dat ik, een intelligente tweeëndertigjarige vrouw zonder kinderen, het prima vind om de hele dag thuis te zitten.

Ik hoop dat er iemand vragen gaat stellen, dat er iemand achterdochtig wordt. Mijn gedachten gaan meteen naar Esther en ik vraag me af of ik wel zou moeten hopen wat ik hoop. Als Jack wantrouwig wordt door haar voortdurende vragen, kan het zijn dat hij meent dat ik haar op de een of andere manier heb aangemoedigd, waardoor mijn leven nog onaangenamer zal worden. Als Millie er niet zou zijn, had ik graag de dood verkozen boven dit nieuwe leven dat ik leid. Maar als Millie er niet was geweest, was dit allemaal niet gebeurd. Zoals Jack me al heeft verteld, wil hij Millie, niet mij.

VERLEDEN

Die ochtend in Thailand, de ochtend na de avond dat ik erachter was gekomen dat ik met een monster was getrouwd, had ik er geen enkele behoefte aan om Jack wakker te maken, want ik wist dat ik, als hij eenmaal wakker was, zou moeten beginnen de rol van mijn leven te spelen. Ik had me er het grootste deel van de lange nacht mentaal op voorbereid. Ik accepteerde het feit dat ik, om snel en veilig terug in Engeland te komen, zou moeten doen alsof ik een gebroken, angstige vrouw was. Het zou geen probleem zijn om angst te veinzen, want ik wás immers bang. Maar doen alsof ik gebroken was zou veel moeilijker zijn, simpelweg omdat het in mijn aard lag om terug te vechten. Maar aangezien Jack had voorspeld dat ik weer zou proberen te ontsnappen voordat we uit Thailand vertrokken, was ik vastbesloten dat niet te doen. Het was belangrijk dat hij zou denken dat ik het al had opgegeven.

Toen hij zich verroerde, kroop ik verder weg in mijn dekbed en hield me slapend, in de hoop op nog wat respijt. Ik hoorde dat hij uit het bed stapte en naar de plek liep waar ik ineengezakt tegen de muur zat. Ik voelde hoe hij op me neerkeek. Ik kreeg er kippenvel van en mijn hart klopte zo snel dat ik er zeker van was dat hij mijn angst kon ruiken. Een paar seconden later liep hij bij me vandaan, maar pas toen de badkamerdeur werd geopend en de douche begon te stromen deed ik mijn ogen open.

'Ik wist dat je deed alsof je sliep,' zei hij, waarop ik een kreet van schrik slaakte, want hij stond pal naast me. 'Kom, opstaan, je hebt vanochtend een hoop excuses te maken, weet je nog?'

Terwijl ik een douche nam en me aankleedde terwijl hij toekeek, troostte ik me met wat hij de avond daarvoor had gezegd: dat hij zich seksueel niet tot me aangetrokken voelde.

'Goed,' zei hij, met een goedkeurend knikje naar de jurk die ik had besloten aan te doen. 'En nou nog een glimlach op je gezicht.'

'Als we beneden zijn,' mompelde ik, om het zo lang mogelijk uit te stellen.

'Nu!' Zijn stem klonk streng. 'Ik wil dat je naar me kijkt alsof je van me houdt.'

Ik slikte zwaar en keerde me langzaam naar hem toe in de veronderstelling dat ik het niet zou kunnen, maar toen ik de tedere uitdrukking zag waarmee hij mijn blik beantwoordde, vond er een verbijsterend staaltje verdringing in me plaats, alsof alles wat er de afgelopen achtenveertig uur was gebeurd een droom was geweest. Ik kon het verlangen op mijn gezicht niet verbergen en toen hij liefhebbend naar me lachte, moest ik wel terug glimlachen.

'Dat is beter,' zei hij. 'Hou dat vast tijdens het ontbijt.'

Mijn huid brandde van schaamte, zo ontdaan was ik dat ik een ogenblik lang was vergeten wat voor iemand hij was.

Hij merkte het en lachte. 'Je moet maar zo denken, Grace... aangezien je me kennelijk nog aantrekkelijk vindt, zal het gemakkelijker zijn de liefhebbende echtgenote te spelen.'

Tranen van vernedering prikten in mijn ogen en ik wendde me af, het feit verwensend dat zijn uiterlijk zo in tegenspraak was met zijn kwaadaardige innerlijk. Als hij míj al kon misleiden, al was het maar een paar tellen, en me liet vergeten wat ik over hem wist, hoe zou ik dan ooit iemand ervan kunnen overtuigen dat hij een wolf in schaapskleren was?

We namen de lift naar de lobby beneden en toen we langs de receptie kwamen, leidde Jack me naar de manager. Hij sloeg zijn arm om me heen terwijl ik me verontschuldigde voor mijn gedrag van de vorige avond, waarbij ik uitlegde dat ik door het tijdsverschil was vergeten mijn medicijnen op tijd in te nemen. Ik was me ervan bewust dat Kiko me stilletjes gadesloeg vanachter de balie en ergens hoopte ik dat iets in haar – misschien een vrouwelijk inlevingsvermogen – zou aanvoelen dat mijn radeloosheid van de vorige avond terecht was geweest. Wellicht had ze haar twijfels gehad toen Jack ineens in de kamer verscheen op het moment dat ik me in de badkamer aan het omkleden was, toen hij tegen haar had gezegd dat hij het verder wel zou regelen. Ik rondde mijn verontschuldiging af en wierp haar een vluchtige blik toe, in de stille hoop dat ze zou begrijpen dat ik een rol speelde en dat ze alsnog de ambassade zou bellen. Maar net als eerder wendde ze haar ogen af.

De manager wuifde mijn excuses weg en begeleidde ons zelf naar het terras, waar hij ons een tafel op een zonnige plek gaf. Hoewel ik geen trek had, dwong ik mezelf te eten, in het besef dat ik op krachten moest blijven, en terwijl we aten bleef Jack praten en vertelde hij me – zodat mensen aan de tafels om ons heen het konden horen – wat we die dag allemaal zouden gaan doen. In werkelijkheid deden we niets van dat al. Na het ontbijt nam Jack me mee naar het vijfsterrenhotel verderop in de straat, dat ik vanuit de taxi had gezien, en nadat hij een aantal foto's van me had genomen, poserend voor de ingang, waar ik blije herinneringen aan Millie gebruikte om de glimlach die hij eiste tevoorschijn te toveren, begeleidde hij me terug naar onze hotelkamer.

'Ik wil Millie graag bellen,' zei ik, toen hij de deur achter ons sloot. 'Mag ik mijn telefoon, alsjeblieft?'

Spijtig schudde hij zijn hoofd. 'Ik ben bang van niet.'

'Ik heb mijn moeder beloofd dat ik zou bellen,' hield ik vol, 'en ik wil weten hoe het met Millie gaat.'

'En ik wil dat je ouders denken dat je het zo heerlijk hebt op onze huwelijksreis dat je alle gedachten aan Millie uit je hoofd hebt gezet.'

'Alsjeblieft, Jack.' Ik verfoeide de smekende klank in mijn stem, maar ik wilde wanhopig graag weten of het goed ging met Millie, en verbazend genoeg wilde ik ook wanhopig graag de stem van mijn moeder horen, om te weten dat de wereld die ik kende nog bestond.

'Nee.'

'Ik haat je,' zei ik met opeengeklemde tanden.

'Dat is nogal logisch,' zei hij. 'Nou, ik ga een tijdje op pad en jij gaat hier wachten op het balkon om een bruin kleurtje te kweken voor thuis. Dus zorg er maar voor dat je alles bij de hand hebt wat je nodig denkt te hebben, want je kunt de kamer niet meer in als ik eenmaal ben vertrokken.'

Het duurde even voor het tot me doordrong. 'Je meent toch niet serieus dat je me buitensluit op het balkon!'

'Jawel.'

'Waarom kan ik niet in de kamer blijven?'

'Omdat ik je er niet kan opsluiten.'

Ik keek hem perplex aan. 'En als ik naar de wc moet?'

'Dan kan dat niet, dus het lijkt me verstandig nu te gaan.'

'Maar hoelang blijf je dan weg?'

'Twee of drie uur. Misschien vier. En mocht je erover denken op het balkon om hulp te roepen, dan raad ik je nu aan om dat niet te doen. Ik ben in de buurt, ik kijk en ik luister. Dus doe geen domme dingen, Grace, ik waarschuw je.'

Er liep een rilling over mijn rug door de manier waarop hij

het zei, maar toen hij weg was, kon ik maar moeilijk de verleiding weerstaan om vanaf het balkon zo hard mogelijk om hulp te gaan staan schreeuwen. Ik probeerde me voor te stellen wat er zou gebeuren als ik dat zou doen en ik kwam tot de conclusie dat áls er al mensen op af zouden komen, Jack dat ook zou doen, gewapend met een overtuigend verhaal over mijn geestelijke gesteldheid. En als er al iemand zou besluiten om mijn beweringen dat ik gevangen werd gehouden en dat Jack een moordenaar was te onderzoeken, dan zou het waarschijnlijk weken duren voor er iets te bewijzen viel.

Ik zou het verhaal dat hij me had verteld uit de doeken kunnen doen en uiteindelijk zouden de autoriteiten misschien een zaak vinden van een vader die zijn vrouw had doodgeslagen volgens de versie die ik hun had verteld. Dan konden ze Jacks vader wellicht opsporen. Maar zelfs als die zou zeggen dat zijn zoon de misdaad had gepleegd, was het twijfelachtig of men hem dertig jaar na dato zou geloven. Bovendien kon het heel goed zijn dat hij al was overleden. Ook kon ik niet zeker weten of het verhaal wel waar was. Het had afgrijselijk echt geleken, maar Jack zou het ook verzonnen kunnen hebben om me bang te maken.

Het balkon waar ik geacht werd de eerstvolgende uren door te brengen bevond zich aan de achterkant van het hotel, boven het terras. Als ik naar beneden keek, zag ik mensen die rond het zwembad krioelden, klaar om te gaan zwemmen of op zoek naar een plek om te zonnebaden. In de wetenschap dat Jack daar beneden overal kon zijn om me in de gaten te houden, en dat hij mij wellicht beter zou kunnen zien dan ik hem, deed ik een stap achteruit, weg van de rand. Op het balkon stonden twee houten lattenstoelen van het ongerieflijke type dat strepen achter op je benen veroorzaakte als je er te lang op zat. Er stond ook een tafeltje maar geen ligstoel met kussens – iets wat mijn verblijf daar een stuk comfortabeler zou maken. Gelukkig had ik eraan gedacht mijn handdoek mee te nemen, dus ik maakte er een kussen van en legde dat op een van de stoelen. Jack had me net genoeg tijd gegeven om een bikini, zonnebrandmiddel en een zonnebril bijeen te garen, maar ik had er niet aan gedacht een van de boeken die ik had meegenomen te pakken. Niet dat het wat uitmaakte – ik wist dat ik me er toch niet op zou kunnen concentreren, hoe meeslepend het verhaal ook zou zijn. Na slechts een paar minuten op het balkon voelde ik me als een gekooide leeuw, waardoor mijn verlangen te ontsnappen nog sterker werd. Ik was blij dat de kamer naast die van ons leeg was, want de verleiding om bij het volgende balkon om hulp te vragen zou te groot zijn geweest.

De week die volgde, was een marteling.

Soms nam Jack me 's ochtends mee naar beneden voor het ontbijt en soms niet. Uit het gedrag van de manager maakte ik op dat hij vaker gast in het hotel was geweest. Als we inderdaad beneden gingen ontbijten, nam Jack me rechtstreeks mee terug naar de kamer, en dan werd ik weer buitengesloten op het balkon tot hij terugkwam vanwaar hij geweest was. Dan liet hij me terug in de kamer zodat ik naar de wc kon en de lunch kon eten die hij voor me had meegebracht. Ongeveer een uur later dwong hij me weer het balkon op te gaan en verdween hij tot de avond.

Maar hoe vreselijk het ook was, er waren een paar dingen om dankbaar voor te zijn: er lag altijd een deel van het balkon in de schaduw, en omdat ik erop stond, gaf Jack me flesjes water, hoewel ik moest opletten hoeveel ik ervan dronk. Hij liet me nooit langer dan vier uur achter elkaar alleen, maar de tijd verstreek tergend langzaam. Wanneer het me allemaal te veel werd – de eenzaamheid, de verveling, de angst, de wanhoop – sloot ik mijn ogen en dacht aan Millie.

Hoewel ik ernaar verlangde van het balkon af te mogen,

waren de keren dat Jack me meenam – niet omdat hij met me te doen had maar omdat hij foto's wilde nemen – zo stressvol dat ik vaak blij was wanneer we teruggingen naar de hotelkamer. Op een avond nam hij me mee uit eten in een prachtig restaurant, waar hij foto's van me nam tijdens de verschillende gangen. Op een middag reserveerde hij een taxi en propten we vier dagen van sightseeing in vier uur, waarbij hij nog meer foto's van me nam, als bewijs van de fijne tijd die ik had.

Een andere middag sleepte hij me mee naar wat waarschijnlijk een van de beste hotels in Bangkok was, waar hij op miraculeuze wijze toegang had tot het bijbehorende privéstrand. Terwijl ik een paar keer een andere bikini aandeed, zodat het leek of de foto's op verschillende dagen waren genomen, vroeg ik me af of Jack de uren dat ik vastzat op het balkon misschien daar doorbracht. Ik hoopte dat de medewerkers van het hotel waar we verbleven zich zouden afvragen waarom ze me bijna nooit zagen, maar toen Jack me op een ochtend meenam om te ontbijten en ze me meelevend vroegen of ik me al beter voelde, begreep ik dat hij hun had verteld dat ik met een buikgriep in bed had gelegen.

Het ergste aan deze kleine uitstapjes in de normale wereld was de hoop die ze me gaven, want in het openbaar veranderde Jack weer in de man op wie ik verliefd was geworden. Soms – bijvoorbeeld tijdens een maaltijd – speelde hij de attente en liefhebbende echtgenoot zo overtuigend dat ik bijna vergat hoe hij in elkaar zat. Als hij niet zo prettig in de omgang was, zou het eenvoudiger zijn om het me te blijven realiseren, maar het was zo moeilijk om de man die mij tegenover me aan de tafel liefdevol aankeek te rijmen met de man die me gevangenhield, dat ik haast geloofde dat ik me alles had verbeeld.

De harde terugkeer in de realiteit viel me dubbel zo zwaar, want naast de teleurstelling was er de schaamte dat ik toch weer voor zijn charmes was bezweken. Dan keek ik wild om me heen, op zoek naar een uitweg, iets om naartoe te rennen, iemand om in vertrouwen te kunnen nemen. Als hij dat zag, keek hij me meesmuilend aan en verklaarde dat ik vooral mijn gang moest gaan. 'Rennen maar,' zei hij dan. 'Toe dan, ga het maar vertellen aan diegene daarginds of misschien aan die daar, zeg maar dat ik je gevangenhoud, dat ik een monster ben, een moordenaar. Maar kijk eerst even om je heen. Kijk rond in dit mooie restaurant waar ik je mee naartoe heb genomen, en denk eens na over de voortreffelijke gerechten die je eet en de fantastische wijn in je glas. Zie je eruit als een gevangene? Zie ik eruit als een monster, een moordenaar? Ik dacht het niet. Maar als je een poging wilt wagen, dan hou ik je niet tegen. Ik heb wel zin in een beetje opschudding.' En dan slikte ik mijn tranen weg en herinnerde mezelf eraan dat het terug in Engeland gemakkelijker zou zijn.

Aan het begin van de tweede week in Thailand raakte ik zo diep in de put dat het moeilijk werd de drang om te vluchten te weerstaan. De gedachte dat ik nog zes dagen op het balkon zou vastzitten was deprimerend, maar daarnaast begon ik de hopeloosheid van mijn situatie in te zien. Ik was er niet meer zeker van dat ik in Engeland zo gemakkelijk aan Jack zou kunnen ontsnappen als ik had gedacht – niet in de laatste plaats omdat zijn reputatie van succesvol advocaat hem vast en zeker bescherming zou bieden. Als ik erover nadacht hoe ik iemand erop attent zou maken wie hij in werkelijkheid was, begon ik te vrezen dat de Britse ambassade in Thailand misschien een betere optie zou zijn dan de plaatselijke politie in eigen land.

En er was nog iets. De drie dagen ervoor, nadat Jack de deur naar het balkon had opengedaan en me voor de avond terug de kamer in had gelaten, was hij zelf vervolgens weer vertrokken met de mededeling dat hij snel terug zou zijn – en met de waarschuwing dat hij het meteen zou weten als ik probeerde te ontkomen. Het idee dat ik de deur kon openen en weg kon gaan, was een kwelling en het vergde al mijn wilskracht om de neiging te vluchten te onderdrukken. Dat ik daarin slaagde, was maar goed ook. De eerste avond kwam hij na twintig minuten terug, de tweede avond na een uur. Maar de derde avond bleef hij tot bijna elf uur weg, waardoor ik besefte dat hij me geleidelijk steeds langer alleen liet. De gedachte dat hij misschien zo lang weg zou blijven dat ik tijd genoeg zou hebben om de Britse ambassade te bereiken, maakte dat ik me afvroeg of ik het toch moest proberen.

Ik wist dat de hotelmedewerkers me niet zouden helpen en dat ik zonder hulp niet ver zou komen, maar de kamer naast die van ons was al sinds het weekend bezet en ik dacht dat ik mijn buren misschien om hulp zou kunnen vragen. Ik had geen idee welke nationaliteit ze hadden, want de stemmen die door de muur heen klonken waren gedempt, maar ik vermoedde dat het om een jong stel ging, vanwege het type muziek waar ze naar luisterden. Hoewel ze er overdag nauwelijks waren – niemand gaat naar Thailand om er tijd te verdoen in een hotelkamer tenzij hij of zij een gevangene is, zoals ik – ging een van hen, als ze er wel waren, soms het balkon op om een sigaretje te roken. Het was kennelijk de man, omdat het silhouet dat ik door de afscheiding vaag kon onderscheiden mannelijk leek te zijn en omdat ik hem soms iets hoorde roepen naar de vrouw, in een taal die mij Spaans of Portugees in de oren klonk. Ze brachten de meeste avonden op hun kamer door, dus ik nam aan dat ze op huwelijksreis waren en het fijn vonden om in het hotel te blijven en de liefde te bedrijven. Op die avonden, met het geluid van zachte muziek die door de muren klonk, vulden mijn ogen zich met tranen, want ik werd er weer aan herinnerd hoe het had kunnen zijn.

Toen Jack de vierde avond pas rond middernacht terugkwam, wist ik zeker dat hij het aantal uren dat hij me alleen liet geleidelijk opbouwde. Hij rekende erop dat ik niet zou proberen te vluchten. Het was me niet duidelijk waar hij deze avonden naartoe ging, maar omdat hij altijd in een goed humeur terugkwam, vermoedde ik dat hij een of ander bordeel bezocht. Ik had tijdens mijn lange uren op het balkon, met slechts mijn eigen gedachten om me gezelschap te houden, naar aanleiding van zijn uitspraak over seks met mij geconcludeerd dat hij waarschijnlijk homoseksueel was en dat hij naar Thailand ging om zich uit te leven, wat hij in Engeland niet durfde omdat hij bang was voor chantage. Ik wist dat er iets aan mijn theorie ontbrak, aangezien homo zijn niet bepaald wereldschokkend was, maar ik wist nog niet wat er aan mijn redenering mankeerde.

Op de vijfde avond, toen hij pas om twee uur 's nachts terugkwam, begon ik serieus mijn opties te overwegen. We zouden pas over vijf dagen naar Engeland terugvliegen, en afgezien van het feit dat het een oneindigheid leek, was ik ook bang dat we niet op het afgesproken tijdstip zouden vertrekken. De volgende morgen vroeg ik Jack, omdat ik steeds meer in mijn maag zat met de gedachte dat ik Millie nog niet had gebeld, of we haar zouden kunnen bezoeken zodra we terug waren. Zijn antwoord – dat hij zo van onze huwelijksreis genoot dat hij erover dacht er nog een paar dagen aan vast te plakken – was zo benauwend dat er stille gekwelde tranen in mijn ogen opwelden. Ik zei tegen mezelf dat hij weer een spelletje met me speelde, dat hij me van mijn stuk wilde brengen, maar ik voelde me zo hopeloos dat ik de rest van de dag grotendeels liep te huilen.

Tegen de avond was ik vastbesloten aan hem te ontkomen. Misschien was ik gebleven waar ik was als ik niet zeker had geweten dat het stel naast ons Spaans was in plaats van Portugees, maar omdat ik genoeg van de taal had opgepikt op mijn reizen naar Argentinië was ik ervan overtuigd dat ik de boodschap dat ik hulp nodig had zou kunnen overbrengen. Dat het om een stel ging – en dat er dus een vrouw bij was met wie ik kon praten – gaf de doorslag. Ik was er al zeker van dat ze wisten dat ik in de problemen zat omdat de man, toen hij die middag op het balkon zijn sigaret rookte, zijn vrouw bezorgd had toegeroepen dat hij iemand hoorde huilen. Ik was bang dat Jack vanaf welke plek dan ook zou zien dat ze over het balkon probeerden te kijken, dus ik onderdrukte mijn gesnik en hield me zo stil mogelijk, zodat ze zouden denken dat ik de kamer weer was binnengegaan. Maar ik hoopte dat het feit dat ze me hadden horen huilen me van pas zou komen.

Ik wachtte tot Jack al drie uur weg was voordat ik actie ondernam. Het was al na elven, maar ik wist dat de buren nog wakker waren want ik hoorde ze stommelen in hun kamer. Met in mijn achterhoofd wat er de vorige keer was gebeurd, controleerde ik mijn tas, mijn koffer en de kamer om zeker te weten dat mijn paspoort en portemonnee nergens te bekennen waren. Daarna liep ik naar de deur en deed hem langzaam open, hopend en biddend dat Jack niet net door de gang zou komen aanlopen. Dat was niet het geval, maar de gedachte dat hij plotseling zou kunnen verschijnen deed me luider op de deur van het Spaanse stel bonzen dan ik van plan was geweest. Ik hoorde de man iets mompelen, misschien was hij wel geërgerd dat ze zo laat op de avond werden gestoord.

'¿Quién es?' riep hij door de gesloten deur.

'Ik ben van de kamer hiernaast, kunt u me alstublieft helpen!'

'¿Qué pasa?'

'Kunt u alstublieft de deur opendoen?' Het geluid van de lift die verderop in de gang tot stilstand kwam was onmiskenbaar te horen, zodat ik weer hard op de deur bonsde. 'Snel!' riep ik. Mijn hart klopte in mijn keel. 'Alstublieft, snel!' De grendel werd verschoven en ik schoot de kamer in, gedreven door het geluid van de opengaande liftdeuren verderop. 'Heel erg bedankt!' bazelde ik. 'Ik...' De woorden bestierven me op de lippen en vol afgrijzen staarde ik Jack aan.

'Ik had je eigenlijk al eerder dan vanavond verwacht,' zei hij, grinnikend om mijn geschokte gezicht. 'Ik begon al te denken dat ik je verkeerd had ingeschat, dat je mijn waarschuwing toch ter harte had genomen en geen vluchtpoging meer zou ondernemen. Dat was natuurlijk veel beter voor je geweest, maar veel minder leuk voor mij. Ik moet toegeven dat ik teleurgesteld zou zijn als al mijn noeste arbeid voor niets was geweest.'

Mijn lichaam werd slap en terwijl ik op de vloer ineenzakte, huiverend van de schok, hurkte hij naast me neer. 'Laat me raden,' zei hij zacht. 'Je dacht dat er een Spaans stel in deze kamer zat, nietwaar? Maar nee, ik was het slechts. Als je erover nadenkt, heb je de vrouw nooit horen antwoorden, want de stem kwam uit een radio. Je hebt haar ook nooit op het balkon gezien, maar toch geloofde je dat ze bestond. Je wist uiteraard niet dat ik rookte – ik maak er ook geen gewoonte van – en ook had je er geen idee van dat ik Spaans spreek.'

Hij zweeg een ogenblik. 'Ik heb je verteld dat het heel dom zou zijn om hier in Thailand nog een ontsnappingspoging te wagen,' ging hij fluisterend verder. 'Dus wat denk je dat ik ga doen nu je dat toch gedaan hebt?'

'Je doet maar wat je wilt,' snikte ik. 'Het kan me niet meer schelen.'

'Dappere woorden, maar je meent ze niet. Je zou bijvoorbeeld best overstuur zijn als ik zou besluiten je te vermoorden, want dat zou betekenen dat je Millie nooit meer te zien krijgt.'

'Je gaat me niet vermoorden,' zei ik zelfverzekerder dan ik me voelde.

'Je hebt gelijk, in elk geval voorlopig nog niet. Het belangrijkste is dat ik je nodig heb om voor Millie te doen wat ze zelf niet kan.' Hij stond op en keek emotieloos op me neer. 'Helaas kan ik je hier niet straffen, want er is niets wat ik je hier kan ontzeggen. Maar omdat je nu twee keer hebt geprobeerd te vluchten, gaan we noch het eerste noch het tweede weekend na onze thuiskomst bij Millie op bezoek.'

'Dat kun je niet maken!' riep ik.

'Natuurlijk wel. Ik heb je hier zelfs voor gewaarschuwd.' Hij stak zijn hand uit en trok me overeind. 'Kom, we gaan.' Hij deed de deur open en duwde me de gang op. 'Het bedrag voor de extra kamer was het beslist waard,' zei hij, terwijl hij de deur achter zich sloot. 'Meneer Ho, de manager, begreep heel goed dat ik een kamer voor mezelf nodig had, gezien je geestelijke toestand. Hoe voel je je, nu je weet dat ik je de hele tijd in de gaten hield?'

'Niet zo goed als ik me zal voelen op de dag dat jij de gevangenis in gaat,' snauwde ik.

'Dat, beste Grace, gaat nooit gebeuren,' zei hij, en hij loodste me terug onze kamer in. 'Weet je waarom niet? Omdat ik brandschoon ben.'

Het was het dieptepunt van mijn twee weken in Thailand. Niet zozeer omdat ik niet was ontsnapt, maar vooral omdat ik in de val was gelopen die Jack zo zorgvuldig voor me had gezet. Ik trachtte uit te dokteren waarom hij al die moeite had gedaan om me erin te luizen, want ik zou normaal gesproken geen poging meer hebben gedaan om weg te komen. Misschien was het simpelweg dat mijn berusting hem verveelde, of misschien was het iets naargeestigers. Misschien wilde hij, omdat hij me fysiek niet kon breken, dan toch het genoegen smaken me mentaal te breken. De gedachte dat hij mijn gevangenschap zag als een psychologisch spel deed het bloed in mijn aderen stollen. Wanneer zich weer een gelegenheid zou voordoen om te vluchten, zou er altijd de angst zijn dat hij het hele scenario had bedacht, en ik besefte dat als ik niet zou wegkomen zodra we terug waren in Engeland – nog voor we het vliegveld hadden verlaten – het veel, veel moeilijker zou worden wanneer we eenmaal in ons huis waren.

Vechtend tegen de wanhoop dwong ik mezelf na te denken over wat ik kon doen, zowel in het vliegtuig als bij aankomst op Heathrow. Als ik een van de stewards of stewardessen na het opstijgen zou vertellen dat Jack me gevangenhield, kon ik dan kalm blijven wanneer hij zou beweren dat ik aan waanideeën leed? Wat als hij het verslag van de hotelmanager bij zich zou hebben om zijn bewering te staven? Wat moest ik dan? En als het me lukte kalm te blijven en ik zou verklaren dat hij mij en mijn zusje kwaad wilde doen, zou ik de bemanningsleden dan kunnen overhalen om hem na te trekken terwijl we nog onderweg waren? En als ze dat al deden, zouden ze dan ontdekken dat hij een bedrieger was of dat Jack Angel een succesvol advocaat was die zich inzette voor mishandelde vrouwen? Ik wist het niet, maar ik was vastbesloten om van me te laten horen en al net zo vastbesloten om als er niemand luisterde zoveel stennis te schoppen dat ik na aankomst op Heathrow naar een ziekenhuis of politiebureau zou worden gebracht.

Ik stond er niet echt bij stil toen ik me kort na het opstijgen slaperig begon te voelen. Maar toen we de volgende ochtend landden was ik zo versuft dat er een rolstoel aan te pas moest komen om me het vliegtuig uit te krijgen. Mijn woorden klonken als gebrabbel, ik kon nauwelijks spreken. Hoewel ik niet verstond wat Jack tegen de arts zei die me kwam onderzoeken, vanwege de mist in mijn hoofd, zag ik wel dat hij een flesje pillen in zijn hand hield. Me ervan bewust dat mijn kansen om te ontsnappen me door mijn vingers glipten, deed ik een dappere poging om hulp te roepen toen we door de paspoortcontrole werden geleid, maar ik kon alleen maar onsamenhangende klanken uitbrengen.

Jack wurmde me de auto in en klikte mijn gordel vast, en ik leunde tegen het portier, niet in staat om te vechten tegen de sufheid die me in haar greep hield. De tweede keer dat ik bijkwam, bleek Jack me sterke zwarte koffie te voeren die hij uit een automaat op een tankstation had gehaald. Ik kon weer iets helderder denken, maar ik was nog steeds verward en gedesoriënteerd.

'Waar zijn we?' vroeg ik slapjes en ik probeerde rechtop te gaan zitten.

'Bijna thuis,' antwoordde hij met zoveel opwinding in zijn stem dat ik er bang van werd.

Hij stapte weer in en terwijl we verder reden, trachtte ik erachter te komen waar we waren, maar ik herkende geen van de namen van de dorpen die we passeerden. Na ongeveer een halfuur sloeg hij af, een straat in.

'Daar zijn we dan, mijn lieve echtgenote,' zei hij, en hij begon langzamer te rijden. 'Ik hoop dat je het mooi vindt.'

We stopten naast een paar enorme zwarte hekken. Ernaast, een klein eindje verderop zag ik een kleiner zwart hek met een bel in de muur ernaast. Hij haalde een afstandsbediening uit zijn zak en drukte op een knop. Het dubbele hek zwaaide open. 'Het huis dat ik je als huwelijkscadeau had beloofd. Nou, wat vind je ervan?'

Eerst dacht ik dat ik hallucineerde van het middel dat hij me had toegediend. Maar toen besefte ik dat ik echt naar het huis keek dat we samen in de bar van het Connaught Hotel op een stuk papier hadden getekend, het huis waarvan hij me had beloofd dat hij het voor me zou vinden, compleet met het ronde raampje in het dak.

'Je bent er kennelijk sprakeloos van,' lachte hij en reed tussen de hekken door. Nadat hij bij de voordeur was gestopt, stapte hij de auto uit en liep eromheen om mijn portier te openen. Toen ik roerloos bleef zitten, stak hij zijn handen onder mijn oksels, trok me zonder veel omhaal uit de auto en sleepte me het bordes op. Hij deed de voordeur van het slot en leidde me de gang in, waarna hij de deur achter zich dicht sloeg.

'Welkom thuis,' zei hij spottend. 'Ik hoop dat je hier heel gelukkig zult zijn.'

De gang was prachtig, met een hoog plafond en een schitterende trap. De deuren naar rechts waren gesloten, net als de enorme dubbele deuren aan de linkerkant.

'Je wilt vast graag dat ik je een rondleiding geef,' ging hij verder. 'Maar wil je Molly eerst even zien?'

Ik staarde hem aan. 'Molly?'

'Ja, Molly. Je wilt me toch niet vertellen dat je haar helemaal vergeten bent?'

'Waar is ze?' vroeg ik op dringende toon, geschokt dat ik tijdens ons verblijf in Thailand niet één keer aan haar had gedacht. 'Waar is Molly?'

'In de wasruimte.' Hij opende een deur aan de rechterkant van de trap en knipte een lamp aan. 'Hierbeneden.'

Ik volgde hem naar het souterrain en herkende de tegels van de foto die hij me had laten zien van Molly in haar mand. Hij hield stil voor een deur. 'Ze is daarbinnen. Maar voor je haar gaat zien kun je maar beter een van deze in de aanslag houden.' Hij pakte een rol vuilniszakken van een plank, scheurde er een af en gaf die aan mij. 'Die zul je nodig hebben, denk ik.'

HEDEN

Hoewel mijn dagen langzaam verstrijken ben ik telkens weer verbaasd hoe snel de zondagen voorbijvliegen. Maar vandaag voel ik me bedrukt omdat er geen bezoek aan Millie in zit. Ik weet het niet zeker, maar het is onwaarschijnlijk dat Jack me meeneemt om bij haar langs te gaan, aangezien we de afgelopen twee zondagen al zijn geweest. Toch zou het kunnen dat hij me verrast, dus ik heb voor de zekerheid een douche genomen en mezelf en mijn haren afgedroogd met het kleine handdoekje dat hij me gunt. Badhanddoeken en een föhn zijn luxeartikelen uit een ver verleden, net als bezoekjes aan de kapper. Hoewel het afdrogen in de winter vervelend is, valt het verder wel mee. Mijn haar, dat zowel hitte als schaar wordt ontzegd, is lang en glanzend en ik ben er handig in geworden er een knot in te maken, zodat het me niet in de weg zit.

Het was niet meteen vanaf het begin zo erg als nu. Toen we net in het huis zaten, had ik een veel mooiere slaapkamer, met diverse dingen om me af te leiden – dingen die Jack een voor een heeft verwijderd na elke vluchtpoging. Eerst verdween de waterkoker, daarna de radio, vervolgens de boeken. Toen er niets meer was om me mee bezig te houden, verlichtte ik de geestdodende verveling door me te vermaken met de kleren in mijn kast: ik combineerde allerlei verschillende outfits om maar wat te doen te hebben. Maar na nog een ontsnappingspoging haalde Jack me uit die kamer en installeerde me in de kleine kamer ernaast, waar hij alle comfort weghaalde behalve het bed. Hij nam zelfs de moeite om tralies voor het raam te plaatsen. Zonder mijn kledingkast was ik afhankelijk van wat hij me elke ochtend aan kleren bracht. Al snel verspeelde ik ook dat recht en nu draag ik dag en nacht een pyjama, tenzij we de deur uit gaan. Hoewel hij me drie keer per week een schone brengt, verzacht dat niet de eentonigheid van het dragen van steeds hetzelfde, dag in dag uit, en al helemaal omdat er geen enkel verschil tussen zit. Alle pyjama's zijn exact hetzelfde – zwart – en er is niets wat de ene van de andere onderscheidt. Op een keer nog niet zo lang geleden, toen ik hem vroeg of ik overdag een jurk mocht dragen, bracht hij me een gordijn dat in mijn flat had gehangen en zei hij dat ik er zelf maar een moest maken. Hij vond zichzelf erg grappig, omdat hij wist dat ik geen schaar en geen naald en draad had, maar toen hij de volgende dag zag dat ik het toch droeg, om me heen gewikkeld als een sarong, een welkome afwisseling ten opzichte van de pyjama's, pakte hij het weer af, geërgerd door mijn vindingrijkheid. Vandaar zijn opmerking tegenover Esther en Diane over mijn zogenaamde naaitalent en dat ik vaak mijn eigen kleding maakte.

Hij zet me graag voor het blok om te kijken hoe ik me red uit iets wat hij nonchalant opwerpt in een gesprek, in de hoop dat ik het verpruts, zodat hij me kan straffen. Maar ik begin behoorlijk goed te worden in de kunst van het improviseren. Persoonlijk hoop ik dat Esther en Diane me weer zullen vragen of we een naaiclubje kunnen beginnen, want dat is een kwestie waar Jack een oplossing voor zal moeten vinden. Misschien begint hij wel met het breken van mijn arm of verminkt hij mijn vingers tussen de deur. Tot nu toe heeft hij me fysiek geen kwaad gedaan, hoewel ik de indruk heb dat hij daar soms wel zin in heeft.

In de loop van de middag hoor ik de bel bij het hek gaan, dus ik spring van het bed en leg mijn oor tegen de deur. Het is het eerste opwindende dat ik in lange tijd meemaak, aangezien er nooit iemand onverwacht langskomt. Ik luister of Jack wie het ook is zal binnenlaten of in elk geval zal vragen wat diegene wil, maar wanneer het stil blijft in huis, weet ik dat hij doet alsof we niet thuis zijn – gelukkig voor hem is het onmogelijk om door de zwarte hekken heen de auto op de oprit te zien staan. Als er weer wordt gebeld, nu ongeduldiger, gaan mijn gedachten naar Esther. Ik heb de laatste tijd veel aan haar gedacht, vooral vanwege de manier waarop ze haar mobiele nummer bij de lunch in het restaurant herhaalde. Hoe meer ik erover nadenk, hoe sterker ik ervan overtuigd ben dat ze begreep dat ik het nog een keer moest horen, en ik weet dat als er een moment komt waarop ik om hulp moet vragen, ik me dan eerder tot Esther zal wenden dan tot Diane, die ik al langer ken. Ik ben al mijn eigen vriendinnen kwijt, zelfs Kate en Emily, van wie ik dacht dat ze er altijd voor me zouden zijn. Maar mijn onregelmatige, korte mails aan hen – gedicteerd door Jack – waarin ik kweelde hoe geweldig het getrouwde leven me beviel en waarin ik schreef dat ik het te druk had om met ze af te spreken, zorgden ervoor dat het contact al snel verwaterde en stopte. Ik heb dit jaar niet eens meer een verjaardagskaart van ze gekregen.

Nu hij mijn vriendinnen heeft geloosd, staat Jack me toe andere aan mij geadresseerde e-mails te beantwoorden – bijvoorbeeld die van Diane of mijn ouders – in plaats van dat hij er zelf op reageert, maar alleen om ze echter te laten overkomen, hoewel ik niet weet hoe echt ik ze kan laten klinken, want hij kijkt altijd mee. Bij deze gelegenheden neemt hij me mee naar zijn werkkamer beneden, en ik koester die momenten, want met zowel een computer als een telefoon binnen handbereik is de kans dat ik iemand kan waarschuwen groter dan waar ook.

Mijn hart begint altijd sneller te kloppen als Jack me er laat plaatsnemen, met de computer en telefoon vlakbij, want ik heb de hoop dat hij een keer lang genoeg afgeleid wordt om me de gelegenheid te geven de telefoon te grijpen, snel het alarmnummer te bellen en het uit te schreeuwen tegen de politie. Of een snelle hulpkreet in te tikken op het toetsenbord, aan wie ik dan ook schrijf, en op verzend te klikken voordat hij me kan tegenhouden. De verleiding dat te doen is groot, maar Jack is altijd waakzaam. Hij buigt over me heen terwijl ik schrijf en checkt elk bericht voor ik het mag versturen.

Eén keer dacht ik dat mijn kans was gekomen toen er iemand aanbelde bij het hek terwijl ik zat te tikken, maar in plaats van op de intercom te gaan kijken wie er was, negeerde Jack de bel gewoon, zoals hij ook altijd de telefoon negeert terwijl ik achter de computer zit. Toch heb ik, naast de frustratie die ik voel wanneer hij me terugbrengt naar mijn kamer, vanwege weer een gemiste kans, ook een haast voldaan gevoel, vooral als ik mijn ouders heb gemaild. Ik geloof de leugens die ik ze heb verteld zelf bijna ook, over weekendjes weg met Jack, of over onze uitstapjes naar mooie tuinen, naar landhuizen, naar plaatsen waar ik nooit ben geweest en nooit naartoe zal gaan, maar die ik tot in detail kan beschrijven. Maar zoals met alle hoogtepunten valt het zwaar om in de harde werkelijkheid terug te keren, en als de euforie eenmaal is verdwenen, voel ik me gedeprimeerder dan ooit.

Er wordt geen derde keer aangebeld bij het hek, dus ik loop weer naar het bed en ga liggen. Ik ben zo rusteloos dat ik besluit te mediteren om me te ontspannen. Ik heb mezelf kort nadat Jack me in deze kamer heeft geïnstalleerd leren mediteren, uit angst gek te worden van de hele dag nietsdoen. Ik ben er zo goed in geworden dat het me soms lukt om weg te doezelen en voor mijn gevoel wel een paar uur lang te soezen, maar vermoedelijk is het veel korter. Ik begin meestal door Millie en mezelf voor me te zien in een mooie tuin met een hondje aan onze voeten. Maar niet Molly – om me erin te kunnen verliezen moet ik blije gedachten oproepen. Vandaag lukt het me echter niet om me te ontspannen, want ik zie maar één beeld voor me: dat van Esther die van het huis wegrijdt. In al mijn verlatenheid ben ik bijgelovig geworden en ik vat het op als een teken dat ik het mis heb, dat Esther niet degene zal zijn die me komt helpen.

Als ik Jack de trap op hoor komen, ongeveer een uur nadat er is aangebeld, probeer ik in te schatten of hij een spelletje met me komt spelen of dat hij me alleen maar een late lunch brengt. Hij doet de deur van het slot; hij heeft geen dienblad bij zich, dus ik bereid me voor op een van zijn sadistische spelletjes, al helemaal als ik zie dat hij een boek bij zich heeft. De neiging om me erop te storten en het uit zijn hand te grissen is sterk, maar ik houd mijn gezicht uitdrukkingsloos en doe mijn best om er niet naar te kijken. Ik vraag me af wat voor kwelling hij nu weer voor me in petto heeft. Hij weet dat ik hunker naar iets om te lezen – ik heb hem al ik weet niet hoe vaak gesmeekt om me een krant te geven, al was het maar één keer per week, om me te helpen de gebeurtenissen in de wereld bij te houden, zodat ik niet als een complete idioot overkom wanneer we uit eten gaan. Dus ik verwacht nu dat hij me het boek zal aanreiken om het daarna weg te trekken zodra ik mijn hand ernaar uitsteek.

'Ik heb iets voor je,' begint hij.

'Wat dan?' vraag ik, zo ongeïnteresseerd als ik kan.

'Een boek.' Hij zwijgt even. 'Wil je het hebben?'

Uit de mond van Jack is dat de vraag die ik het meest van alles verfoei, want ik ben de klos als ik ja zeg, maar ik ben ook de klos als ik nee zeg. 'Dat hangt ervan af,' zeg ik, ervan balend dat ik mijn beproeving alleen maar verleng door hem zo lang mogelijk in de kamer te houden, omdat hij nu eenmaal iemand is om mee te praten.

'Waarvan?'

'De titel. Als het *Mijn leven met een psychopaat* heet, heb ik geen belangstelling.'

Hij glimlacht. 'Het is het boek dat Esther heeft aanbevolen.'

'En jij hebt besloten het voor mij te kopen?'

'Nee, ze heeft het langsgebracht.' Hij zwijgt opnieuw een moment. 'Normaal gesproken had ik het rechtstreeks in de vuilnisbak gemikt, maar er zat een aardige uitnodiging bij voor een etentje, aanstaande zaterdag, met een PS waarin ze zegt dat ze benieuwd is wat je van het boek vindt. Dus je moet er maar voor zorgen dat je het tegen die tijd uit hebt.'

'Ik weet niet of ik er tijd voor heb, maar ik zal mijn best doen,' zeg ik.

'Doe maar niet te bijdehand,' waarschuwt hij. 'Je bent zo bedreven geraakt in het vermijden van straf dat ik maar het minste excuus nodig heb.'

Hij vertrekt en ik kan niet langer wachten: ik doe het boek open en lees de eerste pagina om een idee te krijgen van waar het over gaat. Ik weet meteen dat ik het fantastisch zal vinden en ik baal van de gedachte dat het me slechts een dag of twee zal kosten om het te lezen. Ik overweeg of ik even zal wachten voor ik er echt aan ga beginnen, en of ik mezelf zal beperken tot een hoofdstuk per dag, maar omdat er altijd de mogelijkheid is dat Jack het zal meenemen voordat ik het uit heb, nestel ik me op mijn bed, klaar voor de beste uren die ik in lange tijd heb gehad. Ik ben al ongeveer een uur aan het lezen wanneer ik zie dat een van de woorden die ik zojuist heb gelezen, het woord 'mis', meer opvalt dan de andere. Als ik beter kijk, zie ik dat het heel lichtjes met potlood is gearceerd.

Het doet me ergens aan denken, en als ik een paar pagina's

terugga, zie ik dat het woord 'iets' op dezelfde manier is gemarkeerd, maar zo licht dat ik betwijfel of ik het had opgemerkt als ik er niet naar had gezocht. Ik sla nog wat pagina's terug en tref het woordje 'er' aan, dat ik herken als het woord dat eerder mijn aandacht had getrokken, hoewel ik de donkerder achtergrond had toegeschreven aan een printprobleem. Gefascineerd blijf ik pagina's terugslaan en uiteindelijk zie ik een piepklein 'is' dichter bij het begin van het boek.

Ik stel het zinnetje samen: 'Is er iets mis'.

Mijn hart begint sneller te kloppen als ik de mogelijkheid overweeg dat Esther me een boodschap heeft gestuurd. Als dat zo is, moet er meer zijn. Met een groeiend gevoel van opwinding neem ik de rest van het boek door om te zoeken naar arceringen, en ik vind nog: 'heb', 'je', 'hulp' en op de een na laatste pagina van het boek 'nodig'.

De opgetogenheid die ik voel omdat ze doorheeft dat er iets niet in de haak is en me wil helpen, duurt maar even, want hoe kan ik Esther antwoorden als ik niet eens de beschikking heb over zoiets simpels als een potlood? En al had ik er één, dan zou ik nog niet weten wat ik moest antwoorden. Alleen 'ja' zou niet voldoende zijn, en een 'ja, ga naar de politie' zou zinloos zijn, want ik weet dat Jack in die kringen de nodige invloed heeft. Net als het personeel van het hotel in Bangkok kennen ze mij bij de politie als een manisch-depressieve vrouw die de neiging heeft haar toegewijde echtgenoot, een briljant advocaat, ervan te beschuldigen dat hij haar gevangenhoudt. Zelfs als ze hier onaangekondigd zouden langskomen, zou Jack er geen enkele moeite mee hebben deze kamer uit te leggen – of welke andere kamer in het huis dan ook trouwens. In elk geval zou hij me het boek nooit aan Esther laten teruggeven zonder het eerst te controleren, net zoals hij voor we weggaan altijd mijn tas controleert om zeker te weten dat hij leeg is.

Ineens bedenk ik dat hij me het boek überhaupt niet zou hebben gegeven zonder het eerst grondig te checken, wat betekent dat hij vrijwel zeker de arceringen heeft gezien. Het is een gruwelijke gedachte, niet in de laatste plaats omdat hij dan ook een gevaar voor Esther vormt. Het betekent ook dat ik voorzichtig moet zijn wat ik zeg als we elkaar weer zien, want aangezien ik haar geen concrete boodschap kan geven, zal Jack al mijn woorden zeer kritisch beluisteren. Hij verwacht waarschijnlijk dat ik iets zal zeggen in de trant van 'Ik vond de boodschap die de schrijver probeerde over te brengen behoorlijk relevant'. Maar hij zal bedrogen uitkomen. Ik ben misschien een keer zo stom geweest, maar deze keer ben ik wel wijzer. Het zal moeilijk zijn Esther een reactie te geven, maar ik weiger me uit het veld te laten slaan. Ik ben dankbaar dat ze zo snel heeft begrepen wat niemand anders – mijn ouders niet, Diane niet, Janice niet, de politie niet – heeft gezien: dat Jack alles bepaalt wat ik doe.

Ik frons mijn voorhoofd, want als ze vermoedt dat hij mij controleert, zal ze toch zeker ook vermoeden dat hij ook alles controleert waar ik mee in contact kom? Als ze zich heeft gerealiseerd dat Jack niet met zich laat spotten, waarom zou ze dan ontdekking riskeren als ze geen bewijs heeft om haar vermoedens te staven?

Ik begin weer te lezen, in de hoop iets te vinden waaruit ik kan opmaken hoe ik met Esther kan communiceren zonder dat Jack erachter komt, want hoe zou ik niet kunnen ingaan op haar uitgestoken hand?

In de loop van de avond, terwijl ik nog steeds een manier probeer te verzinnen om haar een bericht terug te sturen, hoor ik Jack de trap op komen, dus sluit ik het boek snel en leg het een eindje van me af op het bed.

'Nu al uit?' vraagt hij met een knikje naar het boek.

'Eerlijk gezegd vind ik het lastig om erin te komen,' lieg ik.

'Het is niet het soort roman dat ik normaal zou lezen.'

'Hoe ver ben je?'

'Nog niet ver.'

'Nou, zorg er wel voor dat je het uit hebt voor we Esther volgende week zien.'

Hij gaat weer weg en opnieuw frons ik. Het is de tweede keer dat hij erop staat dat ik het boek lees voordat we bij Esther gaan eten, wat me zegt dat hij van de arceringen weet en dat hij hoopt dat ik mijn eigen graf zal graven. Tenslotte heeft hij zo goed als toegegeven dat hij het straffen mist, toen hij eerder zei dat ik te bijdehand werd, dus ik kan me voorstellen hoe blij hij moet zijn geweest met de boodschap van Esther – en hoe hij moet hebben gelachen om haar poging me te helpen. Maar hoe meer ik erover zit te peinzen, hoe meer ik het gevoel krijg dat ik iets over het hoofd zie. Pas wanneer ik denk aan de tijd die is verstreken tussen het moment dat de bel ging en het moment dat Jack het boek naar boven bracht, begrijp ik dat de arceringen in het boek niet van Esther afkomstig zijn, maar van Jack.

VERLEDEN

Molly kon niet langer dan een paar dagen dood zijn geweest, want haar stoffelijk overschot was nog niet aan het ontbinden. Jack had het wat dat betreft slim aangepakt: hij had wel water bij haar achtergelaten, maar niet genoeg voor de twee weken tot we thuis zouden komen. De schok toen ik haar daar dood zag liggen was verschrikkelijk. De doortrapte blik op Jacks gezicht bij het openen van de deur naar de wasruimte had me wel voorbereid op iets naars – misschien dat hij haar twee weken aangelijnd had laten zitten of dat ze er niet zou zijn – maar niet op de mogelijkheid dat hij haar had laten doodgaan.

Eerst dacht ik, toen ik naar het kleine lijfje keek dat op de vloer lag, dat de medicijnen die hij me had toegediend mijn geest nog parten speelden, want ik voelde me nog steeds wat wazig. Maar toen ik naast haar hurkte en ze stijf en koud aanvoelde, dacht ik aan de vreselijke dood die ze moest zijn gestorven. Op dat ogenblik zwoer ik niet alleen dat ik Jack zou vermoorden, maar ook dat ik hem zou laten lijden zoals hij Molly had laten lijden.

Hij deed of hij verrast was over mijn onthutste reactie; hij herinnerde me eraan dat hij me in Thailand had verteld dat er geen huishoudster was, en ik was dankbaar dat ik toen niet verder had nagedacht over wat hij had gezegd. Als ik toen had begrepen waar hij op zinspeelde, weet ik niet hoe ik die twee weken had moeten doorkomen.

'Het doet me deugd te zien dat je van haar hield,' zei hij toen ik naast Molly neerknielde en huilde. 'Daar hoopte ik al op. Het is belangrijk dat je beseft hoeveel zwaarder het zou zijn als het Millie was die hier lag in plaats van Molly. En als Millie dood was, zou jij haar plaats moeten innemen. Als je erover nadenkt, zou niemand je echt missen, en als iemand zou vragen waar je was, zou ik zeggen dat je na de dood van je geliefde zusje had besloten om bij je ouders in Nieuw-Zeeland te gaan wonen.'

'Waarom kan ik niet sowieso Millies plaats innemen?' snikte ik. 'Waarom heb je haar nodig?'

'Omdat het veel gemakkelijker is om haar angst aan te jagen dan jou. Bovendien, als ik Millie bezit, heb ik hier alles wat ik nodig heb en hoef ik niet meer naar Thailand te gaan.'

'Dat snap ik niet.' Met de rug van mijn hand veegde ik de tranen van mijn wangen. 'Je gaat toch naar Thailand voor seks met mannen?'

'Seks met mannen?' Hij leek het idee wel vermakelijk te vinden. 'Dat kan hier toch ook als ik dat wil? Niet dat ik daar zin in zou hebben. Weet je, ik ben niet geïnteresseerd in seks. De reden waarom ik naar Thailand ga, is dat ik daar mijn hart kan ophalen aan mijn grootste passie – niet dat ik er zelf mijn handen aan vuilmaak, begrijp me goed. Nee, ik kijk toe en ik luister.' Ik keek omhoog en staarde hem niet-begrijpend aan. Hij boog zijn hoofd naar mijn gezicht. 'Angst,' fluisterde hij. 'Daar is niets mee te vergelijken. Ik geniet van de aanblik, van het gevoel, van de geur. En vooral van het geluid.' Ik voelde zijn tong op mijn wang. 'Zelfs van de smaak.'

'Ik walg van je,' siste ik. 'Jij moet wel een van de meest boosaardige mensen ter wereld zijn. En ik zal je krijgen, Jack, dat beloof ik je. Uiteindelijk zal ik je krijgen.'

'Niet als ik Millie eerst in handen krijg, zoals mijn bedoeling is.'

'Dus je gaat haar vermoorden,' zei ik, en mijn stem stokte in mijn keel.

'Haar vermoorden? Wat heb ik aan haar als ze dood is? Ik ga Millie niet vermoorden, Grace, ik ga haar gewoon een beetje bang maken. Nou, wil je dat hondje van je begraven of zal ik het in de container mieteren?'

Hij stak geen vinger uit om me te helpen, maar stond erbij en keek ernaar toen ik Molly's lijfje in de zwarte vuilniszak deed en haar snikkend van verdriet de trap op droeg, en door de keuken naar het terras dat ik zo graag had gewild. Ik keek de enorme tuin rond, huiverend van de kou en de schok, op zoek naar een goed plekje voor haar.

Hij volgde me naar buiten, wees naar een heg achter in de tuin en zei dat ik haar daarachter moest begraven. Toen ik eromheen was gelopen, zag ik dat er al een schop stond. Het idee dat hij al voordat hij Molly had laten doodgaan een schop voor me had klaargezet, zodat ik haar later zou kunnen begraven, bracht me weer aan het snikken. Het had geregend toen we in Thailand waren, dus de grond was zacht, maar het graven van haar graf was alleen doenlijk voor me doordat ik me voorstelde dat het om *zíjn* graf ging. Toen ik klaar was, haalde ik Molly's lijfje uit de vuilniszak, hield het even tegen me aan, denkend aan Millie en me afvragend hoe ik haar in hemelsnaam zou moeten vertellen dat Molly dood was.

'Ze komt echt niet meer tot leven, hoelang je haar ook vasthoudt,' teemde hij. 'Ga nou maar verder.'

Bang dat hij haar uit mijn armen zou rukken en haar botweg in het door mij gegraven gat zou gooien, legde ik haar er voorzichtig in en schepte de aarde weer over haar heen. Op dat moment drong de gruwelijkheid van wat er net was gebeurd volledig tot me door. Ik gooide de schop neer en dook achter een boom en gaf hevig over.

'Je zult een sterkere maag moeten kweken,' merkte hij op terwijl ik mijn mond afveegde met de rug van mijn hand. Er rezen golven van paniek in me op. Ik snelde terug naar de plek waar ik de schop had neergegooid, pakte hem op en rende naar Jack toe, de schop hoog boven mijn hoofd geheven, klaar om hem ermee tot moes te beuken. Maar ik was niet tegen hem opgewassen: hij bracht zijn arm omhoog, greep de schop en wurmde die uit mijn handen, waardoor ik struikelde. Ik krabbelde overeind en begon te rennen en zo luid mogelijk om hulp te schreeuwen. Toen ik zag dat de ramen van het naastliggende huis net zichtbaar waren door de bomen, holde ik in die richting, in de hoop dat iemand mijn geschreeuw had gehoord, en ondertussen zocht ik naar een uitgang. De muren om de tuin zagen er te hoog uit om overheen te klimmen, dus ik haalde diep adem, klaar om opnieuw te schreeuwen met alles wat ik in me had, wetend dat het misschien wel mijn enige kans was. Een klap tegen mijn rug stootte de lucht die ik naar binnen had gezogen met niet meer dan een zwak gekreun weer naar buiten en terwijl ik naar voren viel, legde Jack zijn hand over mijn mond, waarmee hij me het zwijgen oplegde. Hij rukte me overeind en gebruikte zijn andere hand om mijn arm achter mijn rug te buigen, zodat ik niets meer kon beginnen.

'Kennelijk heb je niet veel haast om Millie weer te zien,' zei hij zacht, en duwde me hardhandig terug naar het huis. 'Met je ontsnappingspogingen in Thailand heb je al je recht verspeeld op een bezoek in de komende twee weekends; nu voeg ik daar een derde weekend aan toe. En als je weer wat probeert, zie je haar dus een hele maand niet.'

Ik worstelde en draaide mijn hoofd van hem weg om mijn mond van zijn hand te bevrijden, maar hij verstevigde zijn greep.

'Die arme Millie,' zuchtte hij spottend en duwde me voort

over het terras, de keuken in. 'Straks denkt ze nog dat je haar in de steek hebt gelaten, dat je geen tijd meer voor haar hebt nu je getrouwd bent.' Hij liet me los en schoof me van hem af. 'Luister, Grace. Als je geen domme dingen doet, ben ik bereid je goed te behandelen – tenslotte is het niet in mijn belang om het tegengestelde te doen. Desondanks zal ik niet aarzelen om je privileges in te trekken als je me kwaad maakt. Begrepen?'

Zwijgend knikte ik, ineengezakt tegen de muur, trillend van vermoeidheid, van de nawerking van de medicijnen of van de schok.

'Goed. Nou, voordat ik je de rest van het huis laat zien, wil je vast wel even douchen.' Miserabele tranen van dankbaarheid schoten me in de ogen. 'Ik ben geen monster,' zei hij met een frons toen hij het zag. 'Althans, niet op die manier. Kom, ik laat je zien waar je badkamer is en als je je hebt opgefrist, zal ik je een rondleiding geven.'

Ik volgde hem de gang in en de trap op, waarbij ik nauwelijks oog had voor mijn omgeving. Hij opende een deur en liet me binnen in een lichte, ruime slaapkamer met lichtgroene en roomkleurige tinten. Op het tweepersoonsbed zag ik wat van de spreien en kussens liggen die ik had uitgekozen op de dag dat we samen meubels hadden gekocht voor het huis dat hij me had beloofd. In de vijandige wereld waarin ik me nu bevond leken ze oude vertrouwde vrienden, en ik voelde me iets beter.

'Mooi?' vroeg hij.

'Ja,' zei ik met tegenzin.

'Goed zo.' Het antwoord stemde hem blijkbaar tevreden. 'De badkamer is daar en je kleding hangt in de kast.' Hij keek op zijn horloge. 'Je hebt een kwartier.'

De deur sloot achter hem. Nieuwsgierig liep ik naar de enorme kast, die de volledige linkermuur besloeg. Ik schoof de deuren open en trof de kleren aan die ik naar het huis had laten sturen, de kleren die ik niet had meegenomen naar Thailand. Mijn T-shirts en truitjes lagen netjes opgevouwen op de planken en mijn ondergoed lag in laden. In een ander gedeelte van de kast stonden mijn vele schoenen in doorzichtige plastic boxen. Alles leek zo normaal dat ik weer een heel onwezenlijk gevoel had. Het was onmogelijk om de fraaie door Jack gecreëerde kamer en de in het vooruitzicht gestelde douche te rijmen met wat er zojuist was gebeurd, en ik kon het idee niet van me afschudden dat als ik even op het bed zou gaan liggen en een poosje zou slapen, ik vervolgens wakker zou worden en zou ontdekken dat het allemaal één grote nachtmerrie was geweest.

Ik liep naar het raam en keek naar buiten. Het was gelegen aan de zijkant van het huis, waar een rozentuin was aangeplant. Juist toen ik de schoonheid van de bloemen en de rust van de middag bewonderde, kwam er met een plotselinge windvlaag een zwarte vuilniszak aan dwarrelen vanaf de achterkant van het huis; hij bleef haken aan een van de rozenstruiken. Hierin herkende ik de zak waarin ik Molly de tuin in had gedragen. Ik uitte een gepijnigde kreet, keerde me van het raam af en haastte me naar de deur in het besef dat ik kostbare minuten had verspild terwijl ik had moeten proberen te vluchten. Ik rukte hem open en stond op het punt de gang in te rennen toen de arm van Jack naar voren schoot en mij tegenhield.

'Ga je ergens naartoe?' vroeg hij op beminnelijke toon. Ik staarde hem aan en mijn hart bonsde pijnlijk in mijn borst. 'Je overweegt toch niet om te vertrekken, neem ik aan?'

Ik dacht aan Millie, hoe erg ze het zou vinden dat ik de komende drie weken niet zou komen opdagen, en ik wist dat ik me geen verdere straf kon veroorloven. 'Een handdoek,' mompelde ik. 'Ik vroeg me af waar de handdoeken zijn.'

'Als je in de badkamer had gekeken, had je ze gevonden. Opschieten nou, je hebt nog maar tien minuten.'

Terwijl hij de deur achter me dichtduwde en me weer opsloot, liep ik naar de badkamer. Die had een inloopdouche, een bad, een wastafel en een wc. Er lag een grote stapel zachte handdoeken op een laag kastje en toen ik het opende, zag ik dat het royaal gevuld was met flessen shampoo, conditioner en douchegel. Opeens wilde ik niets liever dan het vuil wegwassen dat uit elke porie in mijn lichaam leek te komen. Ik kleedde me uit, draaide de douche open en stapte onder het stromende water, gewapend met alles wat ik nodig had. Ik zette de temperatuur zo heet als ik kon verdragen, masseerde shampoo in mijn haar en boende mijn lichaam verwoed, me afvragend of ik me ooit weer schoon zou voelen. Ik zou graag langer onder de waterstraal hebben gestaan, maar ik was bang dat Jack zou binnenkomen om me onder de douche vandaan te trekken zodra mijn tien minuten voorbij waren, dus ik draaide de douchekraan dicht en droogde me snel af.

In het kastje onder de wastafel trof ik een pakje tandenborstels en een tube tandpasta aan. De kostbare twee minuten die ik overhad gebruikte ik om mijn tanden te poetsen tot mijn tandvlees ervan bloedde. Ik haastte me terug de slaapkamer in, opende de kledingkast, trok een jurk van een hangertje, pakte een beha en een slip en kleedde me vlug aan. De slaapkamerdeur ging open terwijl ik mijn jurk aan het dichtritsen was.

'Goed,' zei hij. 'Ik zat er niet bepaald op te wachten om je uit de douche te moeten slepen, maar ik had het wel gedaan.' Hij maakte een hoofdgebaar naar de kledingkast. 'Doe eens iets aan je voeten.' Na een lichte aarzeling koos ik een paar schoenen met een klein hakje in plaats van de platte slippers waar mijn voeten naar snakten, in de verwachting dat ze me meer zelfvertrouwen zouden geven. 'En dan nu de rondleiding door het huis. Ik hoop dat je het mooi vindt.'

Ik volgde hem de trap af en vroeg me af waarom het hem wat kon schelen of ik het mooi vond of niet. Hoewel ik vastbesloten was me niet te laten imponeren, zei mijn verstand me dat het in mijn eigen belang was om hem de positieve reactie te geven die hij kennelijk wenste.

'Het heeft twee jaar geduurd tot het huis er precies zo uitzag als ik wilde,' merkte hij op toen we de gang in liepen, 'en dan moest ik op het laatst nog veranderingen doorvoeren waar ik niet op had gerekend. De keuken kwam van oorsprong bijvoorbeeld niet uit op een terras, maar dat heb ik laten aanleggen omdat ik het een uitstekend idee vond. Gelukkig lukte het me om de rest van jouw wensen in de richting te sturen van wat er al stond,' ging hij verder, waarmee hij bevestigde wat ik al had vastgesteld: op de dag dat hij me had gevraagd hoe mijn ideale huis eruitzag, had hij me slim gemanipuleerd om me het huis te laten beschrijven dat hij al had gekocht.

'Weet je nog dat je zei dat je op de begane grond een grote toiletruimte voor gasten wilde, maar dat je je vervolgens meteen kon vinden in mijn suggestie van een garderobe?' Hij opende een deur aan de rechterkant, die leidde naar een halletje met een garderobekast, een grote spiegel en een deur naar een wc.

'Heel slim,' zei ik, doelend op de manier waarop hij me had gemanipuleerd.

'Ja, dat was het inderdaad,' zei hij instemmend. Verderop in de gang opende hij de volgende deur. 'Mijn werkkamer en bibliotheek.'

Ik ving een glimp op van een kamer die van de vloer tot aan het plafond bedekt was met volle boekenplanken, met in een nis aan de rechterkant een mahoniehouten bureau.

'In deze kamer zul je niet erg vaak komen.' Hij stak over

naar de andere kant van de gang en gooide de grote dubbele deuren die ik eerder al had opgemerkt open. 'De woonkamer en eetkamer.'

Hij hield met een uitnodigend gebaar de deuren open en ik stapte een van de prachtigste kamers binnen die ik ooit had gezien. Maar ik sloeg nauwelijks acht op de vier openslaande deuren die toegang boden tot de rozentuin aan de zijkant van het huis, of de hoge plafonds, of de elegante doorgang naar de eetkamer, omdat mijn blik onmiddellijk naar de haard werd getrokken, met daarboven *Fireflies*, het schilderij dat ik voor Jack had gemaakt.

'Het hangt daar perfect, vind je niet?' zei hij.

De gedachte aan alle liefde en inspanning die ik erin had gestoken en het feit dat het bestond uit honderden kussen, maakten me misselijk. Ik draaide me abrupt om en liep de gang weer in. 'Ik hoop dat dit niet betekent dat je de kamer niet mooi vindt,' fronste hij, en volgde me.

'Wat maakt het je uit of ik het mooi vind of niet?' snauwde ik.

'Ik heb niets tegen jou persoonlijk, Grace,' zei hij geduldig, verder lopend door de gang. 'Zoals ik in Thailand al heb uitgelegd, ben jij het middel dat mij helpt te krijgen waar ik altijd van heb gedroomd, dus het is normaal dat ik naar jou toe een soort dankbaarheid voel. Daarom wil ik het je zo aangenaam mogelijk maken, althans totdat Millie hier komt wonen. Als ze er eenmaal is, wordt het uiterst onaangenaam voor je, vrees ik. En voor haar natuurlijk. Nou, je hebt nog niet de kans gekregen om de keuken goed te bekijken, toch?' Hij opende de keukendeur en ik zag de ontbijtbar die we hadden gepland, compleet met vier hoge, glanzende krukken.

'O, die zal Millie geweldig vinden!' riep ik uit, en ik zag voor me hoe ze erop rond zou zitten draaien. In de stilte die volgde overzag ik plots alles wat er was gebeurd, waarop de kamer begon te tollen en ik omviel. Me vaag bewust van Jacks uitgestoken armen die me opvingen deed ik een zwakke poging om weerstand te bieden voordat ik flauwviel.

Toen ik mijn ogen weer opende, voelde ik me zo heerlijk uitgerust dat ik aanvankelijk even dacht dat ik ergens op vakantie was. Nog soezerig van de slaap keek ik om me heen en zag ik alle benodigdheden om koffie en thee te zetten op een tafeltje dicht bij het bed, waaruit ik concludeerde dat ik me in een hotel bevond, al had ik geen idee waar. Ik nam de lichtgroene muren, die me zowel bekend als onbekend voorkwamen, in me op en wist ineens waar ik was. Ik sprong van het bed, rende naar de deur en probeerde hem open te doen. Toen ik erachter kwam dat ik opgesloten zat, begon ik op de deur te bonzen en naar Jack te schreeuwen dat hij me eruit moest laten.

De sleutel werd omgedraaid in het slot en de deur ging open.

'In hemelsnaam, Grace,' zei hij, duidelijk geërgerd. 'Je hoefde alleen maar te roepen, hoor.'

'Hoe durf je me op te sluiten!' gilde ik met trillende stem van woede.

'Ik heb je opgesloten voor je eigen bestwil. Als ik dat niet had gedaan, was je misschien weer zo dom geweest om een ontsnappingspoging te wagen, en dan zou ik je nóg een bezoek aan Millie moeten ontzeggen.' Hij keerde zich om en stak zijn handen uit naar een dienblad dat op een tafeltje vlak bij mijn deur stond. 'Nou, als je een stap naar achteren doet, geef ik je wat te eten.'

De gedachte aan eten was aanlokkelijk; ik kon me niet heugen wanneer ik voor het laatst gegeten had, maar dat moest voor het vertrek uit Thailand zijn geweest. Toch was de open deur nog aanlokkelijker. Ik deed een stap opzij, niet naar achteren zoals hij had gevraagd, wachtte tot hij de kamer was binnengekomen, haalde naar hem uit en sloeg het dienblad uit zijn handen. Onder het geraas van brekend serviesgoed en zijn brul van woede rende ik naar de trap en nam twee treden tegelijk, waarbij ik te laat opmerkte dat de gang beneden helemaal donker was. Aan de voet van de trap tastte ik naar een lichtknop en toen ik die niet vond, zocht ik mijn weg langs de muur tot ik bij de keukendeur kwam. Toen ik die opengooide, bleek dat ook de keuken donker was. Ik herinnerde me de vier openslaande deuren die ik de dag daarvoor in de woonkamer had gezien en stak de gang over, waar ik langs de muur graaide tot ik de dubbele deur vond. De complete duisternis in de kamer, zonder zelfs maar een sprankje licht van buitenaf, in combinatie met de stilte – want het huis was griezelig stil – werd plotseling angstaanjagend. Het besef dat Jack overal kon zijn, dat hij misschien achter me aan de trap af was geslopen en mogelijk maar een meter van me af stond, deed mijn hart van pure angst op hol slaan.

Nadat ik de kamer was binnengestapt, liet ik me achter een van de deuren op de vloer glijden, bracht mijn knieën omhoog naar mijn borst en rolde mezelf op tot een bal; ik verwachtte dat zijn handen me elk moment zouden vastgrijpen. De spanning was verschrikkelijk en de gedachte dat hij ervoor zou kiezen om me niet te zoeken tot het hem zou uitkomen, maakte dat ik spijt had dat ik de relatieve veiligheid van de slaapkamer had verlaten.

'Waar ben je, Grace?' Zijn stem kwam van ergens in de gang en zijn zachte, zangerige toontje droeg alleen maar bij aan mijn paniek. Te midden van de stilte hoorde ik hem de lucht opsnuiven. 'Mmm, ik ben dol op de geur van angst,' lispelde hij. Zijn voetstappen klonken in de gang en toen ze dichterbij kwamen, drukte ik me stijf tegen de muur. Ze stopten. Toen ik mijn oren spitste om te horen waar hij was, voelde ik zijn adem op mijn wang.

'Boe!' fluisterde hij.

Ik barstte in tranen uit, opgelucht dat de kwelling voorbij was, en hij brulde van het lachen. Een zoemend geluid kondigde het daglicht aan dat langzaam de kamer begon binnen te dringen, en toen ik mijn hoofd ophief, zag ik dat Jack een afstandsbediening in zijn hand had.

'Stalen rolluiken,' legde hij uit. 'Elk raam op de begane grond is ermee uitgerust. Zelfs als je op wonderbaarlijke wijze uit je kamer zou weten te ontsnappen wanneer ik op mijn werk ben, zul je het huis niet uit kunnen komen.'

'Laat me gaan, Jack,' smeekte ik. 'Laat me nou gewoon gaan, alsjeblieft.'

'Waarom zou ik? Ik denk juist dat ik het onderhoudend zal vinden om je hier in huis te hebben, vooral als je ontsnappingspogingen blijft wagen. Je kunt me zo in elk geval vermaken tot Millie bij ons komt wonen.' Hij zweeg even. 'Weet je, ik begon het bijna jammer te vinden dat we het niet zo geregeld hebben dat ze bij ons kwam wonen zodra we terug waren van onze huwelijksreis. Denk je eens in – ze zou dan elk moment hier kunnen zijn.'

Ik hapte naar adem.

'Geloof je nou echt dat ik Millie ook maar in de buurt van dit huis laat komen?' schreeuwde ik. 'Of jou nog in haar buurt?'

'Ik meen me te herinneren dat we dit gesprek al in Thailand hebben gevoerd,' zei hij verveeld. 'Hoe sneller je accepteert dat het hele proces al in gang is gezet en dat je niets kunt doen om het te stoppen, hoe beter het voor je is. Er is geen uitweg meer... Je bent nu van mij.'

'Het is toch niet te geloven dat je denkt dat je hiermee wegkomt! Je kunt me hier niet voor altijd verborgen houden, dat weet je best. Wat dacht je van mijn vriendinnen, onze vrienden en kennissen? We zouden toch gaan eten met Moira en Giles wanneer we de auto terugbrengen?'

'Ik vertel ze precies wat ik de school van Millie wil vertellen – het gaat nu overigens vier weken duren voor je haar weer ziet –, namelijk dat je in Thailand een hardnekkig buikvirus hebt opgelopen en dat je je ziek voelt. En als ik je dan uiteindelijk toesta om Millie weer te zien, zal ik je nauwlettend in de gaten houden en luisteren naar elk woord dat je zegt. Probeer je iemand te waarschuwen, dan zullen Millie en jij daar allebei voor boeten. Wat je vriendinnen betreft, voor hen zul je niet veel tijd hebben nu je zo gelukkig getrouwd bent, en als je niet meer reageert op hun mails zullen ze je vanzelf vergeten. Dat gaat natuurlijk geleidelijk. Je mag het contact nog een tijdje onderhouden, maar ik zal je berichten grondig checken voordat je ze verzendt, voor het geval je iemand op je situatie attent zou willen maken.' Hij liet een korte stilte vallen. 'Maar ik kan me niet voorstellen dat je zo dom bent.'

Tot op dat ogenblik was ik er vrij zeker van geweest dat het me zou lukken om aan hem te ontsnappen, of op zijn minst iemand te vertellen dat ik gevangen werd gehouden, maar iets aan de nuchtere toon waarmee hij sprak was huiveringwekkend. Zijn absolute overtuiging dat alles exact zou verlopen als hij had gepland, bracht me voor het eerst aan het twijfelen aan mijn vermogen om hem te slim af te zijn. Terwijl hij me terugbracht naar mijn slaapkamer, en me vertelde dat ik geen eten zou krijgen tot de volgende dag, kon ik alleen maar denken aan wat hij Molly had aangedaan en wat hij mij zou aandoen als ik weer zou proberen te vluchten. Ik kon niet riskeren dat ik Millie nóg een week langer niet zou zien – en de gedachte aan haar teleurstelling als ik de eerstvolgende vier zondagen niet kwam opdagen, maakte me nog beroerder dan ik me al voelde.

Het was het pijnlijke hongergevoel dat me op het idee bracht om een blindedarmontsteking te veinzen, zodat Jack geen andere keus zou hebben dan met me naar het ziekenhuis te gaan, waar ik vast wel iemand kon vinden die naar mijn verhaal zou luisteren. Toen hij me de volgende dag uiteindelijk een maaltijd kwam brengen, zoals hij had beloofd, was het al laat in de avond, dus had ik meer dan achtenveertig uur niets gegeten. Het viel me zwaar om niet veel te eten van wat hij me had gebracht, en toen ik naar mijn buik greep en kreunde van pijn, was ik dankbaar voor de krampen die mijn pijn echter lieten lijken.

Helaas bleef Jack er onbewogen onder, maar toen hij me de volgende ochtend ineengekrompen aantrof, wilde hij me wel de aspirine brengen waar ik om had gevraagd, hoewel hij erop stond dat ik die doorslikte waar hij bij was. Tegen de avond lag ik te kronkelen op het bed en 's nachts beukte ik op de deur tot hij kwam kijken waarom ik zoveel herrie maakte. Ik vertelde hem dat ik ondraaglijke pijn had en vroeg hem een ambulance te bellen. Hij weigerde en zei dat hij een dokter zou laten komen als ik er de volgende dag nog last van had. Dat was niet het gewenste resultaat, maar het was beter dan niets, en ik bereidde zorgvuldig voor wat ik tegen de dokter zou zeggen, in het besef dat ik me niet kon veroorloven hysterisch te klinken – dat had mijn ervaring in Thailand me wel geleerd.

Ik had niet verwacht dat Jack erbij zou blijven terwijl de dokter me onderzocht. Telkens als hij mijn buik bevoelde, deed ik alsof het vreselijk pijn deed, en ondertussen trachtte ik als een razende vooruit te denken, wetend dat mijn toneelspel en hongerlijden voor niets geweest waren als ik deze gelegenheid niet benutte. Toen ik de dokter vroeg of ik hem even alleen kon spreken, waarmee ik suggereerde dat de pijn die ik had wellicht te wijten kon zijn aan een gynaecologisch probleem, voelde ik iets van triomf toen hij Jack vroeg of hij het erg zou vinden de kamer even te verlaten.

Achteraf vroeg ik me af waarom het niet in me was opgekomen dat Jacks bereidheid om even weg te gaan betekende dat hij zich geen zorgen maakte over de gevolgen van mijn tête-à-tête met de dokter. Ook de meelevende glimlach van de dokter toen ik hem op dringende toon vertelde dat ik gevangen werd gehouden, wekte mijn achterdocht niet. Pas toen hij me vragen begon te stellen over wat hij mijn zelfmoordpoging noemde, en mijn geschiedenis van depressies, begreep ik dat Jack zich volledig had ingedekt voordat de dokter ook maar één voet in mijn slaapkamer had gezet. Verbijsterd smeekte ik hem me te geloven dat Jack niet was die hij voorwendde te zijn, en ik herhaalde wat hij me had verteld: dat hij zijn moeder had doodgeslagen toen hij nog een kind was, en dat hij zijn vader ervoor had laten opdraaien. Maar terwijl ik mijn verhaal deed, hoorde ik zelf hoe ongeloofwaardig het klonk. Toen de dokter een recept uitschreef voor prozac reageerde ik zo hysterisch dat ik daarmee bevestigde wat Jack hem had verteld, dat ik manisch-depressief was met een ziekelijke hang naar aandacht. Hij had het bewijs zelfs op papier staan: een kopie van de medische rapporten ten tijde van mijn overdosis en een brief van de manager van het hotel in Bangkok waarin mijn gedrag op onze eerste avond daar werd beschreven.

Onthutst als ik was door mijn mislukte poging de dokter ervan te overtuigen dat ik de waarheid sprak, leek de enorme taak die voor me lag me opnieuw ondoenlijk. Als ik een professional er niet toe kon bewegen mijn verhaal serieus te nemen, hoe zou ik dan ooit iemand anders kunnen laten inzien wat er aan de hand was? Sterker nog, hoe zou ik ooit vrijuit met iemand kunnen praten als Jack me alleen maar met de buitenwereld liet communiceren wanneer hij de situatie onder controle had?

Hij begon de e-mails die ik ontving te monitoren, en als hij niet elk woord waarmee ik moest reageren dicteerde, stond hij over me heen gebogen en las hij alles mee wat ik intikte. Gezien het feit dat ik dag en nacht in mijn kamer zat opgesloten, werden mensen gedwongen om een boodschap achter te laten op het antwoordapparaat, tenzij Jack thuis was en de telefoon opnam. Als ze vroegen of ze me konden spreken, zei hij dat ik onder de douche stond of aan het winkelen was, en dat ik ze zou terugbellen. En als hij me al toestond om terug te bellen, luisterde hij mee. Maar ik durfde me niet te verzetten, aangezien mijn gesprek met de dokter me nog een bezoek aan Millie had gekost, evenals het recht op koffie en thee in mijn slaapkamer. Ik wist dat ik me, in elk geval een tijdlang, moest gedragen zoals Jack wilde als ik Millie in de nabije toekomst wilde zien. Dus ik onderwierp me zonder te klagen aan de beperkingen die hij me oplegde. Als hij me eten kwam brengen – in die periode deed hij dat 's ochtends en 's avonds – zorgde ik ervoor dat hij me zittend op het bed aantrof, passief, meegaand en onderdanig.

Mijn ouders, die hun migratie naar Nieuw-Zeeland op stapel hadden staan, stonden argwanend tegenover het mysterieuze virus dat ik kennelijk in Thailand had opgelopen en waardoor ik Millie niet kon opzoeken. Om ze ervan te weerhouden langs te komen had Jack hun verteld dat het mogelijk besmettelijk was, maar uit hun enigszins ongeruste telefoontjes kon ik opmaken dat ze vreesden dat mijn belangstelling voor Millie was verflauwd nu ik getrouwd was.

Ik zag ze nog maar één keer voor ze vertrokken, toen ze gehaast afscheid kwamen nemen. Bij die gelegenheid zag ik tijdens een korte rondleiding door het huis eindelijk ook de rest van de kamers op de bovenverdieping. Ik moest het Jack nageven: hij had niet alleen mij gedwongen om al mijn spullen op te bergen, zodat hij mijn slaapkamer kon laten doorgaan voor een logeerkamer, hij had ook wat van mijn kleren in zijn kamer laten slingeren om de indruk te wekken dat ik daar ook sliep. Ik verlangde ernaar mijn ouders de waarheid te vertellen, ze te smeken me te helpen, maar met Jacks arm zwaar op mijn schouder geleund ontbrak me de moed om iets te zeggen.

Misschien zou ik toch iets gezegd hebben als Millies kamer er niet was geweest. Terwijl mijn ouders de lichtgele muren, de mooie meubels en het hemelbed met stapels kussens bewonderden, was ik vooral stomverbaasd. Ik kon niet geloven dat Jack zich zoveel moeite had getroost als hij echt kwaadaardige bedoelingen met Millie had. Het gaf me hoop – hoop dat ergens diep in hem nog een klein beetje fatsoen school. Dat hij mij in zijn macht zou houden, maar Millie met rust zou laten.

De week nadat mijn ouders waren vertrokken, nam Jack me eindelijk mee naar Millie. Het had vijf lange weken geduurd na onze terugkeer uit Thailand en tegen die tijd was Millies been geheeld en konden we haar mee uit lunchen nemen. Maar de Millie die ik aantrof, was heel anders dan het vrolijke meisje dat ik had achtergelaten.

Mijn ouders hadden wel aangegeven dat Millie lastig was geweest tijdens onze afwezigheid, maar dat had ik toegeschreven aan haar teleurstelling dat ze geen bruidsmeisje had kunnen zijn. Ik wist ook dat ze me kwalijk nam dat ik haar niet had bezocht zodra we terug waren van onze huwelijksreis, want tijdens mijn telefoongesprekken met haar, waarbij Jack me in mijn nek had staan hijgen, had ze alleen stugge, korte antwoorden gegeven. Hoewel ik haar snel weer voor me had gewonnen met de souvenirs die Jack me voor haar had laten kopen op het vliegveld, samen met een nieuw luisterboek van Agatha Christie, negeerde ze hem nagenoeg, hetgeen hem woedend maakte, vooral omdat Janice erbij was. Ik probeerde te doen alsof Millie van streek was omdat we Molly niet bij ons hadden, maar aangezien ze zich niet druk leek te maken toen ik haar vertelde dat we Molly thuis hadden gelaten zodat ze lekker bollen kon opgraven in de tuin, had het niet aannemelijk geklonken. Toen Jack, in een poging de situatie te redden, haar vertelde dat hij ons voor de lunch zou meenemen naar een nieuw hotel, antwoordde ze dat ze niet met hem mee wilde en dat ze ook niet wilde dat hij bij ons zou wonen. Janice deed een diplomatieke poging om de gemoederen te sussen en nam Millie mee om haar jas te halen, waarop Jack me onmiddellijk waarschuwde dat als haar houding niet veranderde, hij ervoor zou zorgen dat ik Millie nooit meer te zien kreeg.

Opnieuw zocht ik een excuus om Millies gedrag te vergoelijken. Ik vertelde hem dat ze zich klaarblijkelijk niet had gerealiseerd dat hij de hele tijd bij me zou zijn als we eenmaal getrouwd waren, dat ze het moeilijk vond om mij met hem te moeten delen, en dat ze daarom had gezegd dat ze niet wilde dat hij bij ons zou wonen. Ik geloofde geen woord van wat ik zei – Millie begreep heel goed dat getrouwd zijn betekende dat je bij elkaar woonde – en ik wist dat ik moest uitzoeken hoe het zat met Millies houding tegenover Jack voordat hij zijn geduld zou verliezen en zijn dreigement zou uitvoeren haar naar een tehuis te sturen. Maar omdat hij steeds aan mijn zijde was en lette op alles wat ik deed, zag ik geen mogelijkheid haar even alleen te spreken.

Mijn kans kwam in het hotel waar Jack ons mee naartoe nam voor de lunch. Aan het eind van de maaltijd vroeg Millie of ik met haar naar de wc wilde gaan. Ik besefte dat ik daar met haar zou kunnen praten en stond op, maar Millie kreeg van Jack te horen dat ze prima in staat was om in haar eentje te gaan. Desondanks stond ze erop dat ik meeging, met steeds luidere stem, waarmee ze Jack dwong toe te geven.

Dus liep ook hij mee. Toen hij zag dat het damestoilet bereikbaar was via een gangetje waar hij ons niet verder kon begeleiden zonder dat het verdacht overkwam, trok hij me naar achteren en herinnerde me eraan, met een fluisterende stem die me deed huiveren, dat ik Millie – of wie dan ook – niets mocht vertellen, eraan toevoegend dat hij op ons zou staan blijven wachten. Hij waarschuwde dat we niet lang mochten wegblijven.

'Grace, Grace,' riep Millie uit zodra we alleen waren, 'Jack is een gemene man, heel gemeen. Hij heeft me van de trap geduwd, expres!'

Ik legde mijn vinger tegen haar lippen, als teken dat ze stil moest zijn, en ik keek angstig om me heen. Dat de hokjes leeg waren, was het eerste gelukje dat ik in lange tijd had gehad.

'Nee, Millie,' fluisterde ik, doodsbenauwd dat Jack toch het gangetje in was gelopen en aan de deur stond te luisteren. 'Dat zou Jack nooit doen.'

'Hij duwde me, Grace! Bij het gebouw om te trouwen duwde Jack me heel hard, kijk maar, zo!' Ze stootte tegen me aan met haar schouder. 'Jack heeft me pijn gedaan, mijn been gebroken.'

'Nee, Millie, nee!' suste ik haar. 'Jack is een goede man.'

'Nee, niet goed.' Millie was onvermurwbaar. 'Jack is gemeen, een gemene man.'

'Zeg dat nou niet, Millie! Je hebt het toch niet aan iemand verteld, hè? Heb je niemand verteld wat je mij net verteld hebt?'

Ze schudde heftig haar hoofd. 'Jij zegt dat ik alles jou eerst moet vertellen. Maar nu vertel ik Janice dat Jack gemeen is.'

'Nee Millie, niet doen, je mag het niemand vertellen!'

'Waarom niet? Jij gelooft me niet.'

Mijn hoofd werkte op volle toeren; ik vroeg me af wat ik tegen haar kon zeggen. Inmiddels wist ik waar Jack toe in staat was en ineens sneed het hout, ook omdat me te binnen schoot dat hij helemaal niet had gewild dat Millie bruidsmeisje zou zijn. 'Luister, Millie.' Ik pakte haar hand, wetende dat Jack achterdochtig zou worden als we te lang wegbleven. 'Zullen we een spelletje doen? Een geheim spelletje van jou en mij alleen? Herinner je je Rosie nog?' vroeg ik, verwijzend naar het denkbeeldige vriendinnetje dat ze had verzonnen toen ze klein was om de schuld te geven van haar eigen ongehoorzaamheid.

Ze knikte verwoed. 'Rosie deed stoute dingen, niet Millie.'

'Ja, dat weet ik,' zei ik ernstig. 'Ze was heel stout.'

Millie keek zo schuldbewust dat ik ondanks mezelf moest glimlachen.

'Ik ben niet Rosie hoor, Rosie is gemeen, net als Jack.'

'Maar het was niet Jack die je van de trap heeft geduwd.'

'Welles,' zei ze koppig.

'Nee, echt niet, het was iemand anders.'

Ze keek me wantrouwig aan. 'Wie dan?'

Ik zocht koortsachtig naar een naam. 'George Clooney.'

Millie staarde me een ogenblik aan. 'Zjorz Koeni?'

'Ja. Je vindt George Clooney niet leuk, toch?'

'Nee, Zjorz Koeni vind ik niet leuk,' zei ze instemmend.

'Nou, die heeft je van de trap geduwd, niet Jack.'

Ze fronste haar voorhoofd. 'Niet Jack?'

'Nee, niet Jack. Je vindt Jack leuk, Millie, je vindt Jack heel leuk.' Ik schudde haar zachtjes door elkaar. 'Het is heel belangrijk dat je Jack aardig vindt. Hij heeft je niet van de trap geduwd, maar George Clooney. Begrijp je? Je moet Jack leuk vinden, Millie, voor mij.'

Ze keek me aandachtig aan. 'Je bent bang.'

'Ja, Millie, ik ben bang. Dus zeg me alsjeblieft dat je Jack leuk vindt. Dat is heel belangrijk.'

'Ik vind Jack leuk,' zei ze gedwee.

'Goed zo, Millie.'

'Maar Zjorz Koeni vind ik niet leuk.'

'Nee, dat is zo, je vindt George Clooney helemaal niet leuk.'

'Hij is gemeen, hij heeft me van de trap geduwd.'

'Ja, dat klopt. Maar dat hoef je niemand te vertellen. Vertel andere mensen maar niet dat George Clooney je van de trap heeft geduwd. Dat is een geheim, net als Rosie. Maar vertel de mensen wel gewoon dat je Jack aardig vindt. Dat is geen geheim. En zeg ook tegen Jack dat je hem leuk vindt. Begrijp je dat?'

'Ik begrijp het.' Ze knikte. 'Ik moet Jack zeggen dat ik hem leuk vind.'

'Ja.'

'En dat ik Zjorz Koeni niet leuk vind?'

'Ja, dat mag je hem ook vertellen.'

Ze boog naar me toe. 'Maar Jack is Zjorz Koeni en Zjorz Koeni is Jack,' fluisterde ze.

'Ja, Millie, Jack is George Clooney, maar wij zijn de enigen die dat weten,' fluisterde ik terug. 'Snap je wat ik bedoel? Het is een geheim, ons geheim, net als Rosie.'

'Jack is gemeen, Grace.'

'Ja, Jack is gemeen. Maar ook dat is ons geheim. Je mag het niemand vertellen.'

'Ik wil niet bij hem wonen. Vind ik eng.'

'Ik weet het.'

'En wat ga jij doen?'

'Ik weet het nog niet, maar ik bedenk wel een oplossing.'

'Beloofd?'

'Beloofd.'

Ze keek me weer onderzoekend aan. 'Grace is verdrietig.'
'Ja, Grace is verdrietig.'
'Stil maar, Grace. Millie is bij jou.'
'Dank je,' zei ik, en ik gaf haar een knuffel. 'Onthoud goed, Millie, je vindt Jack een leuke man.'
'Dat vergeet ik niet.'
'En niet meer zeggen dat je niet bij hem wilt wonen.'
'Oké.'
'Goed zo, Millie.'
In de hal troffen we een ongeduldig wachtende Jack aan.
'Waarom duurde het zo lang?' vroeg hij, en hij keek me lang aan.
'Ik ben ongesteld,' zei Millie gewichtig. 'Dan duurt het langer.'
'Zullen we een wandeling maken voor we teruggaan?'
'Ja, wandelen vind ik fijn.'
'Misschien kunnen we onderweg een ijsje kopen.'
Ze dacht aan wat ik haar had gezegd en keek hem stralend aan. 'Dank je, Jack.'
'Nou, ze lijkt haar goede humeur enigszins te hebben teruggevonden,' merkte Jack op terwijl Millie voor ons uit huppelde.
'Ik heb haar daarnet uitgelegd dat het normaal is dat jij altijd bij me bent nu we getrouwd zijn. Ze begrijpt nu dat ze me met jou moet delen.'
'Als dat maar alles is wat je hebt gezegd.'
'Natuurlijk.'

Janice stond al te wachten toen we Millie een uur later bij school afzetten. 'Zo te zien heb je het leuk gehad, Millie,' glimlachte ze.
'Ja,' zei Millie. Ze wendde zich tot Jack. 'Ik vind jou leuk, Jack, jij bent aardig.'

'Daar ben ik blij om,' knikte hij, en hij keek naar Janice.
'Maar ik vind Zjorz Koeni niet leuk.'
'Groot gelijk,' zei hij. 'Ik vind hem ook niet leuk.'
En Millie had het uitgeschaterd.

HEDEN

Vanavond gaan we naar Esther en Rufus, en morgen gaan we naar Millie. Dat weet ik zeker omdat Janice zo vrij geweest om gisteren te bellen en Jack te vragen of we zouden komen. Ze moet naar een familielunch die ze niet mag missen, en er is niemand die op Millie kan letten als we niet gaan – maar aangezien we drie weken niet geweest zijn, geloof ik dat ze een smoes heeft verzonnen. Eigenlijk denk ik dat ze er genoeg van heeft dat we maar zo weinig komen om Millie mee uit te nemen, en het verbaast me dat Jack daar niet voorzichtiger mee omgaat. Door mij te straffen neemt hij tevens het risico dat Janice gaat twijfelen aan onze toewijding aan Millie. Maar dat kan voor mij alleen maar gunstig zijn, dus ik ga hem er echt niet op wijzen.

Misschien komt het doordat ik weet dat ik Millie morgen zal zien dat ik minder gespannen ben dan anders over onze avond uit. Een etentje bij vrienden is voor mij het equivalent van een wandeling door een mijnenveld, want ik ben altijd bang dat ik iets doe of zeg wat Jack tegen me gaat gebruiken. Ik ben blij dat ik niet in de val ben gelopen van de arceringen die hij in Esthers boek heeft aangebracht, hoewel ik er wel voor moet zorgen dat ik niets tegen haar zeg wat hij verkeerd kan opvatten.

Hij heeft het boek weer meegenomen toen hij me vanochtend mijn ontbijt bracht en ik heb in mijn vuistje gelachen bij de gedachte dat hij vergeefs de pagina's zat door te snuffelen, op zoek naar iets wat er niet was, zoals een paar met mijn nagels gemarkeerde woorden of iets dergelijks. Het ergerde hem duidelijk dat er niets te vinden was, want hij heeft het grootste deel van de dag in het souterrain gezeten, wat altijd een slecht teken is. En heel saai voor mij. Ik vind het prettiger als hij op de begane grond is, want het geeft me wat vertier om zijn gangen in kaart te brengen terwijl hij van de ene kamer naar de andere loopt, en om aan de geluiden te horen wat hij zoal doet.

Ik weet dat hij nu in de keuken is en dat hij net een kop thee voor zichzelf heeft gezet, want een paar minuten geleden heb ik gehoord hoe hij de waterkoker vulde, en vervolgens de klik toen het water kookte. Ik benijd hem. Een van de vele dingen die ik vreselijk vind van mijn gevangenschap is dat ik geen kop thee voor mezelf kan maken wanneer ik dat wil. Ik mis mijn waterkoker en de theezakjes en melk die ik op mijn kamer had. Als ik er nu over nadenk, was Jack in het begin een tamelijk royale cipier.

Aan de hand van de zon die begint te zakken schat ik in dat het rond zes uur 's avonds is en dat Jack, aangezien we om zeven uur bij Esther moeten zijn, straks boven zal komen om me in de slaapkamer hiernaast te laten, waar ik eerder ook sliep, zodat ik me gereed kan maken. Even later hoor ik zijn voetstappen op de trap, vervolgens draait hij de sleutel om in het slot en zwaait de deur open.

Als ik hem daar zo zie staan, verwonder ik me zoals altijd over het feit dat hij er zo normaal uitziet, want er zou toch iets moeten zijn – puntige oren of een paar hoorntjes – om mensen attent te maken op zijn kwaadaardigheid. Hij doet een stap achteruit om me erdoor te laten en ik loop gretig de naastliggende kamer in, blij met de kans me mooi aan te kleden, iets anders te dragen dan zwart, iets anders dan muiltjes aan mijn voeten. Ik schuif de deur van de kledingkast open en wacht tot Jack me opdraagt wat ik moet aantrekken. Wanneer hij niets zegt, weet ik dat hij me valse hoop geeft door me te laten denken dat ik mag dragen wat ik wil, waarna hij me zal bevelen om het uit te trekken zodra ik het aanheb. Misschien komt het doordat ik zijn truc met het boek heb doorzien dat ik besluit een gok te wagen en te kiezen voor een jurk die ik helemaal niet aan wil, aangezien hij zwart is. Ik doe mijn pyjama uit. Het is ongemakkelijk dat Jack toekijkt terwijl ik me uit- en aankleed, maar ik kan er niets aan veranderen. Mijn recht op privacy ben ik allang kwijt.

'Je begint een beetje mager te worden,' merkt Jack op wanneer ik mijn ondergoed aantrek.

'Misschien moet je me vaker iets te eten brengen,' opper ik.

'Misschien wel,' zegt hij instemmend.

Als ik de jurk aanheb en de rits wil dichtdoen, begin ik te denken dat ik het mis heb gehad.

'Doe maar weer uit,' zegt hij terwijl ik de stof gladstrijk. 'En trek de rode aan.'

Ik doe alsof ik teleurgesteld ben en trek de zwarte jurk uit, verheugd dat ik hem te slim af ben geweest, want de rode zou ik zelf gekozen hebben. Ik laat de jurk over mijn hoofd glijden en voel me, misschien vanwege de kleur, zelfverzekerder. Ik loop naar de kaptafel, ga voor de spiegel zitten en bekijk mezelf voor het eerst in drie weken. Het eerste wat me opvalt, is dat mijn wenkbrauwen bijgewerkt moeten worden. Hoewel ik er een hekel aan heb zulke rituelen uit te voeren waar Jack bij is, haal ik het pincet uit de la en begin de kleine haartjes uit te trekken. Ik had het recht om mijn benen te harsen afgedwongen, met als argument dat ik er niet perfect uit kon zien met behaarde benen, en gelukkig had hij een pakje waxstrips toegevoegd aan het karige voorraadje toiletartikelen dat ik elke maand van hem krijg.

Als ik mijn wenkbrauwen heb gedaan, breng ik make-up aan en kies ik, om mijn jurk eer aan te doen, een fellere lipstick dan gewoonlijk. Ik sta op, loop naar de kast en zoek in de schoenenboxen naar mijn rood-zwarte schoenen met hoge hakken. Ik doe ze aan, pak het bijpassende handtasje van de plank en reik het hem aan. Hij doet het open en kijkt erin om zich ervan te verzekeren dat ik er de afgelopen drie weken niet in ben geslaagd om vanuit het niets pen en papier op te duikelen en dwars door de muur een briefje in het tasje te toveren. Hij geeft het me terug, inspecteert me van top tot teen en knikt goedkeurend, wat ironisch genoeg, weet ik, meer is dan veel andere vrouwen van hun man mogen verwachten.

We gaan naar beneden, waar hij mijn jas uit de garderobekast haalt en hem voor me ophoudt terwijl ik mijn armen erin laat glijden. Op de oprit houdt hij het portier voor me open en wacht tot ik zit. Terwijl hij het achter me sluit, denk ik stom genoeg weer dat het jammer is dat hij zo'n sadistische klootzak is, want hij heeft voortreffelijke manieren.

We komen aan bij het huis van Esther en Rufus, en samen met een enorm boeket bloemen en een fles champagne geeft Jack Esther haar boek terug, dat hij, naar ik veronderstel, in de originele staat heeft teruggebracht. Ze vraagt me wat ik ervan vond en ik vertel haar wat ik Jack heb verteld, dat ik het aanvankelijk lastig vond om erin te komen, omdat het niet het genre is dat ik gewoonlijk lees. Ze lijkt erg teleurgesteld te zijn, waardoor ik me afvraag of zij toch degene was die de woorden had gearceerd, en ik kijk haar lichtelijk ongerust aan, mijn gevoel van paniek onderdrukkend. Maar haar gezicht verraadt niets wat duidt op een gemiste kans en mijn hartslag komt weer tot rust.

We lopen naar het vertrek waar Diane en Adam op ons wachten. Jack heeft zijn arm om mijn middel gelegd. Ik weet niet of het komt door alle kleine hoffelijkheden waarmee hij me heeft omringd, of doordat het me is gelukt de jurk te dragen die ik wilde dragen, maar tegen de tijd dat we ons aperitief ophebben en naar de tafel lopen, begin ik me te voelen alsof ik een normale vrouw ben op een normaal avondje uit, in plaats van een gevangene die op pad is met haar cipier. Of misschien komt het doordat ik te veel champagne heb gehad. Gedurende het heerlijke diner dat Esther voor ons heeft bereid ben ik me ervan bewust dat Jack me van de overkant van de tafel oplettend gadeslaat omdat ik te veel eet en veel meer praat dan anders.

'Je lijkt ver weg met je gedachten, Jack,' merkt Esther op.

'O, ik zat me alleen maar te verheugen op de dag dat Millie bij ons komt wonen,' zegt hij, een opmerking die ik als enige herken als een signaal om mij tot de orde te roepen.

'Dat duurt nu niet lang meer, zeker?' vraagt ze.

'Nog vijfenzeventig dagen,' zucht Jack tevreden. 'Wist je dat, Grace? Nog maar vijfenzeventig dagen voor Millie haar prachtige rode slaapkamer betrekt en deel uitmaakt van ons gezin.'

Ik sta op het punt een slok van mijn wijn te nemen, maar mijn hart draait om in mijn lijf en het glas blijft halverwege hangen, waarbij er een beetje over de rand klotst.

'Nee, dat wist ik niet,' zeg ik. Ik vraag me af hoe ik daar zo zelfgenoegzaam had kunnen zitten terwijl de tijd dringt. Hoe had ik de situatie waarin ik me bevind – al was het maar voor even – kunnen vergeten? Vijfenzeventig dagen... hoe kan er nog maar zo weinig tijd over zijn? En belangrijker nog, hoe vind ik ooit een manier om aan Jack te ontsnappen als me dat niet is gelukt in de driehonderdvijfenzeventig dagen die zijn verstreken sinds we terug zijn gekomen van onze huwelijksreis? Toen had ik, zelfs na alle ellende die ik daarginds had moeten verduren – om nog maar te zwijgen van de verschrikkingen nadat we bij het huis arriveerden – nooit getwijfeld of ik zou weten te ontkomen voordat Millie bij ons zou komen wonen. Met elke poging die mislukte, was er altijd zicht geweest op een volgende keer. Maar ik heb nu al zes maanden niets meer geprobeerd.

'Kom, Grace,' zegt Jack, met een glimlach en een knikje naar mijn glas wijn. Ik staar hem als verdoofd aan en hij heft zijn glas. 'Laten we drinken op Millies thuiskomst bij ons.' Hij kijkt de tafel rond. 'Waarom toosten we niet allemaal op Millie?'

'Goed idee,' zegt Adam, en hij heft eveneens zijn glas. 'Op Millie.'

'Op Millie,' proost iedereen, maar zelf vecht ik tegen de paniek die in me opkomt. Ik zie dat Esther me nieuwsgierig aankijkt en ik proost snel mee, hopend dat ze niet opmerkt hoe mijn hand trilt.

'Nu we toch in de stemming zijn,' zegt Adam, 'zou ik het fijn vinden om nogmaals het glas te heffen.'

Iedereen kijkt hem belangstellend aan. 'Diane verwacht een baby! Een broertje of zusje voor Emily en Jasper!'

'Wat een geweldig nieuws!' zegt Esther, en de felicitaties vliegen over de tafel. 'Vind je niet, Grace?'

Tot mijn afgrijzen barst ik in tranen uit.

In de geschokte stilte die volgt maakt de gedachte aan de straf die Jack me zal geven vanwege mijn gebrek aan zelfbeheersing me nog erger aan het huilen. Ik probeer de tranen uit alle macht te beteugelen, maar het gaat niet. Vreselijk van streek sta ik op, terwijl Diane naast me opstaat en me probeert te troosten. Maar het is Jack die me in zijn armen neemt – want wat moet hij anders? – en me tegen zich aan houdt, mijn hoofd wiegend tegen zijn schouder terwijl hij sussende woorden mompelt, waardoor ik nog harder moet huilen, om hoe het geweest had kunnen zijn, hoe ik had gedacht dat het zou zijn. Voor het eerst wil ik het opgeven, wil ik doodgaan, omdat het me allemaal te veel wordt en er geen redding nabij is.

'Ik kan zo niet verder,' snik ik tegen Jack, en het kan me niet schelen dat iedereen meeluistert.

'Dat weet ik toch,' zegt hij troostend. 'Dat weet ik.' Het is alsof hij toegeeft dat hij te ver is gegaan – en héél eventjes, één seconde, geloof ik dat alles goed zal komen.

'We moeten het ze maar vertellen, vind je niet?' Hij tilt zijn hoofd op. 'Grace heeft vorige week een miskraam gehad,' verklaart hij. 'En het was helaas niet de eerste.'

Iedereen houdt de adem in en er valt een verschrikte stilte van een paar seconden voordat alle aanwezigen tegelijk met zachte stem en vol medeleven beginnen te praten. Hoewel ik weet dat hun vriendelijke woorden van steun en begrip betrekking hebben op een miskraam die ik niet gehad heb, ontleen ik er toch genoeg troost aan om mezelf onder controle te krijgen.

'Het spijt me,' mompel ik tegen Jack, in de hoop dat ik daarmee de woede temper die ik tegemoet kan zien.

'Doe niet zo gek,' zegt Diane, met een klopje op mijn schouder. 'Maar ik zou willen dat je het ons had verteld. Ik vind het heel naar voor je dat Adam mijn zwangerschap zo heeft aangekondigd.'

'Ik kan zo niet verder,' zeg ik, nog steeds tegen Jack.

'Het zal een stuk eenvoudiger zijn als je de situatie gewoon leert accepteren,' zegt hij.

'Maar kunnen we Millie er in elk geval buiten laten?' vraag ik wanhopig.

'Ik vrees van niet,' zegt hij ernstig.

'Millie hoeft het niet te weten, toch?' vraagt Esther verwonderd.

'Het heeft geen zin om haar van streek te maken,' fronst Diane.

Jack wendt zich tot hen. 'Jullie hebben natuurlijk gelijk. Het zou onzinnig zou om Millie over Grace' miskraam te vertellen. Nou, ik geloof dat ik Grace maar beter naar huis kan brengen. Ik hoop dat je het niet erg vindt dat ik ons samenzijn zo vroeg onderbreek, Esther.'

'Ik voel me alweer beter,' zeg ik vlug, want ik wil de veiligheid van het huis van Esther en Rufus niet verlaten, aangezien ik weet wat me thuis te wachten staat. Ik maak me los uit Jacks armen, verbijsterd dat ik me daar een tijdlang heb thuisgevoeld. 'Echt, het gaat beter en ik wil graag blijven.'

'Goed zo, gelukkig maar. Toe, Grace, ga zitten.' De schaamte in Esthers ogen vertelt me dat haar opmerking die mijn tranen teweeg had gebracht, stekelig bedoeld was geweest en dat ze zich schuldig voelt dat ze zo de nadruk heeft gelegd op het feit dat Diane zwanger is. 'Het spijt me,' zegt ze zacht wanneer ik weer plaatsneem. 'En ook van je miskraam.'

'Het geeft niet,' zeg ik. 'Laten we het alsjeblieft maar gauw vergeten.'

Terwijl ik de koffie drink die Esther heeft geserveerd, doe ik harder mijn best dan ooit. Ik ben me er akelig van bewust hoe stom het van me was dat ik me niet heb weten te beheersen. Ik weet dat ik het moet goedmaken als ik Millie morgen wil zien, dus ik kijk Jack liefdevol aan en verklaar tegenover iedereen aan tafel dat het me te veel werd omdat ik het zo verschrikkelijk vind dat ik vooralsnog kennelijk niet in staat ben Jack te geven wat hij het liefste van alles zou willen: een baby. Als we uiteindelijk opstaan om weg te gaan, weet ik dat iedereen me bewondert omdat ik me zo snel en charmant heb herpakt. Ik voel dat Esther me veel aardiger vindt dan voorheen, wat alleen maar gunstig kan zijn, ook al is het alleen maar vanwege mijn falende baarmoeder.

De werkelijkheid haalt me in zodra ik in de auto op weg

naar huis zit. Jacks grimmige zwijgen zegt me dat ik misschien een hoop sympathie heb opgewekt bij de anderen, maar dat hij mij toch zal laten boeten voor mijn stommiteit. De gedachte dat we niet naar Millie gaan is ondraaglijk, en terwijl er stille tranen in mijn ogen springen, ben ik geschokt over de zwakke vrouw die ik ben geworden.

We komen aan bij het huis. Jack doet de voordeur van het slot en we lopen de gang in.

'Weet je, ik heb nooit in twijfel getrokken wie ik was,' zegt hij nadenkend wanneer hij me uit mijn jas helpt. 'Maar vanavond, heel even maar, toen ik je in mijn armen hield en iedereen met ons meeleefde om jouw miskraam, proefde ik even hoe het is om normaal te zijn.'

'Het zou kunnen!' vertel ik hem. 'Het zou kunnen, als je echt zou willen! Je kunt hulp krijgen, Jack, dat weet ik zeker!'

Hij grijnst om mijn uitbarsting. 'Het probleem is dat ik niet geholpen wil worden. Ik ben best blij met mezelf, heel blij zelfs. En over vijfenzeventig dagen zal ik nog blijer met mezelf zijn, wanneer Millie hier komt wonen. Het is jammer dat we morgen niet naar haar toe gaan – ik begin haar bijna te missen.'

'Alsjeblieft, Jack,' smeek ik.

'Nou, ik kan het buitengewone gebrek aan zelfbeheersing dat je vanavond tentoonspreidde niet zomaar laten passeren. Dus als je Millie morgen wilt zien, weet je wat je te doen staat.'

'Je baalt ervan dat ik niet in die zielige valstrik van je ben getrapt, hè?' zeg ik, verbolgen omdat hij me opzettelijk van streek heeft gemaakt met zijn opmerking over Millie die bij ons zou komen wonen.

'Zielige valstrik?'

'Ja, inderdaad, zielig hoor. Had je niet iets beters kunnen bedenken dan woorden arceren in een boek?'

'Je wordt echt slimmer dan goed voor je is,' snauwt hij. 'Hoe je het ook wendt of keert, je moet gestraft worden.'

Ik schud droefgeestig mijn hoofd. 'Nee, ik kan het niet meer. Ik ben het zat. Ik meen het, Jack, ik ben het zat.'

'Maar ik niet,' zegt hij. 'Nog lang niet. Het is voor mij eigenlijk nog niet eens begonnen. Dat is het probleem, snap je. Hoe dichter ik bij het moment kom waar ik zo lang op heb gewacht, hoe meer ik ernaar hunker. Ik ben het wachten inmiddels beu. Ik ben het beu te moeten wachten tot Millie bij ons woont.'

'Waarom gaan we niet weer naar Thailand?' zeg ik radeloos, doodsbang dat hij zal opperen om Millie eerder dan gepland in huis te halen. 'Dat zal je goeddoen – we zijn sinds januari niet meer geweest.'

'Dat gaat niet, want de zaak Tomasin zit eraan te komen.'

'Maar je kunt niet meer gaan als Millie eenmaal bij ons woont,' merk ik op, erop gebrand mijn positie te handhaven, zodat Millie zo lang mogelijk veilig op school blijft.

Hij schenkt me een geamuseerde glimlach. 'Geloof me, als Millie hier woont, heb ik er geen behoefte meer aan. Opschieten nu.'

Ik begin zo te beven dat het lopen me moeilijk valt. Ik ga naar de trap en zet mijn voet op de onderste tree.

'Je gaat de verkeerde kant op,' zegt hij. 'Tenzij je Millie morgen niet hoeft te zien, natuurlijk.' Hij zwijgt even om me het idee te geven dat ik een keuze heb. 'Dus wat wordt het, Grace?' Zijn stem klinkt hoog van de opwinding. 'Een teleurgestelde Millie... of het souterrain?'

VERLEDEN

Nadat Millie me had verteld dat Jack haar van de trap had geduwd, werd de noodzaak om van hem weg te komen groter. Hoewel ik haar had laten beloven dat ze het niemand zou vertellen, kon ik er niet zeker van zijn dat ze het er niet plotseling zou uitflappen aan Janice, of zelfs Jack recht in zijn gezicht zou beschuldigen. Ik denk niet dat het in hem was opgekomen dat Millie kon doorhebben dat haar val geen ongeluk was. Het was eenvoudig om Millie te onderschatten en aan te nemen dat haar gedrag en taalgebruik haar geest weerspiegelden, maar ze was veel slimmer dan de meeste mensen dachten. Ik had geen idee wat Jack zou doen als hij erachter zou komen dat ze heel goed wist wat er die dag was gebeurd. Ik vermoedde dat hij haar aantijgingen net zo makkelijk van zich af zou laten glijden als die van mij, dat hij zou suggereren dat ze jaloers was omdat hij en ik nu samen waren, en dat ze daarom probeerde hem vals te beschuldigen.

In die deprimerende periode hield ik me louter en alleen voor Millie staande. Ze leek vaak zo op haar gemak te zijn bij Jack dat ik dacht dat ze was vergeten dat hij haar van de trap had geduwd, of dat ze er in elk geval geen last meer van had. Maar als ik dan bedacht dat dat ook maar het beste was, kwam ze weer voor de dag met wat al snel haar mantra werd: 'Ik vind jou leuk, Jack. Maar Zjorz Koeni niet,' alsof ze wist wat er in me omging en ze me wilde laten weten dat ze zich aan haar belofte hield. Daardoor werd de noodzaak om me van mijn kant ook aan mijn belofte te houden urgenter en begon ik mijn volgende stap te plannen.

Na wat er was gebeurd toen ik de dokter om hulp vroeg, besloot ik dat er een volgende keer zoveel mogelijk mensen in de buurt moesten zijn. Dus toen ik er klaar voor was het opnieuw te proberen, vroeg ik Jack om me mee uit winkelen te nemen, in de hoop dat ik tijdens het uitstapje een verkoopster of zomaar iemand op straat zou kunnen aanschieten. Toen ik uit de auto stapte, dacht ik dat mijn gebeden waren verhoord toen ik slechts een paar meter verderop een politieagent zag staan. De manier waarop Jack me stevig vasthield toen ik uit zijn greep probeerde los te komen, maakte het alleen maar geloofwaardiger dat ik gevangen werd gehouden, en toen de agent zich naar ons toe haastte als reactie op mijn hulpgeroep, dacht ik werkelijk dat mijn beproeving voorbij was, tot zijn bezorgde woorden – 'Is alles in orde, meneer Angel?' – het tegendeel bewezen.

Mijn gedrag vanaf dat moment bevestigde wat Jack uit voorzorg al aan het lokale politiekorps had laten weten, namelijk dat zijn vrouw al een tijdje met psychische problemen kampte en dat ze soms de neiging had om in het openbaar stennis te schoppen en hem ervan te beschuldigen dat hij haar gevangenhield. Terwijl Jack mijn wild zwaaiende armen in bedwang hield, stelde hij de agent voor, met alle omstanders binnen gehoorsafstand, dat hij het huis dat ik een gevangenis noemde maar eens moest komen bezichtigen. Terwijl de menigte bleef staan kijken, onderling fluisterend over geestesziekte en meelevende blikken werpend op Jack, arriveerde er een politiewagen, en toen ik achter in de wagen zat met een agente die mijn tranen van wanhoop met kalmerende woorden probeerde te temperen, stelde de agent Jack wat vragen over het werk dat hij deed ten behoeve van mishandelde vrouwen.

Naderhand, toen het allemaal voorbij was en ik terug was in de kamer waarvan ik had gedacht dat ik er nooit meer zou komen, concludeerde ik dat zijn bereidwilligheid om met mij te gaan winkelen opnieuw aantoonde wat ik in Thailand al had doorzien: dat hij er enorm veel genoegen aan beleefde mij te laten denken dat ik had gewonnen, om me daarna mijn overwinning weer af te nemen. Hij genoot ervan de voorwaarden voor mijn ondergang te scheppen, had plezier in zijn rol van liefdevolle maar gekwelde echtgenoot, schiep behagen in mijn ontgoocheling en had er achteraf ook nog eens lol in om mij te straffen. Bovendien was zijn vermogen om te voorspellen wat ik zou doen een recept voor mislukking, elke keer als ik wat ondernam.

Het duurde nog drie weken voor ik Millie weer zag, en Jacks verklaring – dat ik het te druk had met bezoekjes aan vriendinnen – deden haar pijn en brachten haar in verwarring, vooral omdat ik haar niet kon zeggen dat het niet waar was, aangezien Jack ons nooit even alleen liet. Vastbesloten om haar niet weer teleur te stellen bleef ik in het gareel, zodat ik haar geregeld kon zien. Maar mijn gehoorzaamheid was eerder bedoeld om Jack te ergeren dan om hem te plezieren. Ik dacht echter dat ik hem verkeerd had ingeschat toen hij me vertelde dat ik dankzij mijn goede gedrag weer mocht gaan schilderen. Wantrouwig over zijn bedoelingen verborg ik mijn enthousiasme en gaf ik hem halfhartig een lijst van wat ik nodig had. Ik durfde niet te geloven dat hij me echt zou brengen waar ik om vroeg. Maar de volgende dag kwam hij daadwerkelijk aan met pastelkrijt en olieverf in diverse kleuren, samen met mijn ezel en een nieuw doek.

'Er is slechts één voorwaarde,' zei hij, terwijl ik ze verwelkomde als oude vrienden. 'Ik mag het onderwerp kiezen.'

'Hoe bedoel je?' fronste ik.

'Je schildert wat ik wil dat je schildert, niet meer en niet minder.'

Ik keek hem behoedzaam aan en probeerde hem te peilen, me afvragend of hij weer een spelletje met me speelde. 'Het hangt ervan af wat je wilt dat ik schilder,' zei ik.

'Een portret.'

'Een portret?'

'Ja. Je hebt er toch weleens eerder een gemaakt?'

'Een paar.'

'Goed. Dus ik wil graag dat je een portret schildert.'

'Van jou?'

'Ja of nee, Grace?'

Mijn intuïtie zei me dat ik moest weigeren. Maar ik wilde ontzettend graag weer schilderen, ik wilde heel graag iets te doen hebben om mijn dagen te vullen, naast het lezen. Hoewel de gedachte dat ik Jack moest schilderen me deed walgen, vertelde ik mezelf dat hij heus niet urenlang voor me zou gaan poseren. Dat hoopte ik althans.

'Alleen als ik vanaf een foto mag werken,' zei ik, opgelucht dat ik een oplossing had gevonden.

'Afgesproken.' Hij stak zijn hand in zijn zak. 'Wil je nu beginnen?'

'Waarom niet?' zei ik schouderophalend.

Hij haalde een foto tevoorschijn en hield die vlak voor mijn gezicht. 'Zij was een van mijn cliënten. Mooi is ze, hè?'

Met een kreet van afschuw deinsde ik terug – weg van hem, weg van de foto, maar hij volgde me meedogenloos en grijnsde zonder emotie.

'Kom nou, Grace, niet zo terughoudend, kijk maar eens goed. Tenslotte zul je haar de komende weken heel veel bekijken.'

'Nee,' sputterde ik tegen. 'Ik ga haar niet schilderen!'

'Natuurlijk wel. Je hebt ermee ingestemd een portret te maken, weet je nog? En je weet toch wat er gebeurt als je je woord niet houdt?' Ik staarde hem aan. 'Juist... Millie.

Je wilt haar wel weer zien, nietwaar?'

'Niet als dit de prijs is die ik ervoor moet betalen,' zei ik met gespannen stem.

'Het spijt me, ik had moeten zeggen: "Je wilt haar toch wel wéérzien, nietwaar?" Je wilt toch niet dat Millie in een tehuis of inrichting belandt?'

'Waag het niet haar kwaad te doen!' schreeuwde ik.

'Dan zou ik maar gaan schilderen. Als je deze foto vernietigt, of op wat voor manier dan ook beschadigt, zal Millie daarvoor boeten. Als je de foto niet overbrengt op het doek, of net doet alsof je dat niet kunt, zal Millie daarvoor boeten. Ik kom dagelijks kijken hoever je bent en als ik vind dat je te langzaam werkt, zal Millie daarvoor boeten. En als je klaar bent, schilder je er nog een, en nog een, en nog een, tot ik vind dat ik er genoeg heb.'

'Genoeg waarvoor?' snikte ik, in de wetenschap dat ik me gewonnen moest geven.

'Dat laat ik je op een dag wel zien. Dat beloof ik, Grace, op een dag laat ik het je zien.'

Ik huilde onophoudelijk bij het maken van dat eerste schilderij. Om uur na uur naar een bont en blauw, bebloed gezicht te kijken, dag na dag, om een gebroken neus te moeten bestuderen, een gebarsten lip, een blauw oog, alle details, en om dat allemaal te moeten reproduceren op een doek, was meer dan ik aankon, en ik werd er vaak letterlijk misselijk van. Ik wist dat ik, als ik niet gek wilde worden, een manier moest vinden om het trauma te hanteren dat het schilderen van zoiets buitensporigs veroorzaakte, en ik ontdekte dat als ik de vrouwen in de opeenvolgende schilderijen een naam gaf en door het letsel heen keek dat hun was aangedaan, als ik me voorstelde hoe ze daarvóór waren geweest, het me beter afging. Het hielp ook dat Jack nog nooit een zaak had verloren, want dat betekende dat de vrouwen op de foto's – allemaal voormalige cliënten van Jack – waren ontsnapt aan hun gewelddadige partner, wat me nog vastberadener maakte om van Jack weg te komen. Als zij het konden, kon ik het ook.

We waren ongeveer vier maanden getrouwd toen Jack besloot dat we lang genoeg in elkaar waren opgegaan. Als hij geen wantrouwen wilde wekken, zouden we ons weer onder de mensen moeten begeven. Een van de eerste etentjes waar we naartoe gingen, was bij Moira en Giles, maar omdat zij vooral vrienden van Jack waren, gedroeg ik me precies zoals hij van me verwachtte en speelde ik de liefhebbende echtgenote. Ik werd er onpasselijk van, maar ik besefte dat ik voor altijd in mijn kamer opgesloten zou blijven als ik zijn vertrouwen niet wist te winnen. En daarmee zou mijn kans om te vluchten aanzienlijk worden verkleind.

Ik wist dat ik er goed aan had gedaan toen hij me niet lang daarna meedeelde dat we zouden gaan eten met collega's van hem. Toen ik hoorde dat het om collega's ging in plaats van vrienden, trok er een golf van adrenaline door me heen. Ik was ervan overtuigd dat dit de perfecte gelegenheid zou worden om aan hem te ontsnappen, aangezien het waarschijnlijker was dat zij mijn verhaal zouden geloven dan zijn vrienden, die hij al zand in de ogen had gestrooid. En met een beetje geluk was het succes van Jack binnen de firma de drijfveer voor iemand om hem een dolk in de rug te willen steken. Ik wist dat ik vindingrijk moest zijn, want Jack had erop gehamerd hoe ik me diende te gedragen als we in gezelschap van anderen waren: ik mocht de groep niet verlaten, zelfs niet om naar de wc te gaan, ik mocht niet iemand anders naar een ander vertrek volgen, zelfs niet om borden weg te brengen, ik mocht geen persoonlijk gesprek met een ander aangaan, ik moest er de hele tijd blij en gelukkig uitzien.

Het duurde even voordat ik had bedacht wat ik zou doen. Deze keer zou ik niet om hulp vragen waar Jack bij was, hij was te goed in het pareren van mijn beschuldigingen. Het zou beter zijn om iemand een brief te overhandigen, want als ik het allemaal op papier zette, liep ik minder het risico te worden weggezet als een hysterische, gestoorde vrouw. Met het oog op Jacks dreigementen leek dit de veiligste handelwijze. Maar een stuk papier bemachtigen, zelfs een klein velletje, bleek onmogelijk. Ik kon Jack er niet om vragen, want hij zou onmiddellijk achterdochtig worden en niet alleen weigeren, maar me ook nog beter in de gaten houden.

Het idee om woorden te knippen uit de boeken die hij zorgvuldig voor me had geselecteerd, kwam midden in de nacht in me op. Met het nagelschaartje uit mijn toilettas knipte ik 'alstublieft', 'help', 'me', 'ik', 'word', 'gevangen', 'gehouden', 'waarschuw', 'politie' uit. Ik zocht naar een manier om ze op volgorde te houden. Uiteindelijk legde ik ze op elkaar, te beginnen met 'alstublieft' en eindigend met 'politie'. Het was zo'n piepklein stapeltje dat de kans dat het zou worden aangezien voor losse snippertjes en in de prullenbak zou terechtkomen, me deed besluiten om ze bijeen te houden met een van de haarspeldjes die ik in mijn make-uptasje bewaarde. Iemand die een haarspeldje vond met wat stukjes papier erin zou nieuwsgierig worden en ernaar kijken, zo redeneerde ik.

Na lang wikken en wegen besloot ik mijn hulpkreet na het diner op tafel achter te laten, omdat ik niet kon riskeren dat die in bijzijn van Jack zou worden gelezen. Ik had geen idee waar we zouden gaan eten, maar ik hoopte vurig dat het bij iemand thuis zou zijn en niet in een restaurant, waar het gevaar bestond dat het haarspeldje met tafelkleed en al van de tafel zou worden gehaald, samen met de andere rommel.

Toen het zover was, bleek mijn zorgvuldige plannetje nergens toe te leiden. Ik had me zo druk gemaakt over de vraag waar ik mijn kostbare bundeltje woorden zou moeten achterlaten dat ik er niet aan had gedacht dat het eerst nog langs Jack zou moeten. Ik maakte me daar niet erg ongerust over tot hij me kwam halen. Nadat hij me even had gadegeslagen terwijl ik mijn schoenen aandeed en mijn handtas pakte, vroeg hij waarom ik zo zenuwachtig was. Ik zei dat ik het spannend vond om zijn collega's te ontmoeten, maar hij geloofde me niet, alleen al omdat ik de meesten van hen al op onze bruiloft had gezien. Hij doorzocht mijn kleren, liet me mijn zakken binnenstebuiten keren en eiste toen dat ik hem mijn tas zou overhandigen. Zijn woede toen hij het haarspeldje aantrof, was te voorspellen en zijn straf was precies wat hij had beloofd. Hij verhuisde me naar de kleine slaapkamer, waar ik was verstoken van alle comfort. En hij liet me honger lijden.

HEDEN

Als ik in het souterrain ontwaak, hunkert mijn geest meteen naar daglicht om mijn biologische klok in te stellen. Of in elk geval íéts om me het gevoel te geven dat ik uiteindelijk niet toch nog gek aan het worden ben. Ik hoor Jack niet, maar ik weet gewoon dat hij dichtbij is, dat hij luistert. Plotseling zwaait de deur open.

'Je zult sneller moeten zijn als je wilt dat we Millie op tijd ophalen voor de lunch,' merkt hij op wanneer ik langzaam opsta.

Ik weet dat ik blij moet zijn dat we uitgaan, maar elke keer als we Millie bezoeken, valt het me wat zwaarder. Sinds ze me heeft verteld dat Jack haar van de trap heeft geduwd, wacht ze tot ik iets aan de situatie ga doen. Ik zie steeds meer op tegen de dag dat ze Jack toch zal weten over te halen ons mee te nemen naar het hotel, want ik wil haar niet hoeven vertellen dat ik nog steeds geen oplossing heb gevonden. Toentertijd was het niet in me opgekomen dat ik een jaar later nog steeds Jacks gevangene zou zijn. Ik wist op dat moment heus wel dat het lastig zou worden om aan hem te ontsnappen, maar niet dat het onmogelijk zou zijn. En nu is er nog maar heel weinig tijd over. Vierenzeventig dagen. De gedachte dat Jack de dagen aftelt tot Millie bij ons komt wonen, als een ongeduldig kind dat wacht tot het Kerstmis is, maakt me misselijk.

Zoals gewoonlijk zitten Millie en Janice op de bank voor de buitendeur op ons te wachten. We praten even – Janice vraagt ons of we het vorig weekend leuk hebben gehad op de bruiloft en twee weken geleden bij ons bezoek aan vrienden. Jack laat het aan mij over om te verzinnen dat de bruiloft had plaatsgevonden in Devon, dat de plechtigheid prachtig was, en dat we hadden genoten in het Peak District, waar onze vrienden wonen. Jack, charmant als altijd, vertelt Janice dat ze een schat is dat ze het ons gunt om de korte tijd die we nog samen hebben voordat Millie bij ons komt wonen optimaal te benutten. Janice antwoordt dat ze het geen enkel probleem vindt, dat ze dol is op Millie en dat ze graag wil inspringen wanneer dat zo uitkomt. Ze voegt eraan toe dat ze Millie zal missen wanneer ze weggaat, en ze herhaalt haar belofte dat ze vaak op bezoek zal komen – maar daar zal Jack ongetwijfeld een stokje voor steken. We vragen hoe het met Millie gaat en Janice vertelt ons dat ze dankzij de door de dokter voorgeschreven slaappillen 's nachts goed doorslaapt, waardoor ze overdag ook weer meer de oude Millie is.

'Het spijt me,' zegt ze verontschuldigend, met een blik op haar horloge. 'Ik moet weg. Mijn moeder wordt woest als ik te laat kom op haar lunch.'

'Wij moeten ook gaan,' zegt Jack.

'Gaan we naar het hotel vandaag, alsjeblieft?' vraagt Millie gretig.

Jack doet zijn mond open, maar voordat hij kan zeggen dat hij ons ergens anders mee naartoe neemt, komt Janice ertussen.

'Millie heeft me over het hotel verteld, hoe fijn ze het daar vindt, en ze heeft beloofd dat ze ons er maandag in de klas over zal vertellen, nietwaar, Millie?'

Millie knikt enthousiast. 'Ze heeft ons al verteld over het restaurant aan het meer en het eethuis met het pannenkoekjesdessert, dus we verheugen ons nu op een verslag over het hotel. Mevrouw Goodrich denkt erover om er aan het eind van het schooljaar met het personeel naartoe te gaan,' voegt ze eraan toe, 'dus ze heeft Millie gevraagd er iets over te schrijven.'

'We moeten naar het hotel, van mevrouw Goodrich,' bevestigt Millie.

'Dan wordt het dus het hotel,' zegt Jack, zijn ergernis verbergend achter een toegeeflijke glimlach.

Millie kletst wat af tijdens de lunch. Als we klaar zijn, zegt ze dat ze naar de wc moet.

'Ga maar,' zegt Jack.

Ze staat op. 'Grace moet mee.'

'Er is geen reden voor Grace om met je mee te lopen,' zegt Jack beslist. 'Je kunt best alleen gaan.'

'Ik ben ongesteld,' verkondigt Millie luid. 'Ik heb Grace nodig.'

'Prima,' zegt Jack, zijn weerzin verbloemend. Hij duwt zijn stoel naar achteren. 'Dan ga ik ook mee.'

'Jack mag niet in het damestoilet,' zegt Millie strijdlustig.

'Ik bedoel dat ik tot aan de toiletten met jullie meeloop.'

Hij blijft staan voor het gangetje en waarschuwt ons dat we niet te lang mogen wegblijven. Er staan twee vrouwen bij de wastafels te kletsen onder het handen wassen, en Millie springt van het ene op het andere been; ze kan duidelijk niet wachten tot ze weggaan. Ik pijnig mijn hersens om iets te bedenken wat ik haar kan vertellen, iets wat haar de indruk geeft dat ik een oplossing verzonnen heb, en ik bewonder de manier waarop ze Jack zover heeft gekregen ons mee te nemen naar het hotel, door Janice en mevrouw Goodrich erbij te betrekken.

'Dat was slim van je, Millie,' zeg ik zodra de deur achter de twee vrouwen zich sluit.

'Moet met jou praten,' sist ze.

'Wat is er dan?'

'Millie heeft iets voor Grace,' fluistert ze. Ze laat haar hand in haar zak glijden en haalt er een tissue uit.

'Geheim,' zegt ze, en reikt het me aan. Verwonderd vouw ik de tissue open, in de verwachting dat er een kraal of een bloem in zal liggen, maar ik tref een handvol witte pillen aan.

'Wat zijn dat?' frons ik.

'Voor de slaap. Ik neem ze niet.'

'Waarom niet?'

'Niet nodig,' zegt ze met een frons.

'Maar ze helpen je beter te slapen,' leg ik geduldig uit.

'Ik slaap goed.'

'Ja, nu wel, vanwege de pillen,' houd ik vol. 'Daarvoor niet, weet je nog?'

Ze schudt haar hoofd. 'Ik deed alsof.'

'Alsof?'

'Ja. Alsof ik niet kan slapen.'

Ik kijk haar perplex aan. 'Waarom dan?'

Ze sluit mijn hand om de tissue heen. 'Voor jou, Grace.'

'Nou, dat is heel lief van je, Millie, maar ik heb ze niet nodig.'

'Jawel, Grace heeft ze nodig. Voor Zjorz Koeni.'

'George Clooney?'

'Ja. Zjorz Koeni is gemeen. Zjorz Koeni heeft me van de trap geduwd. Zjorz Koeni maakt Grace verdrietig. Hij is gemeen, heel gemeen.'

Nu is het mijn beurt mijn hoofd te schudden. 'Ik snap niet wat je bedoelt.'

'Ja, snap je wel.' Millie weet het zeker. 'Het is simpel, Grace. We maken Zjorz Koeni dood.'

VERLEDEN

De maand daarop gingen we weer naar Thailand, maar ik durfde geen vluchtpoging meer te doen. Ik wist dat Jack ertoe in staat was om me als vergelding daarvoor te laten vermoorden. We logeerden in hetzelfde hotel, in dezelfde kamer, en we werden begroet door dezelfde manager. Alleen Kiko was er niet. Ik bracht mijn dagen door als de vorige keer, buitengesloten op het balkon of wachtend in de kamer. Ik mocht alleen het hotel uit om foto's van me te laten maken. Deze tweede keer vond ik het allemaal nog erger omdat ik wist dat Jack, als hij niet bij me was, zijn hart ophaalde aan de angst van een ander. Ik wist niet waar en hoe hij aan zijn kicks kwam, maar ik nam aan dat het in Engeland niet zou kunnen, en denkend aan het verhaal dat hij me over zijn moeder had verteld, vroeg ik me af of hij naar Thailand kwam om vrouwen te mishandelen. Het leek onvoorstelbaar dat hij daarmee wegkwam, maar hij had me eens verteld dat je in Thailand, als je geld genoeg had, alles kon kopen – zelfs angst.

Misschien was dat de reden waarom ik hem een week na terugkomst met een fles wijn een klap op zijn hoofd gaf, in de keuken, een halfuur voordat Diane en Adam zouden komen eten. Ik hoopte hem lang genoeg uit te schakelen om te kunnen ontsnappen. Maar ik sloeg niet hard genoeg en hoewel hij buiten zichzelf was van woede, beheerste hij zich toch lang genoeg om onze gasten af te bellen met de smoes dat ik een plotselinge migraineaanval had. Toen hij de telefoon had neergelegd en zijn aandacht op mij richtte, was ik alleen maar bang om Millie, want er was niets meer wat hij mij nog kon afnemen. Zelfs toen hij me vertelde dat hij me Millies kamer ging laten zien, was ik niet bezorgd om mezelf, want ik ging ervan uit dat hij simpelweg alle mooie meubels had weggehaald, zoals in mijn eigen kamer. Terwijl hij me door de gang duwde, met mijn armen pijnlijk achter mijn rug gedraaid, voelde ik me wanhopig bedroefd om Millie, omdat ze altijd had gedroomd van zo'n mooie kamer. Hij nam me echter niet mee naar boven, maar opende de deur die naar het souterrain leidde. Ik vocht als een gek om niet de trap af te hoeven, maar ik kon niet op tegen Jack, wiens toch al grote kracht nog was toegenomen door de woede. Ik had geen flauw benul van wat me te wachten stond. Pas toen hij me langs de wasruimte sleepte waar hij Molly had opgesloten, door een soort voorraadkamer, en stilhield voor een stalen deur die verborgen lag achter een plankenkast, begon ik echt bang te worden.

Het was niet een of andere martelkamer, zoals ik had gevreesd, want er waren geen martelwerktuigen aanwezig. Het vertrek, waar geen meubels in stonden, was bloedrood geschilderd, inclusief de vloer en het plafond. Het was verschrikkelijk, angstwekkend, maar dat was voor mij niet de enige reden om een onthutste kreet te slaken.

'Kijk maar eens goed,' snauwde hij. 'Ik hoop dat Millie het net zo zal weten te waarderen als ik, want dit wordt haar kamer, niet die fijne gele slaapkamer boven.' Hij schudde me hard door elkaar. 'Kijk om je heen en vertel me hoe bang ze zal zijn.'

Ik voelde mijn ogen rollen in hun kassen terwijl ik ergens anders naar probeerde te kijken dan naar de muren, waar de portretten hingen die hij me had gedwongen te schilderen.

'Denk je dat Millie de schilderijen die je speciaal voor haar hebt gemaakt mooi zal vinden? Welk doek denk je dat haar favoriet zal worden? Dit?' Met zijn hand op mijn achterhoofd duwde hij mijn gezicht hardhandig tegen een van de portretten aan. 'Of dit?' Hij sleepte me mee naar een van de andere muren. 'Wat een prachtige kunstwerken, vind je niet?' Kreunend deed ik mijn ogen stijf dicht. 'Ik had je dit vertrek nog niet willen laten zien,' vervolgde hij, 'maar nu kun je het uitproberen. Je had me echt niet met die fles mogen slaan.'

Nadat hij me een laatste duw had gegeven, verliet hij de kamer en sloeg de deur met een klap achter zich dicht. Ik krabbelde overeind en rende naar de deur. Toen ik zag dat er geen deurkruk was, begon ik er met mijn vuisten op te beuken, tegen hem schreeuwend dat hij me eruit moest laten.

'Schreeuw maar een eind weg.' Zijn stem klonk door de deur heen. 'Je weet hoe opgewonden ik daarvan raak.'

Ik wist mijn angst niet onder controle te krijgen – de angst dat hij me er nooit meer uit zou laten, dat hij me er zou laten sterven – en werd hysterisch. Na een paar seconden kreeg ik geen adem meer en begon ik te hyperventileren. Door de pijn op mijn borst zakte ik op mijn knieën. Ik realiseerde me dat ik een paniekaanval had en deed mijn uiterste best om mijn ademhaling weer onder controle te krijgen, maar het geluid van een geëxalteerd lachende Jack aan de andere kant van de deur maakte mijn paniek alleen maar groter. De tranen stroomden me over de wangen en ik was zo benauwd dat ik serieus dacht dat ik zou doodgaan. De gedachte dat Millie dan aan Jacks genade overgeleverd zou zijn was echt vreselijk, en toen me een beeld van haar met gele muts en sjaal voor ogen kwam, hield ik daaraan vast omdat ik wilde dat dat beeld het laatste was wat ik voor me zou zien.

Het duurde even voor ik merkte dat de pijn in mijn borst was verminderd, waardoor ik weer dieper kon ademhalen. Ik durfde niet te bewegen voor het geval alles opnieuw zou beginnen; in plaats daarvan bleef ik zitten zoals ik zat, met mijn hoofd op mijn knieën, en concentreerde ik me op mijn ademhaling. De opluchting dat ik nog leefde, dat ik Millie nog steeds zou kunnen redden, gaf me de kracht om mijn hoofd omhoog te brengen en te kijken of er een andere weg uit de kamer was. Maar er was zelfs geen klein raampje. Ik begon de muren af te speuren, ik gleed erover met mijn handen en schoof de schilderijen opzij, op zoek naar een of andere schakelaar die de deur zou openen.

'Je verspilt je tijd,' zei Jack met zalvende stem, waardoor ik me rot schrok. 'Hij kan niet van binnenuit worden geopend.'

Alleen al het feit dat hij aan de andere kant van de deur stond, bracht me weer aan het trillen. 'Hoe vind je de kamer?' ging hij verder. 'Ik hoop dat je je daarbinnen net zo vermaakt als ik hier met het luisteren naar jou. Ik kan niet wachten om te horen wat Millie ervan zal vinden... Hopelijk laat zij nog meer van zich horen dan jij.'

Ineens was ik uitgeput. Ik ging op de vloer liggen en rolde mezelf op met mijn vingers in mijn oren, zodat ik niet naar hem hoefde te luisteren. Ik hoopte dat ik door slaap zou worden overmand, maar de kamer was fel verlicht, wat het onmogelijk maakte.

Daar zo liggend probeerde ik niet na te denken over de mogelijkheid dat hij me nooit meer zou laten gaan uit de hel die hij voor Millie had gecreëerd. Toen ik me herinnerde dat ik op grond van een mooie gele slaapkamer echt had geloofd dat er diep in hem een klein beetje fatsoen school, huilde ik om mijn eigen domheid.

HEDEN

Ik staar Millie aan, met de pillen nog in mijn hand, en ik betwijfel of ik haar goed heb verstaan. 'Millie, dat kan niet.'

'Ja hoor. Het moet.' Ze knikt gedecideerd. 'Zjorz Koeni is gemeen.'

Bang vanwege de richting die het gesprek op gaat en me ervan bewust dat Jack staat te wachten, vouw ik de tissue weer om de pillen heen. 'Ik denk dat we deze maar door de wc moeten spoelen, Millie.'

'Nee!'

'We mogen geen slechte dingen doen, Millie,' zeg ik.

'Zjorz Koeni doet slechte dingen,' zegt ze op donkere toon. 'Zjorz Koeni is een gemene man, heel gemeen.'

'Ja, dat weet ik.'

Ze trekt een rimpel in haar voorhoofd. 'Maar ik kom snel bij Grace wonen.'

'Ja, dat klopt, je komt binnenkort bij me wonen.'

'Maar ik ga niet wonen bij de gemene man. Ben ik bang voor. Dus wij maken de gemene man dood, Zjorz Koeni.'

'Het spijt me, Millie, maar we kunnen geen moord plegen.'

'Doet Agatha Christie ook!' zegt ze verontwaardigd. 'In *And Then There Were None* gaan veel mensen dood, en mevrouw Rogers gaat dood van slaapmiddel.'

'Dat kan zijn,' zeg ik ferm. 'Maar dat zijn verhalen, Millie, dat weet je best.'

Desondanks denk ik koortsachtig na en vraag ik me af of er genoeg pillen zouden zijn om Jack lang genoeg buiten westen te krijgen om te kunnen ontsnappen. Mijn gezond verstand zegt me dat zelfs als het er genoeg zijn, de kans dat ik ze hem ongemerkt kan toedienen bijna verwaarloosbaar is. Maar ondanks wat ik net tegen Millie heb gezegd, weet ik dat ik ze niet door de wc kan spoelen, omdat ze het eerste sprankje hoop vertegenwoordigen dat ik in lange tijd heb gehad. Ook weet ik dat wat ik ook besluit ermee te doen – áls ik er al wat mee ga doen – Millie er niet bij betrokken mag worden.

'Ik ga de pillen doorspoelen,' vertel ik haar, en loop een van de hokjes binnen. Terwijl ik aan de ketting trek, stop ik de tissue in mijn mouw, maar ik raak meteen in paniek bij het idee dat Jack de bobbel zal zien en ernaar zal vragen. Ik haal de tissue weer tevoorschijn en ga na waar ik hem kan verstoppen. Niet in mijn handtas, want die controleert Jack altijd voor ik hem terugleg, en ook mijn beha of slipje is geen optie, omdat hij altijd toekijkt als ik me uitkleed. Ik buk en laat de verfrommelde tissue in mijn schoen glijden, stevig in de neus gedrukt. Het valt niet mee mijn schoen weer aan te trekken, en ik weet dat het nog lastiger wordt als ik begin te lopen, maar ik voel me veiliger met de pillen op die plek dan ergens op mijn lichaam. Ik heb geen idee hoe ik ze uit mijn schoen zal moeten krijgen als er een gelegenheid komt om ze te gebruiken, maar alleen al de wetenschap dat ze er zijn biedt troost.

'Grace is dom!' zegt Millie woedend, wanneer ik uit het hokje kom. 'Nu kunnen we Zjorz Koeni niet doodmaken!'

'Dat klopt, Millie, dat gaat niet,' zeg ik instemmend.

'Maar hij is gemeen!'

'Ja, maar we mogen gemene mensen niet doodmaken,' verklaar ik. 'Dan overtreden we de wet.'

'Vertel dan de politie dat Zjorz Koeni gemeen is!'

'Dat is een goed idee, Millie,' zeg ik, om haar opwinding in te dammen. 'Ik zal het de politie vertellen.'

'Nu!'

'Nee, niet nu, maar wel snel.'

'Voor ik bij jou kom wonen?'

'Ja, voor je bij mij komt wonen.'

'Vertel je het de politie?'

Ik neem haar hand in de mijne. 'Vertrouw je me, Millie?' Ze knikt met tegenzin. 'Dan beloof ik je dat ik een oplossing vind voordat je bij mij komt wonen.'

'Beloofd?'

'Ja, beloofd,' zeg ik, vechtend tegen de tranen. 'En nu moet jij míj wat beloven. Beloof me dat je ons geheim bewaart.'

'Ik vind Jack leuk, maar Zjorz Koeni niet,' dreunt ze op, nog steeds boos op me.

'Ja, heel goed, Millie. Nou, laten we maar gauw weer naar Jack gaan. Misschien koopt hij wel een ijsje voor ons.'

Maar zelfs de gedachte aan een ijsje, een van Millies favoriete lekkernijen, helpt niet om haar op te vrolijken. Als ik denk aan de trots en opwinding waarmee ze me de zorgvuldig ingepakte pillen overhandigde, hoe slim ze een uitweg had verzonnen uit de wanhopige situatie waarin we ons bevinden, vind ik het heel erg dat ik haar niet kan vertellen hoe geweldig ze is. Maar ondanks de golf van hoop die ik had gevoeld toen ik de pillen in de neus van mijn schoen stopte, weet ik niet hoe ik ze zal kunnen gebruiken.

De wandeling naar het nabijgelegen park en de ijskraam die daar staat, is zo pijnlijk vanwege mijn beknelde tenen dat ik weet dat ik de volgende drie uur niet kan blijven rondlopen. Millie is zo neerslachtig dat ik bezorgd ben dat Jack gaat vermoeden dat er iets tussen ons is gebeurd in de toiletruimte en dat hij vragen zal gaan stellen waarvan ze niet weet hoe ze die moet beantwoorden. In een poging haar af te leiden vraag ik welke smaak ijs ze zal kiezen, maar als ze ongeïnteresseerd haar schouders ophaalt, zie ik aan Jacks taxerende blik dat haar veranderde humeur hem nu beslist opvalt, ook al had hij er daarvoor misschien geen acht op geslagen. Om hem af te leiden en Millie op te beuren stel ik voor naar de bioscoop te gaan, met als bijkomend voordeel dat ik dan niet hoef te lopen.

'Heb je daar zin in?' vraagt Jack aan Millie.

'Jawel,' zegt ze, niet erg enthousiast.

'Dan gaan we. Maar, Millie, eerst wil ik weten wat er in de toiletruimte is gebeurd.'

'Hoe bedoel je?' zegt Millie defensief, overrompeld door zijn vraag.

'Alleen maar dat je vrolijk was toen je het toilet in liep en somber toen je er weer uit kwam.'

'Ik ben ongesteld.'

'Dat wist je daarvoor ook al. Kom, Millie, vertel me wat er is gebeurd waardoor je van streek bent geraakt.' Zijn stem klinkt bemoedigend en flemend, en als ik merk dat Millie aarzelt, voel ik een steek van angst. Niet dat ik denk dat ze Jack zomaar het verhaal over de pillen uit de doeken zal doen, maar hij is zo goed in het manipuleren van mensen dat het onnozel zou zijn als ik niet ongerust was. En in de stemming waarin ze nu verkeert, is Millie vermoedelijk minder op haar hoede. Bovendien is ze boos op me. Ik draai mijn gezicht naar haar toe, in de hoop dat ik haar met mijn blik kan waarschuwen dat ze voorzichtig moet zijn, maar ze vertikt het me aan te kijken.

'Dat kan niet.' Millie schudt haar hoofd.

'Waarom niet?'

'Is geheim.'

'Maar geheimen zijn niet toegestaan, hoor,' zegt Jack meelevend. 'Dus vertel maar. Heeft Grace iets gezegd waardoor je van slag bent? Je kunt het me gerust zeggen, Millie. Sterker nog, je moet het me zeggen.'

'Ze zegt nee,' deelt ze schouderophalend mee.

'Nee?'

'Ja.'

'Aha. En waar heeft Grace dan nee tegen gezegd?'

'Ik zeg dat ze Zjorz Koeni moet doodmaken en zij zegt nee,' zegt ze verbolgen.

'Heel grappig, Millie.'

'Is echt waar.'

'Weet je, Millie, zelfs als dat zo is, geloof ik niet dat je daarom in zo'n slecht humeur bent. Ik weet dat je George Clooney niet leuk vindt, maar je bent niet gek, je weet heel goed dat Grace hem niet kan doodmaken. Dus ik vraag het je nog een keer. Wat heeft Grace gezegd waardoor je van streek bent?'

Ik zoek koortsachtig naar iets wat plausibel klinkt. 'Als je het zo nodig wilt weten, Jack, ze heeft gevraagd of ze het huis mag komen bekijken en ik heb nee gezegd,' zeg ik op geërgerde toon.

Hij richt zich nu tot mij, want hij weet precies waarom ik Millie van het huis weg wil houden.

'Is dat zo?' vraagt hij.

'Ik wil mijn kamer zien,' zegt Millie bevestigend, met een blik op mij om me duidelijk te maken dat ze heeft begrepen wat ik wil dat ze zegt.

'Dan zorgen we daar toch voor?' zegt Jack met een zwierig gebaar, alsof hij een wens van haar vervult. 'Je hebt gelijk, Millie, het wordt tijd dat je je kamer eens ziet. Je zult er waarschijnlijk zo weg van zijn dat je meteen bij ons wilt intrekken in plaats van terug naar school te gaan. Denk je niet, Grace?'

'Is mijn kamer geel?' vraagt Millie.

'Jazeker.' Jack glimlacht. 'Kom, laten we naar de bioscoop gaan – ik heb heel wat denkwerk te verrichten.'

In de bioscoop zit ik in het donker, blij dat niemand de tranen kan zien die in mijn ogen opwellen als ik me realiseer hoe roekeloos ik ben geweest. Door Jack te vertellen dat Millie naar haar kamer had gevraagd, omdat ik zo snel niets anders kon bedenken, heb ik het gevaar dat haar te wachten staat misschien wel dichterbij gebracht. Na wat ze in de toiletruimte tegen me heeft gezegd, dat ze niet bij Jack wil wonen, betwijfel ik of ze zal vragen of ze al eerder bij ons mag intrekken, zoals Jack heeft gesuggereerd. Maar wat als Jack het zelf oppert? Na zijn opmerking van gisteravond, dat hij het wachten beu is, zie ik hem er wel voor aan. En welke reden zou er zijn om nee te zeggen? Wat voor excuus zou ik kunnen verzinnen om Millie veilig op school te houden? Zelfs als ik er een had, zou Jack me nooit steunen. Ik werp een vluchtige blik op hem, hopend dat hij opgaat in de film of in slaap is gevallen, maar de uitdrukking van stille tevredenheid op zijn gezicht zegt me dat hij al inziet dat het uitnodigen van Millie in ons huis in zijn voordeel kan werken.

Het idee dat ik iets in gang heb gezet wat potentieel gevaarlijk is voor Millie, vervult me met afschuw, want ik weet dat ik het niet meer kan terugdraaien. Juist wanneer de hopeloosheid van de situatie me dreigt te overweldigen, barst Millie, die aan de andere kant van Jack zit, in lachen uit om wat er op het scherm wordt vertoond – en ik weet dat ik haar koste wat kost moet redden van de verschrikking die Jack voor haar in gedachten heeft.

Wanneer de film is afgelopen, rijden we terug naar de school om Millie af te zetten. Janice is er al, en bij het afscheid vraagt ze of we de volgende zondag weer zullen komen.

'Nou, eigenlijk denken we erover om Millie eens mee naar ons huis te nemen,' zegt Jack gladjes. 'Het wordt tijd dat ze ziet waar ze komt te wonen, dat vind jij toch ook, schat?'

'Ik dacht dat je wilde wachten tot al het geklus achter de rug is,' merk ik op, waarbij ik mijn stem onder controle probeer te houden, ontdaan dat hij zo snel zijn kans grijpt.

'Dat is het volgend weekend.'

'Je hebt gezegd dat mijn kamer niet klaar is,' zegt Millie verwijtend.

'Ik hield je gewoon een beetje voor de gek,' legt Jack geduldig uit. 'Ik wilde dat je bezoek volgende week een verrassing zou zijn. Wat dacht je ervan als we je om elf uur komen ophalen. Zou je dat fijn vinden?'

Millie aarzelt, onzeker over wat ze moet zeggen. 'Ja, fijn,' zegt ze langzaam. 'Ik wil het huis zien.'

'En je eigen kamer,' brengt Jack haar in herinnering.

'Die is geel,' deelt Millie aan Janice mee. 'Ik heb een gele slaapkamer.'

'Mooi, daar kun je me dan alles over vertellen wanneer je terugkomt,' zegt Janice tegen haar.

De angst dat Millie misschien niet meer terugkomt – dat Jack een kapotte auto verzint om haar bij ons te houden, of dat hij simpelweg Janice en mevrouw Goodrich zal bellen om te zeggen dat ze heeft gevraagd of ze meteen bij ons mag blijven – maakt het me moeilijk het hoofd koel te houden. Me ervan bewust hoe weinig tijd ik nog heb om in actie te komen, pijnig ik mijn hersens om een manier uit te dokteren – niet om dit aan het rollen geraakte balletje te stoppen, want daar is het te laat voor, maar om het van koers te laten veranderen.

'Waarom kom je niet mee?' hoor ik mezelf tegen Janice zeggen. 'Dan kun je Millies kamer met eigen ogen zien.'

Millie klapt verrukt in haar handen. 'Janice gaat mee!'

Jack fronst. 'Janice heeft vast wel wat beters te doen in haar weekend.'

Janice schudt haar hoofd. 'Nee hoor, ik vind het prima, ik wil heel graag zien waar Millie gaat wonen.'

'Zou je haar dan misschien willen brengen?' vraag ik haastig voordat Jack een reden kan verzinnen waarom Janice niet zou kunnen komen.

'Ja, natuurlijk! Het is niet handig als jij en meneer Angel eerst helemaal hiernaartoe komen rijden om vervolgens weer terug te gaan. Het is het minste wat ik kan doen. Geef me het adres maar...'

'Ik schrijf het wel voor je op,' zegt Jack. 'Heb je een pen?'

'Niet bij me.' Janice kijkt naar mijn tas. 'Heb jij er een?'

Ik doe niet eens alsof ik het niet zeker weet. 'Sorry, nee,' zeg ik verontschuldigend.

'Geen probleem, ik wip even naar binnen en haal er een.'

Ze loopt weg. Ik ben me pijnlijk bewust van Jacks priemende ogen en voel me niet in staat om de opgewonden vragen te beantwoorden die Millie op me afvuurt over haar bezoek aan ons huis. Zijn woede over mijn uitnodiging aan Janice is tastbaar en ik weet dat ik met een heel goede en geloofwaardige reden zal moeten aankomen over het waarom. Maar als Janice Millie brengt, zal dat zijn in de onuitgesproken verwachting dat ze ook weer met haar mee teruggaat, zodat de kans kleiner is dat Jack de omstandigheden zo manipuleert dat ze meteen bij ons zal blijven.

Janice komt terug met pen en papier, en Jack schrijft ons adres voor haar op. Ze vouwt het papier op en stopt het in haar zak. Ze bevestigt nog even dat het gaat om 2 mei, aankomende zondag, misschien omdat ze eraan gewend is dat wij op het laatste moment dingen afzeggen. Als ik de datum hoor, komt er een gedachte in me op, die ik met beide handen aangrijp.

'Ik bedenk net iets... laten we het de zondag daarop doen.' Millies gezicht betrekt en ik richt me snel tot haar. 'Dan kunnen we meteen je achttiende verjaardag vieren. Die is immers op de tiende,' zeg ik. 'Lijkt je dat leuk, Millie? Een feestje in je nieuwe huis?'

'Met taart?' vraagt ze. 'En ballonnen?'

'Met taart, kaarsjes, ballonnen, alles erop en eraan,' zeg ik, en ik geef haar een knuffel.

'Wat een geweldig idee!' roept Janice uit, en Millie juicht van plezier.

'En dan hebben we ook de tijd om het huis helemaal af te maken,' voeg ik eraan toe, dolblij dat ik wat tijd heb gewonnen. 'Wat denk jij ervan, Jack?'

'Ik vind het een uitstekend idee,' zegt hij. 'Wat goed van je bedacht. Nou, zullen we gaan? Het wordt al laat en er is nog iets wat we vanavond moeten doen, nietwaar schat?'

De vreugde die ik net heb gevoeld omdat ik hem te slim af ben geweest, maakt plaats voor angst, want hij kan maar één ding bedoelen. Omdat ik niet wil dat hij ziet hoezeer zijn woorden me treffen, keer ik me om en neem met een kus afscheid van Millie.

'Tot volgende week,' zeg ik, hoewel ik weet dat Jack me komende zondag geen bezoek aan Millie zal gunnen, vanwege mijn uitnodiging aan Janice. 'En ik zal vast beginnen met de voorbereidingen voor je feestje. Is er iets speciaals wat je graag zou willen?'

'Een grote taart,' lacht ze. 'Een hele grote.'

'Ik zorg ervoor dat Grace de mooiste taart ter wereld voor je maakt,' belooft Jack.

'Ik vind je leuk, Jack,' zegt ze stralend.

'Maar George Clooney niet,' vult hij aan. Hij wendt zich tot Janice. 'Die vindt ze zelfs zo erg dat ze Grace heeft gevraagd hem dood te maken.'

'Dat hoort niet, Millie,' fronst Janice.

'Het was maar voor de grap, Jack,' zeg ik kalm, want ik

weet dat Millie er een hekel aan heeft om op de vingers getikt te worden.

'Maar over zoiets moet je geen grapjes maken.' Janice klinkt streng. 'Begrijp je dat, Millie? Ik wil het niet aan mevrouw Goodrich hoeven vertellen.'

'Het spijt me,' zegt Millie met een beteuterde blik.

'Ik denk dat je te veel naar de verhalen van Agatha Christie hebt geluisterd,' gaat Janice ernstig verder. 'Dat doen we komende week dus maar even niet.'

'Ik had het niet moeten vertellen,' zegt Jack schuldbewust wanneer er tranen in Millies ogen opwellen. 'Ik wilde haar niet in de problemen brengen.'

Ik slik de boze repliek in die me op de lippen brandt, verbaasd dat ik überhaupt de drang voel om hem tegen te spreken. Daar ben ik al lang geleden mee gestopt, met name in het openbaar.

'Nou, we moeten nu echt gaan,' zeg ik dan maar tegen Janice. Ik geef Millie nog een pakkerd. 'Denk maar eens na over welke jurk je aan wilt op je feestje, dan hoor ik dat volgende week wel van je,' zeg ik om haar op te vrolijken.

'Hoe laat zullen we er zijn op de negende?' vraagt Janice.

'Rond één uur?' zeg ik, met een vragende blik naar Jack.

Hij schudt zijn hoofd. 'Hoe vroeger, hoe beter, lijkt me. Ik wil Millie dolgraag haar kamer laten zien. Wat dachten jullie van halftwaalf?'

'Prima,' glimlacht Janice.

In de auto op weg naar huis bereid ik me mentaal voor op wat er komen gaat. Jack zwijgt een tijdje, misschien omdat hij weet dat het vooruitzicht op zijn woede soms, maar niet altijd, erger is dan het echte werk. Ik weet dat ik het me niet kan veroorloven om mijn brein te laten vertroebelen door angst, dus concentreer ik me op het bedenken van een manier om zijn razernij af te wenden. De beste manier, veronderstel ik, is hem te laten denken dat ik het heb opgegeven, dat er wat mij betreft geen hoop meer is. Ik ontleen troost aan de gedachte dat mijn passiviteit van de laatste maanden, die ik mezelf kwalijk heb genomen, me nu misschien juist goed van pas komt, want daardoor zal het geloofwaardiger lijken als ik afglijd naar een toestand van totale apathie.

'Hopelijk besef je dat je het jezelf veel moeilijker hebt gemaakt door Janice uit te nodigen,' zegt hij als hij vindt dat hij me lang genoeg heeft laten zweten.

'Ik heb Janice uitgenodigd zodat ze aan mevrouw Goodrich kan melden dat ons prachtige huis perfect is voor Millie,' zeg ik vermoeid. 'Denk je nou echt dat de school waar Millie de afgelopen zeven jaar heeft gewoond haar simpelweg zal uitzwaaien zonder precies te weten waar ze naartoe gaat?'

Hij knikt goedkeurend. 'Heel nobel van je. Maar ik vraag me wel af waaróm je zo nobel zou zijn, gezien de omstandigheden.'

'Omdat ik me erbij heb neergelegd dat er niets is wat ik kan doen om het onvermijdelijke af te wenden,' zeg ik stilletjes. 'Ik geloof dat ik me dat al een tijd geleden heb gerealiseerd.' Ik uit een gesmoorde snik. 'Er is een tijd geweest dat ik echt dacht dat ik een uitweg zou vinden. En ik heb het geprobeerd; ik heb het zo hard geprobeerd. Maar je was me steeds een stap voor.'

'Ik ben blij dat je tot dit inzicht bent gekomen,' zegt hij. 'Hoewel ik moet toegeven dat ik je vergeefse pogingen om te ontkomen wel heb gemist. Ze waren wel vermakelijk.'

Het vleugje voldoening dat ik voel omdat ik Jack om de tuin heb geleid, is voor mij van grote waarde. Het geeft me het zelfvertrouwen dat ik het nog een keer zal kunnen: dat ik een ongunstige situatie een andere wending kan geven en iets negatiefs in iets positiefs kan omzetten. Ik weet niet precies hoe ik een positieve draai moet geven aan Millies komst naar het huis voor haar feestje, maar ze gaat die dag in elk geval nog terug. Haar onvermijdelijke enthousiasme als ze het huis ziet, zal zwaar genoeg zijn gedurende de paar uur die ze bij ons zal doorbrengen. Om er nog langer mee te worden geconfronteerd terwijl ik weet wat Jack voor haar in gedachten heeft – en ik niet weet of ik de oplossing kan vinden die ik haar heb beloofd – is onvoorstelbaar.

Het kloppen in mijn tenen maakt dat ik mijn schoen wil uittrekken, maar dat durf ik niet, uit vrees dat ik er niet meer gemakkelijk in kan glijden wanneer we thuis zijn. Haar naderende bezoek werpt een nieuw licht op het belang van de pillen die Millie me heeft gegeven. Ik had ze veilig in de neus van mijn schoen willen laten zitten tot er een geschikt moment zou komen om ze te benutten, maar van een dergelijk uitstel kan nu geen sprake meer zijn. Als ik ze binnenkort wil gebruiken, moet ik ze in mijn slaapkamer zien te krijgen. Maar aangezien Jack elke beweging die ik maak met argusogen gadeslaat, zal dat bijna onmogelijk worden.

De rest van de rit zit ik te broeden op wat ik kan doen. De pillen zijn alleen van nut als ik Jack er zoveel van kan toedienen dat hij er bewusteloos van raakt. Maar terwijl het al onmogelijk lijkt om ze mijn slaapkamer in te smokkelen, lijkt het me nog veel onmogelijker om ervoor te zorgen dat Jack ze binnenkrijgt. Ik vertel mezelf dat het geen zin heeft om zo ver vooruit te kijken, dat ik stap voor stap te werk moet gaan, dat ik me moet concentreren op het hier en nu.

We komen aan bij het huis, en wanneer we onze jas uitdoen, begint de telefoon te rinkelen. Jack neemt op, zoals altijd, terwijl ik gehoorzaam wacht, ook zoals altijd. Het is geen goed idee om de trap nu op te lopen en de pillen uit mijn schoen te halen, want Jack zou me simpelweg volgen.

'Het gaat weer prima met haar, Esther,' hoor ik hem zeggen, en na een moment van verwondering komen de gebeurtenissen van gisteravond me weer voor de geest. Ik realiseer me dat Esther belt om te vragen hoe het met me gaat. Hij zwijgt een ogenblik. 'Ja, we komen net binnen. We hebben Millie mee uit lunchen genomen.' Er volgt weer een stilte. 'Ik zal Grace vertellen dat je hebt gebeld. O, natuurlijk, ik geef haar even.'

Ik laat niet zien hoe verbaasd ik ben wanneer Jack me de telefoon overhandigt, maar dat ben ik wel, want gewoonlijk vertelt hij degene die naar me vraagt dat ik niet in de gelegenheid ben aan de telefoon te komen. Maar hij heeft Esther al meegedeeld dat we net zijn binnengekomen, dus hij weet dat hij niet kan zeggen dat ik onder de douche sta of een dutje doe.

'Hallo, Esther,' zeg ik behoedzaam.

'Ik weet dat je net thuis bent, dus ik zal je niet te lang ophouden, maar ik wilde even weten hoe het met je gaat na gisteravond.'

'Goed hoor, dank je wel,' zeg ik. 'Veel beter.'

'Mijn zus heeft een miskraam gehad voor ze haar eerste kind kreeg, dus ik weet hoe emotioneel en zwaar het kan zijn,' gaat ze verder.

'Toch spijt het me dat ik jullie allemaal in verlegenheid heb gebracht met mijn huilbui,' zeg ik, me ervan bewust dat Jack luistert naar wat ik zeg. 'Het was gewoon moeilijk om te horen dat Diane zwanger is.'

'Uiteraard,' zegt Esther meelevend. 'En ik hoop dat je weet dat ik er voor je ben als je een luisterend oor nodig hebt.'

'Dank je,' zeg ik. 'Dat is aardig van je.'

'En hoe ging het met Millie?' vraagt ze, klaarblijkelijk met de bedoeling om onze ontluikende vriendschap te versterken. Immer op mijn hoede vanwege haar nieuwsgierige aard sta ik op het punt om het gesprek af te ronden met 'het ging heel goed, bedankt voor het bellen, ik moet nu ophangen, want Jack wacht op zijn avondeten', wanneer ik besluit om te blijven praten, zoals ik zou doen als ik een normaal leven leidde.

'Ze is opgetogen,' zeg ik glimlachend. 'Haar verzorgster, Janice, brengt haar zondag over twee weken hiernaartoe voor de lunch, zodat ze eindelijk het huis kan zien. Ze wordt de maandag daarop achttien, dus we organiseren een feestje voor haar.'

'Goh, wat leuk!' zegt Esther enthousiast. 'Kan ik een mooie kaart voor haar komen langsbrengen?'

Ik wil haar net vertellen dat we het deze eerste keer liever bij ons viertjes houden, maar dat ze gerust kennis kan komen maken met Millie als ze eenmaal bij ons is ingetrokken, wanneer het tot me doordringt dat ze Millie nooit zal zien. Als het allemaal gaat zoals Jack wil, moet ze uit het zicht blijven. Dat kan niet anders als hij van plan is haar gevangen te houden. En wanneer hij de mensen die naar Millie vragen niet langer op afstand kan houden met zogenaamde ziekte en kwaaltjes, zal hij zeggen dat het niet goed ging, dat Millie te zeer gewend was aan een instituut om bij ons thuis te kunnen wennen, en dat ze daarom naar een prachtig nieuw tehuis is verhuisd, ergens aan de andere kant van het land. Van 'uit het oog' zal Millie snel 'uit het hart' raken – maar hoe meer mensen Millie ontmoeten, hoe moeilijker het zal zijn om haar verborgen te houden. Nu moet ik voorzichtig te werk gaan.

'Dat is heel lief van je,' zeg ik, en ik zorg dat ik aarzelend klink. 'Je hebt eigenlijk wel gelijk dat Millie een écht feest moet krijgen voor zo'n belangrijke verjaardag. Ze zal het geweldig vinden om jullie kinderen te ontmoeten.'

'Jeetje, ik bedoelde niet zozeer dat je een feest voor Millie zou moeten geven of dat je Sebastian en Aisling zou moeten uitnodigen!' roept Esther ietwat gegeneerd uit. 'Ik bedoelde gewoon dat ik zelf even langs zou komen wippen met een kaart.'

'Waarom niet? Diane en Adam willen Millie vast ook graag zien.'

'Echt, Grace, we willen ons geen van allen opdringen.' Esther klinkt beduusder dan ooit.

'Nee, dat begrijp ik. Maar het is een heel goed idee. Zullen we het om drie uur doen? Dan kunnen Jack en ik eerst met Millie en Janice lunchen.'

'Nou, als je het zeker weet,' zegt Esther weifelend.

'Ja, Millie zal het enig vinden,' zeg ik knikkend.

'Dan zien jullie ons op 9 mei wel verschijnen.'

'Ik verheug me erop. Dag, Esther, bedankt voor het bellen.'

Ik leg de telefoon neer en zet me schrap.

'Wat was dat, verdomme?' barst Jack uit. 'Heb je Esther zojuist echt uitgenodigd voor een verjaardagfeest voor Millie?'

'Nee, Jack,' zeg ik mat, 'Esther vond dat we Millie een heus feest moeten bezorgen en nodigde zichzelf en de kinderen uit. Je weet toch hoe ze is – ze droeg me zowat op om Diane en Adam ook te vragen.'

'En waarom heb je dat niet geweigerd?'

'Omdat ik daar niet meer zo goed in ben. Ik ben eraan gewend perfect te zijn, te zeggen wat er van me wordt verwacht, precies zoals jij dat van me wilt. Maar als je liever hebt dat ze niet komen, laat je ze dat toch weten? Onze vrienden kunnen er maar beter aan wennen dat ze Millie nooit zullen ontmoeten. Hebben Moira en Giles niet gezegd dat ze haar graag willen zien? Wat voor excuus ga je ze geven, Jack?'

'Het leek me een goed idee om ze te vertellen dat je ouders zich hebben gerealiseerd dat ze hun lieve dochter heel erg missen, en dat ze bij hen in Nieuw-Zeeland is gaan wonen,' zegt hij.

Geschokt omdat hij inderdaad de bedoeling had om Millie uit het oog en uit het hart te laten verdwijnen, besluit ik dat het feest voor Millie door moet gaan.

'En wat als mijn ouders besluiten om met de kerst op bezoek te komen?' vraag ik. 'Wat doe je als ze hier op de stoep staan in de verwachting dat Millie er is?'

'Ik betwijfel ten zeerste of ze dat ooit zullen doen, en wie weet, heeft ze het dan inmiddels opgegeven en is ze al gestorven. Hoewel ik hoop van niet – het zou heel vervelend zijn als ze het maar een paar maanden volhoudt na al die moeite die ik heb gedaan.'

Ik draai me abrupt om zodat hij niet ziet dat alle kleur uit mijn gezicht verdwijnt en dat ik alleen op mijn benen kan blijven staan door de moordlustige woede waarvan mijn hart is vervuld. Ik bal mijn vuisten, en als hij het opmerkt, lacht hij. 'Je zou me maar al te graag vermoorden, nietwaar?'

'Uiteindelijk wel. Maar eerst zou ik je willen laten lijden,' zeg ik tegen hem, ondanks mezelf.

'De kans daarop is klein, vrees ik,' zegt hij, en hij lijkt geamuseerd door de gedachte.

Ik weet dat ik gefocust moet blijven, dat de kans dat onze vrienden Millie zullen leren kennen als een persoon van vlees en bloed, in plaats van alleen van horen zeggen, snel verkeken zal zijn. Ik weet dat Jack, als hij vermoedt dat ik graag wil dat het feest doorgaat, Esther zal terugbellen en haar zal zeggen dat we toch liever een klein besloten feestje houden.

'Zeg dat feest maar af, Jack,' zeg ik alsof ik op het punt sta te gaan huilen. 'Het gaat me echt niet lukken om het uit te zitten en net te doen alsof er geen vuiltje aan de lucht is.'

'Dan is het de perfecte straf voor het uitnodigen van Janice.'

'Alsjeblieft Jack, nee,' zeg ik op dringende toon.

'Ik vind het zo heerlijk als je smeekt,' zucht hij, 'vooral omdat je er precies het tegenovergestelde mee bereikt van wat je bedoeling is. Oké, naar je kamer – ik moet een feest voorbereiden. Misschien is het niet eens zo'n slechte wending. Als mensen Millie leren kennen, zullen ze nog meer onder de indruk zijn van mijn grootmoedigheid.'

Ik laat mijn schouders zakken en loop sjokkend voor hem uit de trap op, een en al neerslachtigheid. In de grote slaapkamer met de kledingkast kleed ik me langzaam uit terwijl ik een manier probeer te bedenken om Jack af te leiden, zodat ik de pillen uit mijn schoen kan halen en ze ergens op me kan verbergen.

'Heb je de buren trouwens ook verteld dat je naast een manisch-depressieve vrouw ook een geestelijk gehandicapt schoonzusje hebt?' vraag ik terwijl ik mijn voeten uit mijn schoenen laat glijden en me begin uit te kleden.

'Waarom zou ik? Ze zullen Millie nooit ontmoeten.'

Ik hang mijn jurk terug in de kast en pak mijn pyjama van de plank. 'Maar ze zullen haar zien als ze in de tuin is tijdens het feest,' zeg ik, en trek hem aan.

'Ze kunnen vanuit hun huis niet in onze tuin kijken,' verklaart hij.

Ik pak de schoenenbox. 'Wel als ze boven voor het raam staan.'

'Welk raam?'

'Het raam met uitzicht op de tuin.' Ik maak een hoofdgebaar in de richting van het raam. 'Dat daar.' Wanneer hij omkijkt, hurk ik neer, zet de schoenenbox op de vloer en pak mijn schoenen.

Hij strekt zijn nek. 'Ze kunnen vanaf die plek niets zien,' zegt hij, terwijl ik de tissue uit mijn schoen peuter. 'Veel te ver weg.'

Nog steeds op mijn hurken stop ik de tissue onder de broeksband van mijn pyjama, doe de schoenen in de box en kom overeind.

'Dan is er dus niets aan de hand,' zeg ik, en ik zet de box terug in de kast.

Ik loop naar de deur, hopend en biddend dat de tissue niet uit zijn bergplaats zal glijden, waarna de pillen over de vloer zullen rollen. Jack volgt me naar de gang en ik open mijn slaapkamerdeur en loop naar binnen. Ik verwacht half dat Jack me naar achteren zal trekken en zal willen weten wat ik onder mijn broeksband heb gestopt. Als hij de deur achter me sluit, durf ik nauwelijks te geloven dat ik het voor elkaar heb gekregen, en wanneer ik de sleutel hoor omdraaien in het slot is mijn opluchting zo groot dat mijn benen het begeven en ik trillend op de vloer zak. Maar omdat de mogelijkheid altijd bestaat dat Jack me maar laat denken dat ik hem te slim af ben geweest, sta ik op en prop de tissue onder het matras. Dan ga ik op het bed zitten en laat tot me doordringen dat ik in het afgelopen kwartier meer heb bereikt dan in de afgelopen vijftien maanden. En dat ik dat aan Millie te danken heb. Ik ben niet geschokt dat ze van me verwachtte dat ik Jack zal vermoorden, aangezien moord in de detectiveverhalen waar ze naar luistert schering en inslag is. Ze heeft er geen idee van wat het betekent om daadwerkelijk iemand te doden. In haar geest, waar de grens tussen feit en fictie vaak vaag is, lijkt moord niet meer dan een oplossing voor een probleem.

VERLEDEN

Die eerste keer schaamde ik me om de manier waarop ik me aan Jack vastklampte toen hij me uit de kamer in het souterrain bevrijdde. Het was een lange, verschrikkelijke nacht geweest, die nog erger was doordat ik wist dat ik had bijgedragen aan de nachtmerrie die het vertrek was geworden. Tot op dat moment had ik niet goed voor ogen wat hij voor bedoelingen met Millie had. Ik wist dat hij haar angst wilde aanjagen, maar ik was ervan overtuigd dat ik haar tegen het ergste zou kunnen beschermen, dat ze naar me toe zou kunnen komen, dat ik steeds bij haar zou zijn. Hoewel Jack me had verteld dat hij iemand in zijn leven wilde hebben die hij kon verbergen, was het niet in me opgekomen dat hij van plan was Millie op te sluiten in een afschrikwekkend vertrek in het souterrain, zodat hij wanneer hij maar zou willen kon genieten van haar angst. De omvang van zijn verdorvenheid te kennen was erg genoeg, maar de angst dat hij me daar zou laten sterven aan uitdroging, zoals hij met Molly had gedaan, was groot. En het idee dat ik er niet meer uit zou komen om Millie te redden, brak me – wat de reden was waarom ik, toen hij de volgende ochtend eindelijk de deur van het slot deed, bijna gek was van dankbaarheid en hem beloofde dat ik alles, alles wel wilde doen zolang hij me daar niet meer naartoe zou brengen.

Hij hield me aan mijn woord en maakte er een spelletje

van. Hij begon opdrachten voor me te bedenken waarvan hij wist dat ze zouden mislukken, zodat hij een reden zou hebben om me mee te nemen naar het souterrain. Voordat ik hem met de wijnfles had geslagen, liet Jack mij het menu voor de etentjes bepalen, en dan koos ik gerechten die ik al veel vaker had bereid. Maar vanaf dat moment bedacht hij het menu en zorgde hij ervoor dat de gerechten zo gecompliceerd mogelijk waren. Als de maaltijd niet perfect was – als het vlees een beetje te taai of de vis een beetje te lang gebakken was – bracht hij me nadat onze gasten waren vertrokken naar het vertrek beneden, waar hij me dan tot de volgende ochtend opsloot. Ik was behoorlijk goed in koken, maar onder die grote druk maakte ik stomme fouten, zoveel dat het etentje waar Esther en Rufus ook voor waren uitgenodigd, het eerste in vijf maanden was dat vlekkeloos verliep.

Zelfs wanneer we bij vrienden gingen eten werd ik, als ik ook maar íéts zei of deed wat Jack niet aanstond – een keer kreeg ik mijn dessert niet op –, naar het souterrain gebracht zodra we thuis waren. Omdat ik wist dat hij behagen schiep in mijn angst, probeerde ik dan kalm te blijven, maar als me dat lukte, bleef hij aan de andere kant van de deur staan en vertelde hij me met een hese stem van opwinding dat ik me moest voorstellen dat Millie daarbinnen zat, tot ik hem smeekte op te houden.

HEDEN

Het is de dag van Millies feest. Net als ik begin te denken dat Jack nooit naar boven zal komen om me in de naastliggende slaapkamer te laten opdat ik me gereed kan maken, hoor ik hem de trap op komen.

'Party time!' zegt hij wanneer hij de deur openzwaait. Hij is zo enthousiast dat ik me afvraag wat hij in zijn schild voert. Maar ik kan het me niet permitteren me er druk over te maken. Hoewel ik blij ben met de vooruitgang die ik de laatste twee weken heb geboekt, is het belangrijk dat ik juist vandaag rustig blijf.

Ik loop mijn oude slaapkamer binnen en doe de kledingkast open. Ik hoop dat Jack iets leuks voor me kiest om op Millies verjaardagsfeest te dragen. De jurk die Jack voor me uitzoekt, was sowieso al wat aan de grote kant voor mij, dus als ik hem aantrek, zie je nog beter hoe mager ik nu ben. Ik zie dat Jack fronst, maar aangezien hij me niet beveelt om de jurk weer uit te trekken, vermoed ik dat er iets aan mijn uiterlijk in het algemeen is waar hij zich aan stoort. Mijn gezicht, zie ik in de spiegel, ziet er uitgemergeld uit, waardoor mijn ogen enorm groot lijken.

Ik breng mijn make-up aan en als ik klaar ben, volg ik Jack naar beneden. Hij heeft zelf de lunch bereid die we met Millie en Janice gaan gebruiken, en hij heeft cateraars ingehuurd voor de hapjes vanmiddag op het feest, in plaats van mij aan het werk te zetten, zoals ik liever had gehad. Alles ziet er perfect uit. Hij kijkt op zijn horloge hoe laat het is en we gaan de gang in. Hij tikt een code in op het toetsenpaneel op de muur en de hekken zoemen open. Minuten later horen we het geluid van een naderende auto. Jack loopt naar de voordeur en doet open wanneer Janice haar auto tot stilstand brengt.

Janice en Millie stappen de auto uit. Millie holt naar me toe in een mooie roze jurk met een bijpassend lint in het haar, terwijl Janice in een rustiger tempo volgt en om zich heen kijkt.

'Je ziet er prachtig uit, Millie,' zeg ik, en ik geef haar een knuffel.

'Een mooi huis, Grace!' roept ze met glanzende ogen uit. 'Heel mooi!'

'Dat is het inderdaad,' zegt Janice bewonderend, achter haar aan lopend. Ze schudt Jack en vervolgens mij de hand.

Millie wendt zich tot Jack. 'Een mooi huis.'

Hij maakt een elegante buiging. 'Ik ben heel blij dat het in de smaak valt. Laten we naar binnen gaan, dan geef ik jullie een rondleiding. Maar misschien willen jullie eerst wat drinken? Ik dacht op het terras misschien, tenzij jullie het te koud vinden.'

'Het terras is prima,' zegt Janice. 'We moeten genieten van dit schitterende weer, vooral omdat het niet zo blijft.'

We lopen door de gang de keuken in en het terras op, waar kannen met koude dranken en vruchtensappen in ijsemmers staan. De glazen staan al op tafel; Jack heeft ervoor gezorgd dat hij niet terug naar binnen hoeft om ze te halen. Er is geen sprake van dat hij me met Janice en Millie alleen laat. Nu er vanmiddag zoveel mensen komen, zal het Jack nog niet meevallen om mij continu in de gaten te houden.

We drinken onze drankjes en wisselen beleefdheden uit.

Millie zit niet lang stil; ze is veel te opgetogen en ze loopt de tuin in om die te verkennen. We halen haar in wanneer we Janice rondleiden.

'Wil je je kamer graag zien, Millie?' vraagt Jack.

Ze knikt enthousiast. 'Ja graag, Jack.'

'Ik hoop dat je er blij mee bent.'

'Ik hou van geel,' zegt ze vrolijk.

Wij lopen met zijn vieren naar boven, waar Jack de deur naar zijn slaapkamer opent. Daar liggen items die ik nog nooit heb gezien, maar die duidelijk van mij lijken te zijn – een zijden ochtendjas, flesjes parfum en wat tijdschriften – om de indruk te wekken dat ik er ook slaap. Als Millie haar hoofd schudt en tegen Jack zegt dat dit niet haar slaapkamer is, laat hij haar een van de logeerkamers zien, die blauw met wit is ingericht.

'Wat vind je ervan?' vraagt hij.

Ze aarzelt. 'Wel mooi, maar niet geel.'

Hij gaat verder met de kamer waar ik een tijdlang heb verbleven. 'En deze kamer dan?'

Millie schudt haar hoofd. 'Ik hou niet van groen.'

Jack glimlacht. 'Dan is het maar goed dat dit jouw kamer niet is.'

Janice speelt het spelletje mee. 'Misschien is het die daar,' zegt ze, wijzend naar de deur verderop aan de overloop. Millie rent erheen, doet hem open en treft een badkamer aan.

'Probeer die deur eens,' oppert Jack, en hij gebaart naar mijn kleine kamer.

Ze doet wat hij zegt. 'Vreselijk.' Ze tuurt naar binnen en fronst. 'Vind ik niet leuk.'

'Vreselijke kamer, hè?' zeg ik instemmend.

'Maak je geen zorgen, Millie, ik plaag je maar,' lacht Jack. 'Er is nog één deur die je niet hebt geopend, tegenover de grote slaapkamer. Waarom ga je daar niet eens kijken?'

Ze rent terug over de overloop, doet de deur open en slaakt een kreet van vreugde. Als we achter haar aan de kamer in gaan, staat ze op het bed te springen met de rok van haar roze jurk opbollend om zich heen, en ze ziet er zo gelukkig uit dat er tranen in me opwellen. Ik slik ze snel weg en herinner mezelf eraan wat er allemaal op het spel staat.

'Ik geloof dat ze er wel mee verguld is,' zegt Jack tegen Janice.

'Wie zou dat niet zijn? Prachtig hoor!'

Hij krijgt Millie alleen de kamer uit met de belofte van een lekkere lunch. We lopen naar beneden en onderweg naar de eetkamer, waar we straks gaan eten, laat Jack Millie en Janice de rest van het huis zien.

'Wat is hierachter?' vraagt Millie, en ze probeert de deur naar het souterrain te openen. 'Waarom is die op slot?'

'Die gaat naar het souterrain,' vertelt Jack haar.

'Wat is dat?'

'Daar bewaar ik graag dingen,' zegt hij.

'Mag ik kijken?'

'Nu niet.' Hij zwijgt een ogenblik. 'Maar zodra je bij ons woont, laat ik het je graag zien.'

Het is moeilijk om door te gaan alsof alles in orde is, maar met zijn hand stevig op mijn rug heb ik weinig keus. We nuttigen een informele lunch van vleeswaren en salades, en bij de koffie vraagt Millie of ze de tuin weer in mag, dus nemen we onze kopjes mee naar het terras.

'Ik hoop dat het thuis dat we voor Millie hebben gecreëerd je goedkeuring kan wegdragen,' zegt Jack, terwijl hij stoelen voor ons klaarzet.

'Zeker,' knikt Janice. 'Ik begrijp waarom jullie wilden wachten tot het klaar was voordat Millie het zou zien. Het is echt grandioos. Het zal wel een hele klus zijn geweest.'

'Nou ja, het was niet erg prettig om hier al te wonen terwijl de verbouwing nog aan de gang was, maar het was het allemaal waard, hè schat?'

'Ja,' zeg ik instemmend. 'Waar vieren we Millies feest, buiten of binnen?'

'Ik had het in de eetkamer gepland, maar het weer is zo mooi dat we het misschien hier op het terras kunnen doen. Dan kunnen Millie en de andere kinderen in de tuin spelen.'

'Ik wist niet dat jullie ook anderen hadden uitgenodigd,' roept Janice uit.

'We wilden er voor Millie een echte happening van maken en we vonden het belangrijk dat onze vrienden er ook bij zijn,' legt Jack uit. 'En hoewel de andere kinderen jonger zijn dan Millie, hoop ik dat ze haar als een grote zus zullen zien.' Hij kijkt op zijn horloge. 'Ze komen om drie uur, dus zou je even bij Millie willen blijven terwijl Grace en ik alles gereedmaken?'

Janice knikt. 'Ik zorg er wel voor dat ze straks toonbaar is.'

'Wacht nog even, ik heb iets voor haar.' Jack roept Millie, die achter in de tuin is. 'Millie, in de woonkamer staat een grote doos achter een van de stoelen. Zou je me die even willen brengen?'

Ze verdwijnt het huis in en ik probeer me niet ongerust te maken over wat hij voor haar heeft gekocht; ik vertel mezelf dat hij niets stoms zal doen als Janice erbij is. Toch ben ik opgelucht als Millie de doos opent en er een gele satijnen jurk uit haalt, met een wijde rok en een brede riem.

'Wat een prachtige jurk, Jack,' zeg ik, mijn dankbaarheid verfoeiend, en als Millie haar armen om zijn nek slaat, voel ik dezelfde steek van droefheid die ik altijd voel wanneer ik eraan word herinnerd hoe het had kunnen zijn.

'Fijn dat je hem mooi vindt.'

Janice kijkt me verbaasd aan. 'Hebben jullie hem niet samen uitgekozen?'

'Nee, Jack heeft de voorbereidingen voor Millies feest op zich genomen. Maar zoals je ziet, kan hij dat prima alleen.'

'Waarom ga je niet met Millie mee naar boven om haar te helpen met verkleden?' stelt Jack voor. 'Ga maar met Janice mee, Millie.'

Nadat ze weg zijn, wendt hij zich tot mij. 'Laat haar er maar even van genieten, nu het nog kan – op de een of andere manier denk ik niet dat ze haar echte kamer erg mooi zal vinden, jij wel? Goed, tijd om de tafel te dekken.'

Hij trekt de toch al grote houten tafel uit tot zijn maximale lengte, zodat we er straks gemakkelijk met zijn allen – negen volwassenen en vijf kinderen – aan kunnen zitten. Terwijl we met borden en glazen tussen de keuken en het terras heen en weer lopen, probeer ik me niet door zijn opmerking over Millies kamer te laten afleiden van wat me vanmiddag te doen staat.

'Wat vind je ervan?' vraagt Jack, met een blik op de tafel vol heerlijkheden.

'Het ziet er allemaal fantastisch uit,' zeg ik, en ik bewonder het spandoek en de ballonnen die hij rondom het terras heeft opgehangen. 'Millie zal er weg van zijn.'

Juist op dat moment verschijnen zij en Janice. Millie ziet er stralend uit in haar nieuwe jurk, met een lint in haar haar.

'Wat een knappe jongedame!' roept Jack uit, waarop Millie bloost van plezier. Ik kijk haar bezorgd aan en hoop maar dat ze niet begint te vallen voor Jacks charmes.

'Dank je wel, Jack.' Ze kijkt opgetogen om zich heen. 'Heel mooi!' zegt ze zacht.

'Je ziet er prachtig uit, Millie,' zeg ik, en ik loop naar haar toe.

Ze slaat haar armen om me heen. 'Ik vergeet niet dat hij gemeen is,' fluistert ze in mijn oor.

'Je hebt gelijk, Millie, Jack is een leuke man,' lach ik, omdat ik weet dat Jack heeft gezien dat ze iets fluisterde.

Ze knikt. 'Jack is leuk.' De deurbel gaat. 'Feest!' zegt ze verrukt.

Jack pakt mijn hand in een gebaar dat bepaald niet liefhebbend is, en we gaan de deur opendoen, Janice en Millie op het terras achterlatend. We verwelkomen Esther en Rufus met hun twee kinderen en begeleiden ze door de keuken naar buiten, waar we de aanwezigen aan elkaar voorstellen. Ze hebben Millie net verteld hoe prachtig ze eruitziet wanneer Moira en Giles arriveren, al snel gevolgd door Diane, Adam en hun kinderen.

'We hoorden dat jullie hier buiten waren, dus we hebben niet aangebeld,' verklaart Diane en geeft me een kus.

Er zijn zoveel mensen die Jack moet begroeten, zoveel mensen om aan elkaar voor te stellen dat hij geen andere keus heeft dan zijn ogen van mij af te wenden, en ik bedenk dat ik ruim de tijd heb om 'help me, Jack is een maniak' in Dianes oor te fluisteren. Maar zelfs als ik dat op dringende toon zou zeggen, zou ze denken dat ik een grapje maakte of dat ik verwees naar de overduidelijke moeite die Jack heeft gedaan om Millie een perfect feest te bezorgen. Hij loodst me mee de keuken in om champagne voor de volwassenen en limonade voor de kinderen te halen, en als ik aan tafel ga zitten waarschuwt de druk van zijn hand in de mijne me dat hij luistert naar alles wat ik zeg, ook al is hij zelf ook in gesprek – zoals alleen hij dat kan.

Millie begint haar cadeaus open te maken. Ik heb geen idee wat wij voor Millie hebben gekocht, omdat ik het niet durfde te vragen, voor het geval ik de relatieve rust zou verstoren die ik de afgelopen twee weken heb weten te bewaren. Zoals gewoonlijk heeft Jack in de roos geschoten door een zilveren medaillon met een 'M' erop gegraveerd te kopen.

'Mooi!' straalt Millie, en ze houdt het omhoog zodat iedereen het kan zien.

'Dat heb je van mij gekregen, want Grace heeft haar eigen speciale geschenk voor je,' zegt Jack. Millie kijkt me vragend aan en ik glimlach naar haar, in de hoop dat hij een goede keuze heeft gemaakt. 'Ze heeft een paar schitterende schilderijen voor je nieuwe kamer gemaakt, toch, schat?'

Ik voel de kleur uit mijn gezicht trekken en grijp de rand van de tafel stevig vast.

Millie klapt uitbundig in haar handen. 'Mag ik ze zien?'

'Nog niet,' zegt Jack met een spijtig gezicht. 'Maar ze hangen in je kamer tegen de tijd dat je hier komt wonen, dat beloof ik.'

'Wat voor schilderijen?' vraagt Rufus.

'Portretten,' vertelt Jack. 'Zeer realistisch, mag ik wel zeggen – Grace heeft veel oog voor detail.'

'Gaat het, Grace?' Esther kijkt me bezorgd aan.

'Het zal de warmte wel zijn,' weet ik uit te brengen. 'Ik ben er niet aan gewend.'

Jack reikt me een glas water aan. 'Drink wat, lieverd,' zegt hij op zorgzame toon. 'Dan voel je je misschien beter.'

Als ik zie dat Millie ongerust naar me kijkt, neem ik een slokje water. 'Het gaat alweer,' zeg ik tegen haar. 'Maak je cadeaus maar open, dan kun je daarna spelletjes gaan doen.'

Ze krijgt een zilveren armband van Moira en Giles, en een zilveren bijouteriedoosje van Diane en Adam, maar ik zie ze nauwelijks, want ik moet mijn uiterste best doen om me te vermannen. Ik merk dat Esther me aandachtig aankijkt, maar het kan me even niet schelen dat ze ziet dat ik van streek ben.

'Esther, ga je Millie ons cadeautje nog geven?' vraagt Rufus.

'Natuurlijk.' Esther komt tot zichzelf en overhandigt Millie een fraai ingepakt geschenk. 'Ik hoop dat je het leuk vindt,' zegt ze met een glimlach.

Millie opent het en treft een roodfluwelen doos aan, versierd met lovertjes en glazen kraaltjes. Het is precies naar Millies smaak en wanneer ze een zucht van plezier slaakt, herpak ik mezelf en glimlach dankbaar naar Esther.

'Je kunt er spulletjes in bewaren,' vertelt Esther haar. 'Ik heb de kleur gekozen die bij je nieuwe slaapkamer past.'

Millie kijkt haar verheugd aan. 'Die is geel,' zegt ze trots. 'Mijn kamer is geel.'

Esther kijkt verwonderd. 'Je kamer is toch rood?'

Millie schudt haar hoofd. 'Geel. Mijn lievelingskleur.'

'Ik dacht dat rood je lievelingskleur was.'

'Nee, geel.'

Esther wendt zich tot Jack. 'Jij zei toch dat je Millies slaapkamer met rood ging inrichten omdat dat haar lievelingskleur was?'

'Nee, dat lijkt me sterk.'

'Jawel hoor, Jack, dat heb je gezegd,' bevestigt Diane. 'Toen je die keer met ons lunchte.'

'Nou, als dat zo is, dan spijt me dat. Ik zal wel ergens anders met mijn hoofd hebben gezeten.'

'Maar je hebt het vaker gezegd,' hield Esther vol. 'Toen jullie laatst bij ons thuis waren voor dat etentje, zei je dat je niet kon wachten tot je Millie haar rode kamer zou kunnen laten zien.'

Ze kijkt me aan. 'Dat heeft hij toch gezegd, Grace?'

'Ik weet het niet meer,' mompel ik.

'Maakt het wat uit?' Jack maakt een hoofdgebaar naar Millie, die druk bezig is haar andere cadeautjes in de rode doos te doen. 'Kijk, ze is er weg van.'

'Maar het is wel vreemd dat je twee keer dezelfde vergissing hebt gemaakt,' zegt Esther, oprecht verbaasd.

'Ik was me er niet van bewust.'

'Nou ja, ik zou de doos natuurlijk kunnen omruilen voor een gele,' zegt ze aarzelend.

'Dat hoeft niet,' zeg ik tegen haar. 'Jack heeft gelijk, Millie is er weg van.'

In de tien minuten die volgen zie ik hoe ze Jack bestudeert en ik ben blij dat hij in zijn pogingen mij van mijn stuk te brengen zijn hand heeft overspeeld – hoewel behalve Esther niemand er acht op lijkt te slaan. Op zeker moment kijkt ze van Jack naar de rode doos met een frons op haar voorhoofd. Plotseling richt ze haar aandacht weer op mij.

'Ik hoop dat je het niet erg vindt dat ik het zeg, Grace,' zegt ze, 'maar weet je zeker dat het goed met je gaat? Je ziet zo bleek.'

'Het gaat prima,' stel ik haar gerust.

'Het was mij ook al opgevallen,' knikt Diane. 'En je bent magerder geworden – je doet toch niet aan de lijn, hè?'

'Nee, ik heb de laatste tijd gewoon niet veel trek.'

'Misschien moet je eens naar de dokter gaan.'

'Zal ik doen,' beloof ik.

'Je moet echt beter voor haar zorgen, Jack.' Esther kijkt hem onderzoekend aan.

'Dat is ook mijn bedoeling.' Glimlachend laat hij zijn hand in zijn binnenzak glijden en haalt een envelop tevoorschijn. 'Ik zou niet weten waarom Millie de enige zou moeten zijn die vandaag verwend wordt.'

'Adam, neem hier even notitie van,' zucht Diane.

'Kijk, lieve schat.' Jack overhandigt me de envelop. 'Maak maar open.'

Ik doe wat hij zegt en tref een paar vliegtickets aan.

'Toe, Grace, laat ons niet in spanning,' zegt Diane bedelend. 'Waar neemt Jack je mee naartoe?'

'Thailand,' zeg ik langzaam, in het verschrikkelijke besef

dat alles wat ik heb voorbereid sinds Millie me de pillen heeft gegeven voor niets zal zijn geweest als we weggaan.

'Wat een geluksvogel ben je,' zegt Moira glimlachend tegen me.

'Ik denk dat het de bedoeling is dat je nu iets zegt, Grace,' souffleert Esther me.

Ik richt mijn hoofd snel op. 'Het is alleen nogal onverwacht. Ik bedoel, het is heel lief van je, Jack, maar hebben we wel tijd om weg te gaan?'

'Je hebt gezegd dat je nog een laatste vakantie in Thailand zou willen voordat Millie bij ons intrekt,' brengt hij me in herinnering, en hij laat het klinken alsof ik Millie als een last op onze schouders beschouw.

'Maar jij hebt gezegd dat het niet ging – zei je niet dat de zaak Tomasin eraan zat te komen?'

'Ja, maar ik werk harder dan ooit om ervoor te zorgen dat dat proces tegen die tijd is afgehandeld.'

'Wanneer gaan jullie dan?' vraagt Giles.

'Deze tickets zijn voor 5 juni.'

Adam kijkt hem verbaasd aan. 'Is de zaak Tomasin dan al achter de rug?'

'Ik hoop het – volgende week gaan we naar de rechtbank.'

'Maar toch. Ik bedoel, het is deze keer geen uitgemaakte zaak, dacht ik. Volgens de kranten is haar man een door en door fatsoenlijke kerel.'

Jack trekt zijn wenkbrauwen op. 'Vertel me nou niet dat je gelooft wat er in de krant staat.'

'Nee, maar de theorie dat hij vals wordt beschuldigd en dat zij haar man erin wil luizen omdat ze een minnaar heeft, is best interessant.'

'Maar ook compleet uit de lucht gegrepen.'

'Dus je bent ervan overtuigd dat je gaat winnen?'

'Absoluut – ik heb nog nooit een zaak verloren en dat ben ik nu ook niet van plan.'

Adam wendt zich tot mij. 'Wat denk jij, Grace? Je hebt de kranten natuurlijk gelezen.'

'Ik? Ik denk dat die man hartstikke schuldig is,' zeg ik, en ik vraag me af wat ze zouden zeggen als ze wisten dat ik nauwelijks weet waar ze het over hebben.

'Sorry, maar ik kan me niet voorstellen dat hij zijn vrouw mishandelt,' zegt Diane. 'Hij is er gewoon het type niet voor.'

'Volgens Jack zijn dat de ergste gevallen,' zeg ik luchtig.

Esthers ogen glinsteren. 'Het moet reuze opwindend zijn om een man te hebben die zich met zulke roemruchte zaken bezighoudt,' zegt ze, en ze houdt mijn blik vast.

'Eigenlijk praat Jack zelden over zijn werk als hij thuiskomt, en zeker niet over details in specifieke zaken, omdat het vertrouwelijke cliëntinformatie betreft – zo gaat het bij jullie vast ook, Diane.' Ik keer me weer naar Jack toe met voorgewende bezorgdheid. 'Maar nog even over onze vakantie – zou het niet beter zijn om die uit te stellen tot Millie met ons mee kan?'

'Waarom?'

'Nou, als het risico bestaat dat je zaak niet op tijd afgehandeld is.'

'Dat komt wel goed.'

'Maar zo niet?' houd ik vol.

'Dan ga jij alvast vooruit en kom ik later.'

Ik staar hem aan.

'We zeggen de vakantie niet af, Grace. Zoals iedereen heeft geconstateerd, moet je er even tussenuit.'

'Zou je me echt zonder jou laten gaan?' zeg ik, wetend dat hij dat nooit van zijn leven zou toestaan.

'Zeker.'

Esther kijkt hem goedkeurend aan. 'Dat is heel nobel van je, Jack.'

'Helemaal niet. Ik bedoel, waarom zou ik mijn prachtige echtgenote een vakantie ontzeggen alleen omdat ik niet mee kan?'

'Ik wil haar met alle liefde gezelschap houden tot jij arriveert,' biedt Diane aan.

'Het spijt me je te moeten teleurstellen; ik zorg er echt wel voor dat ik gewoon kan gaan,' zegt Jack, terwijl hij overeind komt. 'Grace, ik heb je hulp even nodig in de keuken, schat.'

Ik volg hem naar binnen, verbijsterd over hoe alles de verkeerde kant op lijkt te gaan.

'Je lijkt niet erg veel zin te hebben om naar Thailand te gaan,' zegt hij, en hij reikt me kaarsjes aan voor de taart. 'Maar jij bent degene die het heeft voorgesteld.'

'Het lijkt me gewoon niet zo'n goed idee met die rechtszaak in het verschiet.'

'Dus jij denkt dat ik de boel beter kan afblazen?'

Er gaat een golf van opluchting door me heen. 'Zonder twijfel.'

'En denk je dan dat Millie eerder bij ons kan komen wonen? Volgende week bijvoorbeeld? Ze zou zelfs vandaag al kunnen blijven; dan rij ik van de week wel naar haar school om haar spullen op te halen terwijl zij alvast went in haar mooie rode slaapkamer. Wat vind je ervan, Grace? Zal ik dat straks buiten opperen? Of zullen we volgende maand naar Thailand gaan?'

'We gaan volgende maand naar Thailand,' zeg ik ijzig.

'Ik dacht wel dat je dat zou zeggen. Goed, waar zijn de lucifers?'

Het valt me zwaar om niet toe te geven aan de wanhoop die ik voel wanneer ik samen met de anderen 'Happy Birthday' zing en in mijn handen klap terwijl Millie haar kaarsjes uitblaast. Ik kijk om me heen en zie hoe iedereen staat te lachen en grapjes maakt, en ik probeer te begrijpen hoe mijn leven een hel op aarde is geworden die niemand van de aanwezigen zich kan voorstellen. Als ik plotseling de aandacht zou vragen en hun zou vertellen dat Millie in groot gevaar is door Jack, dat hij van plan is haar in een gruwelijke kamer op te sluiten tot ze gek wordt van angst, dat hij feitelijk een moordenaar is die me al vijftien maanden gevangenhoudt, zou niemand me geloven. En wat zou Jack op zijn beurt dan zeggen? Dat hij pas na ons trouwen ontdekte dat ik een verleden van psychische problemen had, dat dit pas tot uiting kwam tijdens onze huwelijksreis, toen ik hem voor een hotellobby vol met mensen ervan betichtte me gevangen te houden, dat de hotelmanager, onze dokter en de politie kunnen bevestigen dat ik labiel ben. Dat de afgelopen vijftien maanden ontzettend stressvol zijn geweest, vooral omdat hij altijd overal met me mee naartoe moet, uit vrees voor wat ik anders in het openbaar zou zeggen. En als Millie me te hulp zou komen en hem ervan zou beschuldigen dat hij haar van de trap heeft geduwd, zou hij verontwaardigd reageren en zeggen dat ik haar het idee moet hebben ingefluisterd. Waarom zouden de mensen die hier vandaag bijeen zijn mijn versie geloven in plaats van het veel plausibeler verhaal van Jack?

We eten de taart en drinken nog wat champagne. Millie en de kinderen gaan weer spelen en de volwassenen zitten op het terras met elkaar te praten. Ik heb moeite me te concentreren, maar wanneer ik Janice hoor zeggen dat ze Millie graag zal komen opzoeken in ons prachtige huis, grijp ik mijn kans.

'Waarom spreken we niet meteen een datum af?' Ik wend me tot de anderen. 'En misschien kunnen we met Millie en de kinderen naar het muziekfestival gaan en daar picknicken – ze lijken het goed met elkaar te kunnen vinden. Begint dat niet begin juli?'

'Wat een goed idee!' roept Diane uit. 'En heeft er ook iemand zin in een uitje naar de dierentuin? Ik heb onze kinderen beloofd dat we daar in de schoolvakantie naartoe gaan.'

'Dat zou Millie geweldig vinden,' zeg ik, erop gebrand haar agenda te vullen.

'Voordat je je te veel laat meeslepen, Grace,' komt Jack ertussendoor, 'heb ik nog een verrassing voor je. Nou ja, eigenlijk voor jou en Millie.'

Het wordt me koud om het hart. 'Nog een verrassing?'

'Kijk niet zo bezorgd,' grapt Moira. 'Jack kennende is het iets fijns.'

'Ik had het je nog niet willen vertellen,' zegt Jack verontschuldigend tegen me, 'maar nu je al die plannen voor de zomervakantie zit te maken, denk ik dat je moet weten dat ik jou en Millie meeneem naar Nieuw-Zeeland om jullie ouders te bezoeken.'

'Nieuw-Zeeland!' mompelt Diane. 'Jeetje, daar heb ik altijd al naartoe gewild.'

'Wanneer dan?' stamel ik.

'Nou, ik denk dat we Millie een paar dagen zouden moeten gunnen om hier te wennen en dat we dan half juli vertrekken,' zegt hij.

'Maar Millie gaat in augustus in het tuincentrum werken,' zeg ik, en ik vraag me af wat hij nu weer in zijn schild voert. 'Het is wel heel ver weg voor een paar weken.'

'Ze vinden het vast niet erg als ze een week of twee later begint, als we uitleggen waarom.'

'Denk je niet dat het te veel zal zijn voor Millie, om zo snel na haar verhuizing al naar Nieuw-Zeeland te gaan? Is het niet beter om tot de kerst te wachten?'

'Ik denk dat ze opgetogen zal zijn,' onderbreekt Janice me. 'Ze droomt er al van om te gaan sinds we in de klas een project over Nieuw-Zeeland hebben gedaan, vlak nadat jullie ouders ernaartoe waren verhuisd.'

'Als ik naar Nieuw-Zeeland zou gaan, weet ik niet of ik nog terugkwam,' zegt Diane. 'Het moet er schitterend zijn.'

'Dat is natuurlijk een risico,' zegt Jack instemmend. 'Straks vindt Millie het er zo fijn dat ze permanent bij haar ouders wil blijven.'

Het kwartje valt en ik besef dat hij Millies verdwijning uit de samenleving voorbereidt. 'Dat zou ze nooit doen,' zeg ik fel. 'Om te beginnen zou ze nooit bij mij weg willen.'

'Maar wat als jij er ook wilt blijven?' vraagt Jack.

Zijn toon is speels, maar ik begrijp maar al te goed dat hij ook anticipeert op mijn verdwijning.

'Dat gaat niet gebeuren,' zeg ik. 'Ik zal jou nooit kunnen verlaten, Jack, dat weet je toch?'

Maar ik zou je wel kunnen vermoorden, voeg ik er zwijgend aan toe. Sterker nog, ik zal wel moeten.

VERLEDEN

De pillen onder mijn matras gaven mijn leven weer perspectief. Voor de eerste keer in zes maanden werd ontsnappen aan Jack een echte mogelijkheid, en ik was Millie zeer dankbaar dat ze zich in de situatie had gemengd en me had gedwongen om de touwtjes weer in handen te nemen. Na alle moeite die ze had gedaan om mij die pillen te bezorgen, was ik vastbesloten haar niet teleur te stellen. Maar ik moest voorzichtig plannen maken. Niet het geringste probleem was het feit dat ik niet wist hoe sterk de pillen waren. Als het me al zou lukken ze Jack toe te dienen, dan had ik nog geen idee hoelang het zou duren voor ze effect zouden hebben of wat het effect precies zou zijn. Hoeveel pillen zou ik nodig hebben om hem bewusteloos te krijgen? Er waren zoveel variabelen, zoveel mitsen en maren.

Ik begon een manier te bedenken om ze in een van Jacks drankjes te kunnen doen. We dronken alleen wat samen wanneer we bij een etentje waren, met andere mensen erbij, en om mijn plannetje te laten werken moest ik hem zover krijgen dat hij hier de pillen zou nemen, in dit huis, wanneer we alleen waren. Ik bracht de nacht door met het overwegen van elke mogelijkheid, en tegen de tijd dat hij me de volgende dag avondeten bracht, had ik al een idee hoe ik te werk kon gaan. Ik moest nu meteen de basis leggen.

Ik zorgde ervoor dat hij me moedeloos zittend op het bed

aantrof, met mijn rug naar de deur. Toen ik me niet omdraaide om het dienblad aan te pakken, zoals ik gewoonlijk deed, zette hij het naast me op het bed en vertrok zonder een woord te zeggen. Alleen al weten dat het eten er stond was moeilijk, vooral omdat ik niet had gegeten sinds de lunch met Millie de vorige dag, maar ik was vastberaden: ik zou het niet opeten. De dag daarop bracht hij me geen eten, en met het dienblad nog op mijn kamer en mijn nog ergere honger was het zwaar om niet in de verleiding te komen. Maar elke keer dat ik overwoog te zwichten en in elk geval íéts te eten om mijn knagende honger te stillen, hield ik mezelf het beeld voor ogen van de kamer in het souterrain en stelde me voor dat Millie daar zat. En dan was het gemakkelijk.

Op de derde dag, misschien met in gedachten dat hij me de dag daarvoor niets had gebracht, kwam Jack met een ontbijt. Toen hij zag dat het dienblad van twee dagen eerder onaangeroerd was gebleven, keek hij me aandachtig aan.

'Geen trek?'

Ik schudde mijn hoofd. 'Nee.'

'In dat geval neem ik je ontbijt mee terug naar de keuken.'

Hij vertrok en nam beide maaltijden mee. Zonder eten in de buurt was het eenvoudiger. Om mezelf te helpen de honger te negeren, mediteerde ik. Maar toen ik nog steeds niets had gegeten toen het weekend eraan kwam, en ik ook de wijn die hij me had gebracht niet had gedronken, werd Jack achterdochtig.

'Je bent toch niet in hongerstaking of zo?' poogde hij terwijl hij weer een dienblad vol onaangeroerd eten oppakte en een nieuw blad neerzette.

Ik schudde lusteloos mijn hoofd. 'Ik heb gewoon geen honger, dat is alles.'

'Waarom niet?'

Ik wachtte even met mijn antwoord. 'Ik had gewoon

nooit gedacht dat het echt zover zou komen,' bekende ik, zenuwachtig aan mijn dekbedhoes plukkend. 'Ik dacht altijd dat ik uiteindelijk een manier zou vinden om Millie van jou te redden.'

'Laat me raden – je dacht dat het goede over het kwade zou zegevieren en dat een ridder te paard jou en Millie zou komen bevrijden.'

'Zoiets.' Ik liet een gesmoorde snik horen. 'Maar dat gaat niet gebeuren, hè? Millie trekt bij ons in en ik kan er niets tegen doen.'

'Mocht het je enige troost bieden, dan kan ik je vertellen dat je er nooit iets tegen hebt kunnen doen. Maar ik ben blij dat je het onvermijdelijke begint te accepteren. Dat maakt het op den duur gemakkelijker voor je.'

Ik knikte naar het glas wijn op het dienblad dat hij me net had gebracht, en probeerde de kip en aardappeltjes, die er heerlijk uitzagen, te negeren. 'Ik mag zeker geen glas whisky in plaats van wijn?'

'Whisky?'

'Ja.'

'Ik wist niet dat je whisky dronk.'

'En ik wist niet dat jij een psychopaat was. Breng me alsjeblieft een glas, Jack,' ging ik verder, vermoeid in mijn ogen wrijvend. 'Ik dronk vroeger vaak samen met mijn vader whisky, als je het zo nodig wilt weten.'

Ik voelde dat hij naar me keek, maar ik liet mijn hoofd hangen en probeerde over te komen als een hoopje ellende. Hij verliet de kamer en deed de deur achter zich op slot. Ik wist niet zeker of hij me de whisky waar ik om had gevraagd zou brengen en de geur van de kip was zo aanlokkelijk dat ik langzaam begon te tellen en mezelf beloofde dat als hij na honderd tellen nog niet terug was, ik alles zou opeten. Ik was nog niet bij de vijftig toen ik zijn voetstappen op de trap hoorde. Bij zestig draaide hij de sleutel om in het slot en sloot ik mijn ogen, wetend dat ik waarschijnlijk in huilen zou uitbarsten als hij geen whisky voor me had meegenomen, aangezien de inspanning van bijna een week lang vasten dan voor niets was geweest.

'Hier.'

Ik deed mijn ogen open en keek naar het plastic bekertje dat hij me aanreikte. 'Wat is dat?' vroeg ik wantrouwig.

'Whisky.' Ik maakte aanstalten het bekertje aan te pakken, maar hij trok zijn hand terug. 'Eet eerst wat. Ik heb niets aan je als je te zwak bent om je om Millie te bekommeren.' Hoewel zijn woorden me de stuipen op het lijf joegen, vertelden ze me ook dat ik op de goede weg was, want hij had nooit eerder een verzoek van mij ingewilligd, zelfs niet toen ik had gevraagd om een grotere handdoek om me mee af te drogen. Maar ik ging ervan uit dat hij zich met zijn einddoel in zicht niet kon veroorloven dat er iets met mij gebeurde, wat betekende dat hij meer bereid was om aan mijn verzoeken te voldoen zolang ze maar redelijk waren. Het was een belangrijke overwinning en hoewel ik het eten nog wat langer had willen uitstellen, redeneerde ik dat ik Jack tegemoet moest komen als ik wilde dat hij me nog meer whisky bracht. Maar ik wilde dat hij me telkens een glas zou brengen zodra hij van zijn werk kwam; ik wilde dat hij de gewoonte zou ontwikkelen mijn whisky op hetzelfde moment in te schenken als de zijne.

'Ik vroeg om whisky omdat ik hoopte dat ik er misschien trek van zou krijgen,' zei ik met mijn hand nog uitgestoken. 'Dus mag ik alsjeblieft dat bekertje?'

Ik verwachtte dat hij zou weigeren, maar na enige aarzeling reikte hij het me aan. Ik bracht het bekertje met voorgewend verlangen naar mijn lippen. Door de geur keerde mijn maag om, maar ik wist tenminste dat ik op het punt stond om whisky te drinken, en niet iets anders. Me bewust van zijn blik nam ik een slokje. Ik had nog nooit whisky gedronken en de scherpe smaak was een hele schok.

'Niet lekker?' zei hij spottend, en ik wist dat hij niet echt geloofde dat ik van whisky hield en mij alleen wat had gegeven om uit te vinden wat mijn eigenlijke motief was om ernaar te vragen.

'Heb jij weleens whisky uit een plastic bekertje gedronken?' vroeg ik, en ik nam nog een slokje. 'Geloof me, de smaak is niet zoals je gewend bent. Mag ik de volgende keer een glas?' Ik bracht het bekertje weer naar mijn mond en goot de rest naar binnen.

'En nu wat eten,' zei hij, en hij duwde het dienblad mijn kant op.

Met mijn hoofd tollend van de whisky zette ik het dienblad op mijn schoot. Het eten zag er zo verleidelijk uit dat ik het bord in vijftien seconden had kunnen leegeten. Het was moeilijk om niet alles naar binnen te schrokken, maar ik dwong mezelf langzaam te eten, alsof ik helemaal geen trek had. Ik stond mezelf slechts toe de helft op te eten en ik weet niet wie er teleurgestelder was toen ik mijn mes en vork neerlegde, Jack of ikzelf.

'Kun je niet wat meer eten?' zei hij fronsend.

'Nee, sorry,' zei ik mat. 'Morgen misschien.'

Hij vertrok met het dienblad en hoewel ik nog steeds honger had, smaakte de overwinning beter dan welk eten dan ook me gesmaakt zou hebben.

Jack was niet gek. De volgende dag, toen ik weer niets at, besloot hij me te raken waar hij wist dat het het meest pijn zou doen.

'Ik zeg ons bezoek aan Millie voor morgen af,' zei hij terwijl hij het nog volle dienblad oppakte. 'Het heeft geen zin om haar mee uit lunchen te nemen als jij niets eet.'

Ik wist dat het risico op de loer lag dat hij me niet zou meenemen naar Millie, maar het was een offer dat ik graag bracht.

'Oké,' zei ik schouderophalend. Uit zijn verraste blik maakte ik op dat hij had verwacht dat ik zou volhouden dat ik me goed genoeg voelde om te gaan, en ik was blij dat ik hem op het verkeerde been had gezet.

'Millie zal erg teleurgesteld zijn,' zuchtte hij.

'Nou ja, dat is dan niet voor het eerst.'

Hij dacht even na. 'Dit is toch niet een of ander plannetje om mij zover te krijgen dat ik Millies verjaardagsfeest afzeg, toch?'

Ik had niet verwacht dat hij deze conclusie zou trekken, en het tegenovergestelde was waar, maar ik dacht dat ik er misschien mijn voordeel mee zou kunnen doen.

'En waarom zou ik dat ook alweer willen?' vroeg ik, om tijd te rekken.

'Zeg jij het maar.'

'Misschien moet je je voor de verandering eens in mij verplaatsen. Als Millie hiernaartoe komt, wordt ze verliefd op het huis. Hoe denk je dat ik me dan zal voelen, wetend wat haar te wachten staat terwijl ik er niets tegen kan doen?'

'Laat me raden.' Hij deed alsof hij even nadacht. 'Niet goed?'

Ik liet tranen van zelfmedelijden in mijn ogen opwellen. 'Juist, Jack, niet goed. Zo vreselijk zelfs dat ik liever doodga.'

'Dus dit is toch een soort hongerstaking.'

'Nee, Jack, natuurlijk niet. Ik weet dat Millie me nodig zal hebben, ik weet dat ik sterk moet blijven. Maar ik kan het niet helpen, ik heb gewoon totaal geen trek. In deze omstandigheden zou dat voor de meeste mensen gelden, denk ik.' Ik liet mijn stem een octaaf stijgen. 'Heb je enig idee hoe het voor me is om elke dag weer niet te kunnen bepalen wat ik eet of wanneer ik eet? Heb je enig idee hoe het voelt om voor werkelijk álles, maar dan ook álles, afhankelijk te zijn van jou? Hoe het is om soms wel twee of drie dagen te moeten wachten op eten omdat jij vindt dat ik straf verdien of gewoon geen zin hebt om me iets te brengen? Je bent nou niet bepaald een groothartige cipier, Jack!'

'Misschien had je niet zoveel pogingen moeten doen om te ontsnappen,' snauwde hij. 'Dan had ik je niet in deze kamer hoeven opsluiten en had je een prima leven met mij gehad.'

'Prima?! Een leven waarin jij elke stap die ik zet controleert? Je weet niet eens wat het woord betekent! Toe, Jack, straf me maar. Geef me geen eten, het kan me niet schelen. Als ik nog een week lang niet eet, ben ik tenminste te zwak om volgende week zondag Millies feest bij te wonen.'

'Het is je geraden dat je weer gaat eten,' dreigde hij, want hij besefte dat wat ik zei waar was.

'En anders, Jack?' zei ik honend. 'Je kunt me niet dwingen te eten, dat weet je best.' Ik zweeg even. 'Maar aangezien het noch in Millies noch in jouw belang is als ik doodga, zou je ons allebei een dienst bewijzen door elke avond ook een whisky voor míj in te schenken wanneer je er een voor jezelf inschenkt. Misschien krijg ik dan weer wat meer trek.'

'Ik ben degene die hier de dienst uitmaakt, weet je nog,' zei hij.

Maar wat het eten betrof, was dat niet langer het geval. In het besef dat hij me gezond moest zien te houden, begon hij te doen wat ik vroeg. Ik zorgde ervoor dat ik nooit veel at, omdat het belangrijk was dat hij dacht dat ik echt geen zin in eten had, maar het was net zo belangrijk om genoeg te eten om het bodempje whisky te verdienen dat hij me bracht als hij thuiskwam van zijn werk. Tegen de tijd dat Millies feest ophanden was, was ik ervan overtuigd dat ik mijn doel kon bereiken voordat Millie bij ons introk – ik had nog twee maanden – zolang er niets gebeurde wat de routine van Jack, die mij nu elke avond whisky bracht, zou verstoren.

HEDEN

Ik sta voor het huis met mijn koffer aan mijn voeten. De zwarte hekken zijn dicht, maar het kleinere hek ernaast – waar ik zojuist doorheen ben gekomen – staat half open. Ik hoor Esthers auto naderen; ik draai me om en zwaai even. Ze stopt naast me, stapt uit en doet de kofferbak open.

'Ik had best naar de voordeur kunnen rijden, hoor,' zegt ze verwijtend, terwijl ze me helpt mijn koffer in de auto te laden.

'Ik dacht dat het tijd zou schelen. Fijn dat je zo snel deze kant op kon komen.'

'Geen probleem,' glimlacht ze. 'Maar we moeten opschieten als je je vlucht wilt halen.' Ze doet de kofferbak dicht en ik wuif weer naar het huis, werp nog een kushandje in die richting en sluit het hek achter me.

'Ik wou dat hij mee kon,' zeg ik op klaaglijke toon. 'Ik laat hem niet graag alleen als hij zo somber is.'

'Het is de eerste zaak die hij heeft verloren, toch?'

'Ja – ik denk dat hij het daarom zo zwaar opvat. Maar hij dacht echt dat de echtgenoot schuldig was, anders had hij de zaak niet eens aangenomen. Helaas is Dena Anderson niet helemaal eerlijk tegen Jack geweest en heeft ze bepaalde dingen voor hem verborgen gehouden, waaronder het feit dat ze een minnaar had.'

'Het lijkt erop dat hij de boosdoener was.'

'Ik ken niet alle ins en outs, maar ik hoor het allemaal wel van Jack als we elkaar weer zien. Het is best vreemd – vroeger reisde ik in mijn eentje de wereld over, maar de gedachte aan een paar dagen alleen in Thailand is best verontrustend. Ik ben er zo aan gewend Jack om me heen te hebben. Ik weet niet goed wat hij verwacht dat ik de komende vier dagen ga doen.'

'Lekker uitrusten, vermoed ik.'

'Ik had liever op hem gewacht, maar hij stond erop dat ik alvast zou gaan,' ga ik verder. 'En ik weet dat ik hem niet moet tegenspreken als hij eenmaal iets in zijn hoofd heeft.' Ik kijk haar aan. 'Hij kan ook heus wel eens wat minder perfect zijn, weet je.'

'Dat hij erop staat dat je alvast op vakantie gaat, is niet minder perfect,' merkt ze op.

'Nee, je hebt waarschijnlijk gelijk. Toen hij zei dat hij niet van de vakantie zou genieten als hij bij terugkomst nog een hele papierwinkel had liggen, begreep ik het al beter. Hij moet zich echt kunnen ontspannen tijdens deze vakantie, vooral omdat het waarschijnlijk de laatste is die we met zijn tweeën kunnen hebben. Het is heel normaal dat hij liever nog even blijft om de administratie op orde te krijgen – hoewel ik denk dat als hij de zaak had gewonnen, hij het niet zo erg zou hebben gevonden om er na terugkomst weer aan herinnerd te worden,' voeg ik er medelijdend aan toe.

'Hij wil waarschijnlijk in zijn eentje zijn wonden likken,' zegt ze instemmend. 'Je weet hoe mannen zijn.'

'Het is ook nog zo dat we hopen in Thailand een baby te kunnen maken, en dat is een extra reden waarom Jack helemaal ontspannen wil zijn. Het klopt ongeveer qua cyclus,' beken ik met een lichte blos.

Ze haalt haar hand van het stuur en geeft een kneepje in de mijne. 'Ik hoop echt voor jullie dat het lukt.'

'Nou, als dat zo is, ben jij de eerste die het hoort,' beloof ik. 'Ik wil zo graag een kind van Jack. Hij was zo teleurgesteld na die laatste miskraam. Hij probeerde sterk voor me te zijn, maar hij had er echt last van, vooral toen het zwanger worden erna niet meteen lukte. Ik heb hem gezegd dat zulke dingen tijd kosten, dat mijn lichaam tijd nodig had om te herstellen, maar hij begon zich af te vragen of het aan hem lag, en de eisen die zijn werk aan hem stelt, snap je, de stress en zo.'

'Denk je dat hij komend weekend bij ons zou willen komen eten?'

'Eerlijk gezegd denk ik dat hij liever zijn papierwerk afhandelt. Maar je kunt het hem altijd vragen, hoewel ik niet zeker weet of je hem kunt bereiken, aangezien hij de eerstkomende dagen niet van plan is zijn telefoon op te nemen. Hij moest al met de media zien om te gaan toen hij vanmiddag uit de rechtbank kwam, en hij weet dat ze hem de komende paar dagen op de hielen zullen zitten. Maar je kunt altijd een boodschap achterlaten op zijn voicemail – dat heeft hij mij gevraagd te doen als ik hem niet kan bereiken, ook al vanwege het tijdverschil en zo.'

'En hij komt dinsdag achter je aan?'

'Ja... nou ja, woensdagochtend vroeg. Hij neemt de avondvlucht van dinsdag – hoewel hij zei dat hij misschien nog een dag of twee later zou kunnen zijn. Maar ik denk dat hij een grapje maakte – dat hoop ik tenminste.'

'Dus je hebt maar vier dagen in je eentje. Och, ik zou wel wat overhebben voor vier dagen rust! Moet iemand hem dinsdag naar het vliegveld brengen? Rufus doet het graag.'

'Nee hoor, het komt goed. Adam heeft het ook aangeboden, maar Jack neemt de auto en laat die op het vliegveld staan. Ook handig als we terugkomen – we landen rond zes uur 's ochtends en we willen niemand vragen om ons op te komen halen op dat onchristelijke tijdstip.'

Het verbaast me dat we zo moeiteloos zitten te kletsen op weg naar het vliegveld. Ik had een veel ongemakkelijker rit verwacht, maar Esther lijkt het prima te vinden om over de gewoonste dingen te praten. Ze vraagt of zij met haar kinderen in het weekend Millie kan bezoeken om misschien ergens met haar te gaan eten, en omdat ik heb gezien hoe goed Millie en Aisling op het feest met elkaar konden opschieten, zeg ik dankbaar ja, blij dat Millie bezoek krijgt in de tijd dat ik weg ben. Ze vraagt me om Janice te laten weten dat ze zondag langskomen en ik beloof haar dat ik dat zal doen.

We arriveren een kwartier te vroeg op het vliegveld. Ze zet me af bij de vertrekhal en rijdt met een vrolijke zwaai weg. Ik ga naar binnen, vind de balie van British Airways, check mijn koffer in en loop naar de departure lounge. Daar ga ik in de hoek zitten en wacht tot mijn vlucht gaat vertrekken.

VERLEDEN

Tot de dag van Millies feest had ik nooit gedacht dat ik Jack werkelijk zou doden. Ik droomde er vaak genoeg over, maar als puntje bij paaltje kwam, brak het zweet me uit bij de gedachte een ander mens te vermoorden. Dat was waarschijnlijk de reden waarom mijn poging om hem bewusteloos te slaan met de fles mislukte – ik durfde niet harder te slaan voor het geval ik hem zou doden. Ook was er het gegeven dat ik, als ik hem inderdaad zou ombrengen, bijna zeker naar de gevangenis zou gaan en zou worden vastgehouden in afwachting van mijn proces, wat verschrikkelijk zou zijn voor Millie. Dus ik wilde hem alleen maar lang genoeg uitschakelen om aan hem te kunnen ontsnappen. Maar op het moment dat hij zei dat hij ons mee zou nemen naar Nieuw-Zeeland wist ik dat ik hem toch moest doden, ongeacht de gevolgen, omdat hem ontvluchten nooit afdoende zou zijn.

'Dus zo ga je het doen,' zei ik op bittere toon nadat we Millie en Janice hadden uitgezwaaid toen het feest voorbij was. 'Je sluit het huis af en doet alsof we met zijn allen naar Nieuw-Zeeland zijn gegaan. Dan verschijn je plotseling weer in je eentje en vertel je iedereen dat Millie en ik hebben besloten daar te blijven, terwijl we in werkelijkheid in het souterrain opgesloten zitten.'

'Min of meer,' zei hij bevestigend. 'Behalve dat het te veel gedoe is om het huis af te sluiten en te doen alsof ik er niet ben. Dus ik zoek een excuus om jullie tweeën vooruit te sturen naar Nieuw-Zeeland, en uiteindelijk duurt het zo lang voordat ik weg kan, dat het geen zin meer heeft om jullie achterna te reizen, aangezien jullie al praktisch op de terugreis zijn. En dan, net als ik op het punt sta naar het vliegveld te vertrekken om jullie op te halen, krijg ik een emotioneel telefoontje van jou waarin je zegt dat Millie heeft geweigerd op het vliegtuig te stappen en dat jij, verscheurd tussen je liefhebbende echtgenoot en zwakzinnige zus, ook niet op het vliegtuig bent gestapt. En liefhebbend als ik ben vertel ik iedereen dan dat ik begrijp dat het moeilijk voor je is om Millie achter te laten en dat ik je de tijd heb gegund daar wat langer te blijven – maar dat "wat langer" wordt veel langer, tot je me op een kwade dag laat weten dat je niet meer terugkomt. En omdat mijn hart gebroken is, zullen de mensen je naam niet in mijn nabijheid durven noemen, en uiteindelijk vergeten ze dat Millie en jij ooit hebben bestaan.'

'En mijn ouders dan?' wilde ik weten. 'Hoe leg je onze verdwijning aan hen uit?'

'Vermoedelijk vermoord ik ze. Nou, naar je kamer.'

Ik keerde me van hem af zodat hij niet kon zien hoezeer zijn woorden me hadden geschokt. Een uitweg vinden – Jack ombrengen – was nog niet eerder zo urgent geweest en ik wist dat er weer een gelegenheid verloren zou gaan als ik terug zou gaan naar mijn kamer. Het werd tijd om de volgende stap van mijn plan uit te voeren.

'Mag ik niet even beneden blijven?' vroeg ik.

'Nee.'

'Waarom niet?'

'Dat weet je heel goed.'

'Wanneer heb ik voor het laatst geprobeerd om te ontsnappen? Kijk eens naar me, Jack! Denk je nou echt dat ik gevaarlijk voor je ben? Heb ik me niet perfect gedragen in de afgelopen zes maanden? Denk je nu echt dat ik het risico wil lopen naar het souterrain te worden gestuurd?'

'Het is waar dat je logeerpartijtjes daar het gewenste effect lijken te hebben gehad, maar desondanks ga je nu naar je kamer.'

'Mag ik dan in een andere kamer?'

'Waarom?'

'Waarom denk je? Omdat ik behoefte heb aan een andere omgeving! Ik heb er schoon genoeg van om elke dag weer tegen dezelfde vier muren aan te kijken!'

'Goed dan.'

Ik keek hem verbaasd aan. 'Echt?'

'Ja. Kom, ik neem je mee naar het souterrain. Dan kun je daar naar de vier muren zitten kijken. Of denk je dat je kamer misschien toch niet zo slecht is?'

'Ik denk dat mijn kamer misschien toch niet zo slecht is,' zei ik afgestompt.

'Wat jammer nou. Weet je, ik vind dat de kamer in het souterrain veel te lang leeg heeft gestaan. Zal ik je een geheim verklappen?' Hij boog zich naar me toe en begon te fluisteren. 'Het was moeilijk, heel moeilijk, om Millie daarnet te laten gaan, veel moeilijker dan ik had gedacht. Het was zelfs zo moeilijk dat ik ga voorstellen dat ze bij ons komt wonen zodra wij terug zijn uit Thailand. Wat vind je ervan, Grace? Zal het niet heerlijk zijn om een gelukkig gezinnetje te vormen?'

Ik wist toen dat ik Jack niet alleen moest doden, maar dat ik het moest doen voordat we naar Thailand gingen. Hoe lastig het ook was me te realiseren hoe weinig tijd ik nog had, hielp de deadline me ook om te focussen. Terwijl ik voor hem de trap op liep, was ik mijn volgende stap al aan het plannen.

'Als je mij m'n whisky brengt, blijf je dan even en drinken we dan samen een glas?' vroeg ik tijdens het uitkleden.

'Waarom zou ik?'

'Omdat ik het zat ben vierentwintig uur per dag opgesloten te zitten zonder iemand om mee te praten,' zei ik mat. 'Heb je enig idee hoe dat is? Soms denk ik dat ik krankzinnig word. Ik zou zelfs willen dat dat zo was.' Ik verhief mijn stem. 'Wat zou je dan doen, Jack? Wat ga je doen als ik krankzinnig word?'

'Natuurlijk word je niet krankzinnig,' antwoordde hij, en hij duwde me mijn kamer in en sloot de deur.

'Het zou kunnen!' riep ik hem na. 'Het zou best kunnen! En ik wil mijn whisky in een glas!'

Ik wist niet of het kwam doordat hij me al het andere waar ik om had gevraagd had geweigerd, of doordat hij bang was dat ik écht krankzinnig zou worden, maar om wat voor reden dan ook kwam hij tien minuten later met twee glazen terug.

'Dank je,' zei ik, en ik nam een slokje. 'Mag ik je wat vragen?'

'Ga je gang.'

'Het gaat over de zaak Tomasin. Die man is toch getrouwd met een actrice? Dena nog wat? Ik las er volgens mij iets over in de tijd dat ik nog kranten mocht lezen.'

'Dena Anderson.'

'En zij beschuldigt hem van mishandeling?'

'Het is me niet toegestaan om over zaken te praten.'

'Nou ja, iedereen die er vandaag was leek ervan te weten, dus óf je bent niet erg discreet geweest, óf het is algemeen bekend,' zei ik terecht. 'Geeft hij niet een groot deel van zijn vermogen aan goede doelen?'

'Dat wil niet zeggen dat hij zijn vrouw niet mishandelt.'

'Wat zei Adam ook alweer – dat ze een minnaar heeft?'

'Adam probeerde me gewoon uit te dagen.'

'Dus er zit geen kern van waarheid in wat hij zei.'

'Beslist niet. Een van de roddelbladen heeft het verhaal

verzonnen om haar zwart te maken.'

'Waarom dan?'

'Omdat Antony Tomasin aandeelhouder is. En nu opdrinken – ik ga hier niet weg zonder dat glas.'

Toen hij weg was, haalde ik de ineengevouwen tissue onder mijn matras vandaan en deed hem open. Ik telde de pillen; er waren er in totaal twintig. Ik had geen idee of dat genoeg zou zijn om Jack te doden. Zelf moest ik er ook nog wat nemen, ten eerste om uit te vinden hoe sterk ze waren, en ten tweede om te kijken of ze oplosten in vloeistof als ik ze had vergruisd. Ik liep de badkamer in en scheurde twee papiertjes van de toiletrol. Na lang wikken en wegen legde ik er vier van de pillen tussen, in de hoop dat die me bewusteloos zouden maken zonder dat ik ziek zou worden. Ik legde het wc-papier op de vloer en plette de pillen zo goed als ik kon met mijn voet. Ik had geen beker om de korreltjes in te doen, dus gebruikte ik de dop van mijn shampoofles, waarna ik er wat water aan toevoegde. Ze losten wel wat op, maar eigenlijk niet genoeg, en terwijl ik het goedje opdronk, wist ik dat ik een andere manier moest zien te vinden om de rest van de pillen tot poeder te vermalen.

Ongeveer een kwartier later begon ik me suf te voelen en viel ik bijna meteen in slaap. Ik sliep veertien uur lang als een blok en toen ik wakker werd, voelde ik me wat wankel en had ik ontzettende dorst. Aangezien Jack bijna twee keer zo zwaar was als ik, dacht ik dat acht van de pillen bij hem min of meer hetzelfde effect zouden hebben, maar dat zestien niet fataal zouden zijn. Dat was een behoorlijke tegenslag, want het betekende dat ik een manier moest vinden, als hij eenmaal bewusteloos was, om het karwei af te maken. Maar hoewel ik hem dood wilde hebben, was ik er niet zeker van of ik als het erop aankwam in staat zou zijn om naar de keuken te lopen, een mes uit de la te halen en dat in zijn hart te steken.

Ik besloot niet zo ver vooruit te denken en concentreerde me erop om Jack telkens wat langer te laten blijven wanneer hij me 's avonds mijn whisky bracht, door steeds te herhalen wat ik hem eerder had gezegd, dat ik het gevoel had dat ik krankzinnig werd als ik de hele dag niemand had om mee te praten. Ik hoopte dat hij zich uiteindelijk voldoende op zijn gemak zou voelen om elke dag ook een whisky voor zichzelf mee te brengen, zoals hij had gedaan op de dag van Millies feest, want als hij dat niet zou doen, had ik geen mogelijkheid om hem de pillen toe te dienen.

Mijn buitenkans kwam toen de zaak Tomasin minder gladjes verliep dan Jack had verwacht. Een week nadat de rechtszaak was begonnen zat ik op het bed slokjes te nemen van de whisky die hij me had gebracht en luisterde naar zijn geklaag over het aantal getuigen à decharge dat Antony Tomasin had ingezet. Ik zei dat hij eruitzag alsof hij zelf ook wel een borrel kon gebruiken en hij ging naar beneden om er een te halen. Vanaf die dag nam hij elke dag twee glazen mee naar boven en toen hij ook steeds wat langer bleef hangen, begreep ik dat hij er behoefte aan had te praten over wat er die dag in de rechtszaal was gebeurd. Hij besprak de zaak niet tot in de details met mij, maar uit wat hij me vertelde, kon ik opmaken dat Antony Tomasin een sterke verdediging voerde, met een hele reeks hotemetoten die instonden voor zijn goede karakter. De zaak sleepte zich maar voort en omdat Jack niet meer repte over onze reis naar Thailand, nam ik aan dat hij die had geannuleerd of in elk geval uitgesteld.

Op de avond voor ons geplande vertrek kwam Jack mijn kamer binnen met de gebruikelijke twee glazen whisky.

'Drink op,' zei hij, en reikte me een glas aan. 'Je moet straks pakken.'

'Pakken?'

'Ja – we gaan morgen naar Thailand, weet je nog.'

Ik staarde hem vol afgrijzen aan. 'Maar we kunnen toch niet weg zolang de zaak nog loopt?' stamelde ik.

'Morgen is het zover,' zei hij verbeten, en hij draaide zijn whisky rond in zijn glas.

'Ik wist niet dat de jury al aan het beraadslagen was.'

'Al twee dagen. De uitspraak wordt morgen voor de lunch verwacht.'

Ik keek hem aandachtig aan en zag hoe afgetobd hij eruitzag. 'Je gaat toch wel winnen?'

Hij sloeg het grootste deel van zijn whisky achterover. 'Die stomme teef heeft tegen me gelogen.'

'Hoe bedoel je?'

'Ze had inderdaad een minnaar.'

'Dus hij was het?'

'Nee, het was haar echtgenoot,' zei hij ijzig, omdat hij zich er niet toe kon brengen om iets anders te zeggen, zelfs niet tegen mij.

'Dan hoef je je geen zorgen te maken, toch?'

Hij dronk zijn glas leeg. 'Je weet niet half hoe blij ik ben dat we naar Thailand gaan. Als ik de jury niet heb kunnen overtuigen, wordt dit de allereerste zaak die ik verlies, en daar zal de pers van smullen. Ik zie de krantenkoppen al voor me: "Fallen Angel" of iets in die geest. Goed, is je glas leeg? Het is tijd om te pakken.'

Terwijl ik kleren uit de kast trok in de naastliggende slaapkamer, waarbij Jack zoals altijd toekeek, hoopte ik dat hij niet zag hoezeer ik van slag was. Ik legde ze lukraak in de koffer, zonder er aandacht aan te schenken, want ik werd volledig in beslag genomen door de gedachte dat ik hem de volgende dag, zodra hij terugkwam van de rechtbank, zou moeten vermoorden, lang voordat ik had gepland, aangezien ik zo dom was geweest erop te rekenen dat onze vakantie niet zou doorgaan. Maar ook Jack leek in gedachten verzonken, en ik maakte me ongerust over de stemming waarin hij de volgende dag zou verkeren als hij verloren bleek te hebben. In dat geval zou hij misschien meteen naar het vliegveld willen om de pers te mijden, ook al vertrok onze vlucht pas 's avonds – waardoor ik geen tijd zou hebben om hem de pillen toe te dienen. Die avond bad ik zoals ik nog nooit had gebeden. Ik herinnerde God aan al het kwaad dat Jack al had gedaan en aan al het kwaad dat hij nog zou doen. Ik dacht aan Molly, hoe hij haar had opgesloten en had laten doodgaan aan uitdroging. Ik dacht aan Millie en wat voor lot hij haar had toebedacht. Ik dacht aan de kamer in het souterrain. En plotseling had ik de oplossing voor mijn probleem. Ik wist precies hoe ik hem kon ombrengen. Het plan was perfect, zo perfect dat als het werkte, ik letterlijk zou wegkomen met moord.

HEDEN

Pas wanneer het vliegtuig opstijgt, begin ik me een beetje te ontspannen. Maar ik weet dat ik zelfs na aankomst in Bangkok de hele tijd op mijn qui-vive zal zijn. Ik betwijfel of het gevoel van naderend onheil ooit nog verdwijnt; zelfs het feit dat Millie veilig op school is, sust mijn angst niet dat Jack ons op de een of andere manier kwaad zal doen. Ik had erover gedacht om Millie mee te nemen, dan had ik Janice verteld dat Jack zijn ticket op naam van Millie had gezet, en had ik haar gevraagd om Millie naar het vliegveld te brengen. Maar het is beter dat zij niet betrokken raakt bij wat komen gaat. Het wordt al moeilijk genoeg om mijn zenuwen in bedwang te houden; het zou te veel voor me kunnen zijn om ook nog op Millie te moeten letten. Na alles wat ik de afgelopen uren heb meegemaakt, kan het minste of geringste ervoor zorgen dat ik de zelfbeheersing verlies die ik zo hard probeer te bewaren. Ik vertel mezelf dat er genoeg tijd zal zijn om mijn masker een beetje te laten zakken wanneer ik in Thailand ben, als ik eenmaal de deur van de kamer achter me heb dichtgedaan.

Het passeren van de paspoortcontrole in Bangkok is een ware nachtmerrie; de angst voor Jacks hand op mijn schouder is nog nooit zo groot geweest als nu, hoewel hij hier onmogelijk eerder kan zijn aangekomen dan ik. Desondanks kijk ik de taxichauffeur onderzoekend aan voordat ik in zijn auto stap, om zeker te weten dat het niet Jack is die achter het stuur zit.

In het hotel word ik vriendelijk begroet door meneer Ho, de manager die de brief over mij heeft geschreven, en als hij verbaasd opkijkt omdat ik alleen ben, reageer ik net zo verbaasd dat hij de e-mail van meneer Angel niet heeft ontvangen met het verzoek om goed voor mij te zorgen tot hij zelf ook arriveert. Meneer Ho vertelt me dat hij dat met alle plezier zal doen en betuigt zijn medeleven als ik zeg dat mijn echtgenoot vanwege verplichtingen op zijn werk pas woensdag komt.

Ik voel de aarzeling van de manager. Zou het kunnen, vraagt hij, dat mijn echtgenoot, meneer Jack Angel, de heer Angel is die recentelijk in een aantal Engelse kranten is genoemd in verband met de zaak Antony Tomasin? Ik bevestig, in strikt vertrouwen, dat de advocaat in kwestie inderdaad mijn echtgenoot is, en dat we rekenen op zijn discretie omdat we liever willen dat niemand weet waar we logeren. Hij vertelt me dat hij gisteren op het internationale nieuws heeft gehoord dat de heer Tomasin is vrijgesproken, en als ik aangeef dat hij dat goed heeft gehoord, zegt hij dat meneer Angel vast teleurgesteld moet zijn geweest. En ik vertel hem dat meneer Angel inderdaad zeer teleurgesteld was, vooral omdat het zijn allereerste verloren zaak betreft. Terwijl meneer Ho me inschrijft, vraagt hij hoe het met me gaat – een subtiele verwijzing naar mijn geestelijke gesteldheid – en of ik een prettige vlucht heb gehad. Als ik hem vertel dat ik nogal slecht heb geslapen, zegt hij dat hij ons een van de suites aanbiedt – dat is het minste wat hij kan doen voor zo'n goede klant als de heer Angel, zegt hij. De opluchting die ik voel dat ik niet meer naar de kamer hoef waar ik voor het eerst besefte dat ik met een monster was getrouwd, is zo groot dat ik hem wel om de hals kan vliegen.

Meneer Ho staat erop mij persoonlijk naar mijn nieuwe kamer te brengen. Het schiet me door mijn hoofd dat hij zich misschien afvraagt waarom we altijd in een van de kleine kamers logeren, aangezien Jack zo'n roemruchte advocaat is, dus merk ik op dat mijn echtgenoot graag anoniem blijft als we op vakantie zijn, en dat hij geen aandacht wil trekken door met geld te strooien. Ik zeg het niet letterlijk zo, maar hij begrijpt de strekking.

Als meneer Ho is vertrokken, zet ik de televisie aan en zoek naar Sky News. Zelfs in Azië is de uitspraak in de zaak Tomasin groot nieuws, en als ze laten zien hoe Antony Tomasin met de pers spreekt bij het verlaten van de rechtbank de vorige dag, verschijnt Jack op de achtergrond, belegerd door journalisten. Ik kan het niet langer aanzien en zet snel de televisie uit. Ik snak naar een douche, maar ik moet eerst nog twee telefoontjes plegen – een naar Janice en een naar Jack, om ze te vertellen dat ik veilig ben aangekomen. Gelukkig ken ik beide nummers uit mijn hoofd – dat van Jack uit de tijd dat ik hem net had ontmoet en dat van Janice omdat het het belangrijkste telefoonnummer ter wereld is. Ik kijk op mijn horloge; het is drie uur 's middags lokale tijd, wat betekent dat het in Engeland negen uur 's ochtends is. Als de echtgenote van Jack Angel stel ik de juiste prioriteit: ik bel hem eerst. Even raak ik in paniek als ik me realiseer dat hij in het afgelopen jaar misschien wel zijn nummer heeft veranderd, dus als ik zijn voicemail krijg, voel ik me slap van opluchting. Ik haal diep adem om mezelf onder controle te krijgen en ik laat het type boodschap achter dat een liefhebbende echtgenote zou achterlaten, het type boodschap dat ik zou hebben ingesproken als de droom had voortgeduurd.

'Dag lieverd, met mij. Ik weet dat je hebt gezegd dat je misschien niet zou opnemen, maar ik hoopte dat je dat toch zou doen – zoals je wel merkt, mis ik je nu al. Maar misschien lig je nog in bed? Hoe dan ook, ik ben veilig aangekomen en weet je? Meneer Ho vond het zo sneu voor me dat ik alleen ben, dat hij ons een van de mooiste kamers heeft gegeven! Maar toch vind ik het maar niks zonder jou. Nou, ik hoop maar dat de pers je een beetje met rust laat en dat je door je papierwerk heen komt. Werk niet te hard en bel me terug als je even tijd hebt – ik zit in kamer 107. Anders probeer ik het later nog wel een keer. Ik hou van je, tot gauw!'

Ik hang op en bel Janice' mobiele nummer. Rond deze tijd op zaterdagochtend hebben Millie en zij waarschijnlijk zojuist ontbeten en zijn ze op weg naar de stallen voor Millies paardrijles. Als Janice niet meteen opneemt, bonst mijn hart van angst, voor het geval het Jack op de een of andere manier toch gelukt is om Millie in handen te krijgen. Maar uiteindelijk neemt ze op en tijdens ons gesprek denk ik eraan om haar te vertellen dat Esther de volgende dag met haar kinderen langskomt om Millie op te zoeken. Dan krijg ik Millie aan de lijn, en alleen al het feit dat zij veilig is, in elk geval voorlopig, geeft me een beter gevoel.

Ik loop de badkamer in. De douche bevindt zich in de hoek achter ondoorzichtige deuren, wat betekent dat ik hem niet kan gebruiken, aangezien er altijd de mogelijkheid is, hoe klein ook, dat ik wanneer ik uit de douche kom, Jack zal aantreffen aan de andere kant ervan. Ik kijk naar het bad en bedenk dat als ik de deur openlaat, evenals die van de slaapkamer, ik dan een doorkijkje heb naar de woonkamer en de voordeur van de suite. Gerustgesteld vul ik het bad, doe mijn kleren uit en laat mezelf voorzichtig in het warme water glijden. Terwijl het mijn schouders omgeeft, valt de spanning die me overspoelde op het moment dat ik Jack de vorige middag om drie uur het huis binnen hoorde stappen van me af. Ik begin te huilen met diepe uithalen die met een onrustbarende hevigheid uit mijn lichaam loskomen.

Tegen de tijd dat ik tot mezelf kom, is het water zo koud dat ik huiver. Ik stap uit het bad, wikkel mezelf in een van de witte badjassen van het hotel en loop de slaapkamer in. Ik heb razende honger, dus ik pak het menu van de roomservice. Ik weet dat ik op enig moment mijn kamer zal moeten verlaten, omdat ik moet doen alsof er niets aan de hand is, maar dat kan ik nu nog even niet. Ik bestel een clubsandwich, maar als die wordt gebracht, durf ik de deur niet open te doen, zelfs niet met het kettinkje erop, voor het geval Jack er staat. In plaats daarvan roep ik dat het dienblad voor mijn deur kan worden neergezet, wat niet veel beter is omdat de kans nog steeds bestaat dat hij in de gang staat te wachten om mij de kamer weer in te duwen zodra ik de deur opendoe. Dat ik de moed bijeen weet te rapen om de deur ver genoeg te openen om het dienblad naar binnen te trekken, is een hele overwinning, en ik wou dat ik eraan had gedacht om ook een fles wijn te bestellen, zodat ik mijn triomf zou kunnen vieren. Maar ik herinner mezelf eraan dat daar later genoeg tijd voor zal zijn, wanneer het allemaal voorbij is, over ongeveer vijf dagen, als mijn berekening klopt. Of dat zo is, kan ik met geen mogelijkheid weten. Nog niet tenminste.

Als ik heb gegeten, pak ik mijn koffer uit en kijk op mijn horloge. Het is nog maar halfzes en aangezien niemand van me zou verwachten dat ik op mijn eerste avond alleen in het hotel beneden zal gaan eten, vind ik het gerechtvaardigd dat ik de rest van de avond op mijn kamer blijf. Plotseling voel ik me uitgeput en ik ga op het bed liggen, hoewel ik niet verwacht dat ik zal kunnen slapen. Maar ik val toch in slaap. Als ik mijn ogen weer open en zie dat de kamer donker is, spring ik uit het bed, mijn hart bonzend in mijn keel, en ren door de kamer heen, waarbij ik alle lampen aanknip. Ik weet dat ik nu geen oog meer dicht zal doen, bang als ik ben om bij het wakker worden Jack over me heen gebogen te zien staan. Dus ik leg me neer bij een lange nacht in het gezelschap van enkel mijn gedachten.

’s Ochtends kleed ik me aan, pak de telefoon en draai Jacks nummer.

‘Hoi lieverd, ik had niet echt verwacht je aan de lijn te krijgen, want het is in Engeland natuurlijk twee uur ’s nachts, dus je zult wel liggen te slapen, dus nu laat ik maar een boodschap voor je achter, voor wanneer je wakker wordt. Ik had je nog willen bellen voor ik gisteravond ging slapen, maar ik ging om zes uur even liggen en ik werd pas tien minuten geleden wakker. Kun je nagaan hoe moe ik was! Ik ga straks naar beneden voor het ontbijt, maar ik heb geen idee wat ik de rest van de dag ga doen – misschien maak ik wel een wandeling, maar waarschijnlijk zal ik gewoon bij het zwembad blijven hangen. Bel je me even als je wakker bent? Je kunt altijd een boodschap achterlaten bij de receptie als ik niet in mijn kamer ben. Ik heb het gevoel dat ik heel ver bij je vandaan ben – en dat is natuurlijk ook zo. Hoe dan ook, ik hou van je en ik mis je. Vergeet niet te bellen.’

Ik ga naar beneden voor het ontbijt. Meneer Ho heeft dienst. Hij vraagt of ik goed heb geslapen en ik zeg ja. Hij stelt voor dat ik op het terras ga eten en ik loop door de lobby, met in gedachten al die keren dat Jack me erdoor heeft begeleid naar de eetzaal, met zijn hand om mijn arm geklemd terwijl hij dreigend in mijn oor fluisterde.

Eenmaal buiten neem ik fruit en pannenkoekjes en ga ik aan een tafel in de hoek zitten. Ik vraag me af of er nog iemand op de wereld is die zo door een man is misleid als ik. Het is vreemd dat ik nooit iemand zal kunnen vertellen wat ik heb moeten doormaken, nooit iets zal kunnen zeggen over het monster waar ik mee was getrouwd – althans niet als alles zo verloopt als ik hoop.

Ik eet langzaam, want ik moet heel wat tijd zien te doden, en terwijl ik zit te eten besef ik dat, als ik mijn nek strek, ik het balkon kan zien van de kamer op de zesde verdieping waar ik zoveel eenzame uren heb gesleten. Ik blijf meer dan een uur zitten en ik wou dat ik een boek had meegenomen. Dat ik hier in mijn eentje zit zonder iets ter afleiding lijkt misschien wel verdacht. Er zijn niet veel mensen die op vakantie gaan zonder leesvoer mee te nemen, behalve degenen die overhaast vertrekken. Ik herinner me een tweedehands boekwinkel waar ik met Jack langs ben gelopen, op weg om foto's te nemen van ons tweeën genietend in Bangkok, dus ik verlaat het hotel en ga ernaar op zoek. Ik vind de winkel gemakkelijk; het is een zaak naar mijn hart, maar ik ben bang dat het opvalt als ik er te lang blijf hangen, dus koop ik een paar boeken en loop terug naar het hotel, me verwonderend over het feit dat ik me relatief veilig kan voelen op een plek waar ik zulke verschrikkingen heb meegemaakt.

In mijn kamer trek ik een bikini aan en dan ga ik naar het zwembad beneden, gewapend met een boek en een handdoek. Wanneer ik het zwembad uit klim na te hebben gezwommen, zie ik een paar mannen in mijn richting kijken, en ik bereid me erop voor ze te vertellen dat mijn echtgenoot over twee dagen komt, mochten ze me aanspreken. Ik blijf tot drie uur liggen lezen, afgewisseld met een paar keer zwemmen. Daarna verlaat ik het terras en ga naar mijn kamer, waar ik een teleurgestelde boodschap achterlaat op Jacks mobiele telefoon.

'Jack, met mij. Ik hoopte dat je me inmiddels gebeld had, maar je slaapt waarschijnlijk nog, wat alleen maar goed kan zijn, want ik ben bang dat je je vierentwintig uur per dag over de kop werkt. Ik heb tot drie uur bij het zwembad gelegen, dus nu ga ik een stukje wandelen. Ik bel je als ik terugkom. Ik hou van je.'

Ik wacht nog ongeveer een uur in mijn kamer en ga dan naar beneden, naar de lobby. Met een klein wuifgebaar naar meneer Ho, die vierentwintig uur per dag lijkt te werken, ga ik door de hoofdingang naar buiten. Ik loop een tijdje rond, kom terecht op een markt, waar ik zijden sjaals voor Janice en Millie koop. Ik koop ook wat ansichtkaarten, ga op zoek naar een bar, bestel een alcoholvrije cocktail, lees mijn boek, schrijf kaarten en vraag me af hoe ik de komende dagen moet doorkomen.

Ik ga terug naar het hotel, waar ik meteen staande word gehouden door meneer Ho, die wil weten of ik me wel vermaak. Ik geef toe dat ik me wat verloren voel zonder Jack, en ik vraag hem of ik voor de volgende dag misschien een excursie kan boeken. Hij vertelt me over een uitstapje naar oude tempels dat een groepje hotelgasten gaat maken en hij vraagt of ik daar belangstelling voor heb. Het is de perfecte oplossing, maar het is belangrijk dat ik niet te gretig overkom, dus ik weifel en vraag wanneer we dan precies terug zijn, waarbij ik aangeef dat Jack woensdagochtend zal aankomen. Hij belooft me dat ik dinsdagavond terug ben in het hotel, en na nog enige aarzeling laat ik me overhalen. Ik voeg eraan toe dat ik, aangezien ik de volgende ochtend extra vroeg moet opstaan, liever op mijn kamer eet, en dat vindt hij een goed idee. Ik ga naar mijn kamer en bel Jack nog eens.

'Dag schat, nog steeds geen bericht van je, dus ik vraag me af of je misschien bij Esther bent gaan lunchen – ze zei dat ze je misschien zou uitnodigen. Ik heb haar verteld dat je het waarschijnlijk te druk had, maar wie weet, wilde je er even tussenuit. Hoe dan ook, ik wilde je ook nog laten weten dat ik heb besloten om morgen op excursie te gaan, naar een paar tempels. We vertrekken morgenochtend al vroeg – meneer Ho opperde dit uitje en zo heb ik wat te doen tot jij er bent. Ik vind het vervelend dat ik je niet meer zal spreken voor dinsdagavond, voor jou trouwens dinsdagmiddag, dus ik koop beslist weer een mobiel als ik terug ben in Engeland! Ik bel je zodra ik terug ben in het hotel en hopelijk krijg ik je dan nog te pakken voor je naar het vliegveld gaat. Ik denk er toch over naar het vliegveld te komen om je af te halen, ik weet dat je hebt gezegd dat het van jou niet hoeft, dat je me in het hotel wel zult zien, maar misschien ben je van gedachten veranderd na vier dagen zonder mij! Ik wacht met smart op je, en ik zeg je nu alvast dat ik nooit meer zonder jou ga, hoeveel werk je ook hebt liggen. Nou, dan hang ik nu maar op en ga ik wat spullen pakken voor morgen. Vergeet niet dat ik van je hou. Ik spreek je dinsdag. Niet te hard werken!'

De volgende ochtend ga ik op excursie en haak ik aan bij een aardig stel van middelbare leeftijd. Als ik vertel dat ik alleen ben omdat mijn man een paar dagen later komt, nemen ze me onder hun hoede. Ik praat over Jack en het geweldige werk dat hij doet voor mishandelde vrouwen, met zoveel overtuiging dat ik er bijna zelf in ga geloven. Ze trekken de voor de hand liggende conclusie – want ze hebben de kranten gelezen – en ik moet toegeven dat Jack Angel inderdaad mijn man is. Gelukkig zijn ze wel zo discreet om niet over de zaak Tomasin te beginnen, hoewel ik merk dat ze het heel graag zouden willen. In plaats daarvan vertel ik ze over Millie, hoe we ons erop verheugen dat ze bij ons komt wonen en hoe dankbaar ik ben dat ik zo'n inschikkelijke echtgenoot heb. Ik vertel hun over ons huis, over Millies gele slaapkamer en over het feest dat we een paar weken geleden voor haar achttiende verjaardag hebben gegeven. Tegen de tijd dat we terugkomen in het hotel, later op de dinsdagavond dan verwacht, zijn we bevriend geraakt, en voordat we naar onze kamers gaan, accepteer ik hun uitnodiging om samen met hen te eten als Jack is gearriveerd.

In mijn kamer kijk ik op mijn horloge. Het is bijna elf uur, dus vijf uur 's middags in Engeland. Het is aannemelijk dat Jack al op weg is naar het vliegveld, dus bel ik zijn mobiele nummer. Ik krijg zijn voicemail. Deze keer zorg ik ervoor dat ik een beetje ongerust klink.

'Jack, met mij. Ik ben net terug van mijn uitstapje naar de tempels, later dan verwacht, en ik vind het maar niks dat je nog steeds niet opneemt. Ik hoop maar dat dat niet betekent dat je nog steeds aan het werk bent, want je moet straks al naar het vliegveld, of misschien ben je al onderweg. Bel me alsjeblieft zodra je dit berichtje hoort, gewoon om me te laten weten dat alles volgens schema verloopt en dat je vanavond vertrekt? Ik weet dat je niet gestoord wilt worden, maar ik had wel verwacht dat ik je in elk geval even zou spreken voor je zou weggaan! En ik had gehoopt op een boodschap van jou via de receptie hier. Ik wil niet zeuren, maar ik begin me wat zorgen te maken over de radiostilte van jouw kant – ik hoop maar dat dat niet wil zeggen dat je pas op donderdag komt? Hoe dan ook, bel me alsjeblieft zodra je dit bericht hoort. Je hoeft niet bang te zijn dat ik al slaap... ik blijf wakker!'

Ik wacht ongeveer een halfuur, probeer zijn nummer nog een keer, en wanneer ik zijn voicemail weer krijg, laat ik een boodschap achter in de trant van 'weer met mij, bel me alsjeblieft'. Een halfuur daarna slaak ik alleen maar een zucht van frustratie voor ik ophang. Ik loop naar mijn tas, haal er Jacks visitekaartje uit en bel naar zijn kantoor. Ik krijg een assistent aan de lijn en zonder mijn naam te geven vraag ik om doorverbonden te worden met Adam.

'Hallo, Adam, met Grace.'

'Grace! Hoe gaat het met je? Hoe is het in Thailand?'

'Het gaat prima en Thailand is net zo prachtig als altijd. Ik dacht al dat je misschien nog op kantoor zou zijn – ik stoor toch niet?'

'Nee hoor, ik was zojuist nog in gesprek met een cliënt, maar die is goddank net weg. Het ging over een zaak die ik liever niet aanneem, maar zijn echtgenote is vastbesloten hem kaal te plukken en ik heb toch met hem te doen – niet dat ik mijn emoties laat meespelen, natuurlijk,' voegt hij er met een lach aan toe.

'Dat zou zakelijk gezien inderdaad niet erg slim zijn,' zeg ik instemmend. 'Maar goed, ik zal je niet lang ophouden. Ik vraag me alleen af of je Jack afgelopen weekend nog hebt gezien of hem tenminste hebt gesproken, want ik kan hem aldoor niet bereiken en ik begin me een beetje zorgen te maken. Ik weet dat hij zijn telefoon niet wilde beantwoorden vanwege de pers, maar ik dacht dat hij *míjn* telefoontjes toch wel zou aannemen. Heeft hij jou misschien nog gebeld?'

Er valt een stilte. 'Zeg je nou dat Jack nog in Engeland is?'

'Ja, nou, in elk geval tot vanavond. Hij neemt de vlucht van vanavond, weet je nog? Of dat hoop ik in elk geval. Hij heeft wel gezegd dat de kans bestaat dat hij hier pas donderdag naartoe komt, maar ik dacht eigenlijk dat hij dat niet echt meende. Het probleem is dat ik hem niet kan bereiken.'

'Grace, ik had geen idee dat Jack hier nog was, ik dacht dat hij met jou in Thailand zat. Ik dacht dat hij vrijdagavond was vertrokken, meteen na de uitspraak.'

'Nee, ik ben alvast vooruitgegaan. Hij zei dat hij eerst al het papierwerk afgehandeld wilde hebben, dat hij het niet zou kunnen verdragen daar na thuiskomst mee geconfronteerd te worden.'

'Tja, dat begrijp ik best. Er is niets vervelender dan terugkomen van vakantie en achterstallig werk aan te treffen – en dat is nog erger als het om een verloren zaak gaat. Hij zal zich vast behoorlijk klote voelen.'

'Dat kun je wel zeggen,' bevestig ik. 'Eerlijk gezegd heb ik hem nog nooit zo somber gezien, daarom was ik ook graag bij hem gebleven. Maar hij wilde liever even alleen zijn. Hij zei dat hij er langer over zou doen om de papierwinkel weg te werken met mij om zich heen, en dat we dan geen van beiden vakantie zouden hebben. Dus hier zit ik dan.'

'Tussen ons gezegd en gezwegen heb ik nooit begrepen waarom hij de zaak überhaupt heeft aangenomen.'

'Misschien heeft hij zijn emoties laten meespelen,' opper ik. 'Maar Adam, jij wist toch wél dat hij nog even in Engeland zou blijven? Jij hebt toch aangeboden om hem vanavond naar het vliegveld te brengen?'

'Wanneer dan?'

'Nou, vrijdag, neem ik aan, toen hij je vertelde dat hij nog een paar dagen bleef.'

'Sorry, Grace, ik ben bang dat ik Jack niet meer heb gesproken sinds vrijdagochtend, voordat hij naar de rechtbank ging, hoewel ik wel een boodschap op zijn voicemail heb ingesproken om hem een hart onder de riem te steken na zijn verlies. Zeg je nou dat je sinds je vertrek niets meer van hem hebt gehoord?'

'Ja. Ik maakte me eerst niet zo ongerust omdat hij me had gewaarschuwd dat hij zijn telefoon niet zou opnemen, en bovendien was ik de afgelopen dagen op een excursie. Maar ik had verwacht dat hij op zijn minst naar het hotel had gebeld om een boodschap voor me achter te laten, zodat ik zou weten dat alles vanavond volgens schema verloopt. Hij is misschien al op weg naar het vliegveld – je weet hoe druk het verkeer is in het spitsuur – maar ik krijg steeds alleen maar zijn voicemail. Hij neemt de telefoon niet op als hij achter het stuur zit, maar frustrerend is het wel.'

'Misschien is hij vergeten om zijn telefoon weer aan te zetten als hij hem vrijdag heeft uitgedaan.'

'Misschien wel. Luister, Adam, ik zal je niet langer ophouden, het zal allemaal wel goed komen.'

'Wil je dat ik even wat mensen bel om te vragen of iemand Jack na vrijdagavond nog heeft gesproken? Voel je je dan geruster?'

Er klinkt opluchting door in mijn stem. 'Ja, vast en zeker.

Probeer Esther eens – toen ze me naar het vliegveld bracht, zei ze dat ze Jack zou vragen bij hen te komen eten.'

'Doe ik.'

'Dank je, Adam. Alles goed met Diane en de kinderen, trouwens?'

'Ja, prima. Ik pleeg die telefoontjes even en dan bel ik je terug. Wat is je nummer daar?'

Ik lees het voor vanaf het notitieblok van het hotel, dat op het nachtkastje ligt, en ik ga op het bed zitten wachten. Ik probeer wat te lezen, maar ik kan me moeilijk concentreren. Ongeveer een halfuur later belt Adam terug en vertelt me dat hij niemand heeft kunnen vinden die Jack in het weekend heeft gesproken, dat verschillende mensen hem alleen nog op kantoor hebben gezien voordat hij naar de rechtbank ging.

'Ik heb zijn nummer ook een paar keer geprobeerd, maar ik krijg telkens zijn voicemail, en Esther heeft ook steeds zijn voicemail gekregen bij haar pogingen hem te pakken te krijgen. Maar dat hoeft niets te betekenen – zoals ik al zei, is hij misschien gewoon vergeten om zijn telefoon weer aan te zetten.'

'Dat kan ik me niet voorstellen, want hij moet weten dat ik hem nu toch wel wil spreken. En ik bedacht nog iets. Waarom heeft hij gezegd dat jij hebt aangeboden om hem naar het vliegveld te brengen als dat niet zo is?'

'Misschien wilde hij het me vragen en is hij van gedachten veranderd. Maak je maar geen zorgen, er is vast niets aan de hand. Hij vliegt vast naar je toe vanavond.'

'Denk je dat ze me bij British Airways over een paar uur kunnen vertellen of hij inderdaad heeft ingecheckt?'

'Nee, tenzij het om een noodgeval gaat. Privacy van de passagiers en zo.'

'Dan zit er niets anders op dan tot morgenochtend te wachten,' zucht ik.

'Nou, als je hem ziet geef je hem maar een flinke uitbrander dat hij je zo ongerust heeft gemaakt. En vraag hem om mij een sms te sturen zodat ik weet dat hij is aangekomen.'

'Geef je mij nog even je mobiele nummer?' Hij geeft het me en ik krabbel het neer. 'Bedankt, Adam.'

Het kost me opnieuw moeite om te slapen. De volgende ochtend vroeg begeef ik me mooi gekleed en opgemaakt naar de lobby. Meneer Ho staat weer achter de balie. Hij raadt al dat ik beneden ben gekomen om op Jack te wachten, en hij vertelt me dat het wel even kan duren, vanwege de lange rijen bij de paspoortcontrole en de taxirit vanaf het vliegveld. Hij stelt voor dat ik ga ontbijten, maar ik zeg dat ik liever op Jack wacht, dat hij vast trek zal hebben wanneer hij arriveert.

Ik ga niet te ver van de hoofdingang zitten wachten. Terwijl de tijd verstrijkt, kijk ik ongerust op mijn horloge, en als het duidelijk is dat er iets niet klopt, loop ik naar meneer Ho en vraag hem of hij kan uitzoeken of de vlucht uit Londen op tijd is aangekomen. Hij kijkt het na op zijn computer, en als hij me vertelt dat de vlucht is vertraagd en nu elk moment kan landen, prijs ik me gelukkig, omdat ik nog een paar uur lang geen paniek hoef te veinzen. Meneer Ho glimlacht om de opgeluchte uitdrukking op mijn gezicht en ik geef toe dat ik me zorgen begon te maken omdat Jack er nog niet was. Ik ga weer zitten wachten en meneer Ho brengt me een pot thee om me te helpen de tijd te doden.

Wanneer Jack er bijna twee uur later nog niet is, wordt het tijd om onrustig te worden. Ik vraag bij de balie of ik de telefoon mag gebruiken en terwijl ik Jacks nummer bel, vertel ik meneer Ho dat ik me zorgen maak, hoewel Jack me heeft gewaarschuwd dat hij misschien pas de vlucht van woensdagavond zou nemen – maar dan had hij toch wel gebeld om me dat te laten weten. Als ik zijn voicemail krijg, trilt mijn stem van de teleurstelling en frustratie.

'Jack, waar ben je? Ik weet dat je vlucht vertraagd was, maar je zou hier nu toch zo langzamerhand moeten zijn. Ik hoop maar dat dit niet betekent dat je morgen pas komt. Dat had je me dan toch zeker laten weten? Heb je enig idee hoe vervelend het voor me is dat ik de afgelopen vier dagen niets van je heb gehoord? Al beantwoord je je telefoon niet, dan kun je mij toch nog wel bellen? Je hebt ongetwijfeld al mijn berichten ontvangen. Bel alsjeblieft even, Jack, het is vreselijk om hier te zitten en niet te weten wat er aan de hand is – niet dat er niet goed voor me wordt gezorgd,' voeg ik er vlug aan toe, me ervan bewust dat meneer Ho meeluistert, 'want dat is zeker zo, maar ik wil gewoon dat je hier bent. Bel me alsjeblieft en vertel me waar je zit – ik ben nu in de lobby, maar ik ga straks terug naar mijn kamer, en je kunt ook een boodschap voor me achterlaten bij meneer Ho aan de receptie. Ik hou van je.'

Ik hang op en zie dat meneer Ho meelevend naar me kijkt. Hij vraagt me of ik toch niet wil ontbijten en als ik zeg dat ik geen trek heb, belooft hij dat hij me een seintje zal geven zodra Jack belt, dus laat ik me door hem overhalen.

Terwijl ik naar het terras loop, kom ik Margaret en Richard tegen, het stel dat ik heb ontmoet tijdens de excursie naar de tempels, en mijn ogen vullen zich met tranen van teleurstelling als ik hun uitleg dat Jack niet is komen opdagen. Ze zeggen me dat ik me geen zorgen moet maken en wijzen me erop dat hij me had gewaarschuwd dat hij misschien later zou komen. Ze staan erop dat ik de dag met hen doorbreng. Ik vertel hun dat ik de eerstkomende uren liever in het hotel wil blijven, voor het geval dat Jack belt of toch nog opduikt, maar dat ik me 's middags bij hen zal voegen als ik dan nog niets heb gehoord.

Ik ga naar mijn kamer en bel Adam. Ik ben opgelucht dat hij niet opneemt, want het komt me goed uit dat ik een boodschap kan achterlaten om hem te laten weten dat Jack niet op de vlucht zat. Later ga ik naar beneden om me bij Margaret en Richard te voegen; de stress die ik voel omdat ik nog niets van Jack heb gehoord is van mijn gezicht af te lezen, en al helemaal wanneer ik ze vertel dat ik zijn mobiel alweer een paar keer heb geprobeerd, zonder succes. Ze zijn de vriendelijkheid zelve en ik ben blij dat ze me een beetje af kunnen leiden. In de tijd die ik met hen doorbreng pleeg ik nog een paar vergeefse telefoontjes naar Jacks mobiele nummer, waarin ik hem dringend vraag me te bellen.

'sAvonds weigeren mijn nieuwe vrienden om me alleen te laten zitten kniezen, dus eten we samen, waarbij zij opgewekt laten weten hoe ze zich erop verheugen om Jack de volgende ochtend te ontmoeten. Uiteindelijk ga ik rond middernacht naar mijn kamer en tref ik een boodschap aan van Adam, die zich verontschuldigt omdat hij mijn telefoontje heeft gemist en me vraagt of ik graag wil dat hij naar het huis rijdt om te kijken of Jack daar nog is. Ik bel hem terug en zeg dat ik dat inderdaad op prijs zou stellen, als hij het niet erg vindt, maar dan bedenken we dat Jack, als hij de vlucht van vanavond wil halen, al op weg moet zijn naar het vliegveld. Dus vraag ik hem om het maar te laten en beloof ik dat ik hem zal bellen zodra Jack is aangekomen. We maken weer wat grapjes over de uitbrander die hij zal krijgen omdat hij ons allemaal zo ongerust heeft gemaakt.

De volgende ochtend houden Margaret en Richard me gezelschap terwijl ik wacht tot Jack vanaf het vliegveld arriveert, dus zijn zij getuige van mijn frustratie wanneer hij weer niet komt opdagen. Margaret suggereert dat ik bij British Airways kan navragen of Jack aan boord van het vliegtuig zat, maar ze kunnen me daar niet helpen, dus bel ik de Britse ambassade. Ik leg het hele verhaal uit, en ze zeggen dat ze zullen kijken wat ze kunnen doen, misschien wel omdat Jacks naam er bekend is. Wanneer ze terugbellen om me te laten weten dat Jack niet aan boord was, barst ik in huilen uit. Het lukt me een moment om me te beheersen, lang genoeg om ze te vertellen dat hij ook niet thuis lijkt te zijn, maar hoewel ze met me meeleven, melden ze dat er in dit stadium vooralsnog weinig is wat ze kunnen doen. Ze adviseren me om onze vrienden en relaties in Engeland te bellen en na te gaan of zij weten waar hij is. Ik bedank ze en hang op.

Met Margaret aan mijn zijde bel ik Adam. Met een trillende stem van de stress vertel ik hem wat er gaande is. Hij biedt meteen aan om naar het huis te rijden, en een halfuur later belt hij om te zeggen dat hij voor de hekken staat, maar dat alles dicht is en dat er niet wordt opengedaan. Dus vraag ik me af of Jack op weg naar het vliegveld misschien een ongeluk heeft gehad, en hoewel Adam me gerust probeert te stellen, zegt hij dat hij navraag zal doen. Ik vertel hem dat de Britse ambassade me heeft aangeraden om uit te zoeken of iemand Jack heeft gesproken sinds mijn vertrek, en hij biedt aan wat telefoontjes te plegen.

Terwijl ik wacht tot Adam me weer terugbelt, krijg ik een telefoontje van Diane, die me verzekert dat Adam doet wat hij kan om Jack op te sporen. We praten even en nadat ik heb opgehangen, begint Margaret me op vriendelijke toon vragen te stellen, waarbij het tot me doordringt dat zij en Richard zich afvragen of er wellicht iemand anders in Jacks leven is, iemand met wie hij ervandoor is gegaan. Verbijsterd vertel ik haar dat dat nooit in me is opgekomen, omdat ik nooit iets aan zijn gedrag heb gemerkt wat daarop kan wijzen, maar dat ik de mogelijkheid misschien moet openlaten.

De telefoon gaat weer over.

'Grace?'

'Hallo, Adam.' Ik zeg het met aarzelende stem, alsof ik erg opzie tegen wat hij me gaat vertellen. 'Ben je iets te weten gekomen?'

'Alleen dat Jack niet in een van de ziekenhuizen ligt die ik heb gebeld, dus dat is goed nieuws.'

'Gelukkig,' zeg ik instemmend, met een zucht van opluchting.

'Aan de andere kant heb ik alle mensen gebeld die ik kon bedenken, maar niemand lijkt iets van hem gehoord te hebben, althans de afgelopen dagen niet. Dus ik ben bang dat we niets zijn opgeschoten.'

Ik kijk Margaret aan, die bemoedigend naar me knikt. 'Ik moet je iets vragen, Adam,' zeg ik.

'Ga je gang.'

'Zou het kunnen dat Jack een verhouding heeft, bijvoorbeeld met iemand op kantoor?' Ik spreek de woorden gejaagd uit.

'Een verhouding? Jack?' Adam klinkt gechoqueerd. 'Nee, natuurlijk niet. Dat is niets voor hem. Hij keek nauwelijks naar vrouwen om tot hij jou ontmoette, en sindsdien heeft hij alleen maar oog voor jou. Dat weet je toch, Grace.'

Margaret, die de strekking meekrijgt, geeft een kneepje in mijn hand.

'Jawel,' zeg ik gelaten. 'Ik kan gewoon geen andere reden verzinnen voor zijn plotselinge verdwijning.'

'Zijn er geen andere vrienden die hij heeft, mensen die ik niet ken misschien?'

'Nee, niet echt,' zeg ik. 'Wacht eens, wat dacht je van Moira en Giles, je weet wel, die ook op Millies feest waren. Misschien kun je met hen contact opnemen. Ik heb hun nummer trouwens niet.'

'Laat maar aan mij over. Wat is hun achternaam?'

'Kilburn-Hawes, geloof ik.'

'Ik bel ze wel en dan hoor je weer van me,' belooft hij.

Hij belt een halfuur later en als hij me vertelt dat ook zíj niets van Jack hebben gehoord, raak ik overstuur. Niemand lijkt te weten wat er moet gebeuren. De algemene opvatting – van Margaret, Richard, Adam en Diane – is dat het nog te vroeg is om Jack als vermist op te geven, dus ze vertellen me dat ik het best kan gaan proberen te slapen. Dan zal de volgende ochtend wel blijken of Jack ergens is opgedoken.

Maar hij duikt niet op. De dag gaat in een waas voorbij en meneer Ho, Margaret, Richard en Adam nemen het heft in handen. Ik vertel hun dat ik naar huis wil, maar ze halen me over om nog een dag te blijven, voor het geval Jack komt opdagen, dus dat doe ik dan maar. Vroeg in de middag – acht uur 's ochtends in Engeland – belt Adam om te zeggen dat hij met de plaatselijke politie heeft gesproken en dat ze, als ik toestemming geef, in ons huis willen inbreken om te kijken of ze een aanwijzing kunnen vinden die aangeeft waar Jack kan zijn gebleven.

Eerst bellen ze mij met het verzoek om de laatste keer dat ik Jack heb gezien te beschrijven, en ik vertel ze dat dat was toen Esther me kwam ophalen om me naar het vliegveld te brengen, dat hij naar me had gezwaaid vanuit het raam van de werkkamer. Ik leg uit dat hij me zelf niet naar het vliegveld kon brengen omdat hij een flinke bel whisky had gedronken toen hij thuiskwam van zijn werk, en ik voeg eraan toe dat ik eigenlijk niet in mijn eentje naar Thailand wilde, ook al had Jack me gezegd dat het een optie was toen het erop leek dat de zaak Tomasin zou uitlopen. Ze zeggen dat ze zo snel mogelijk weer contact met me zullen opnemen, waarna ik in mijn kamer op hun telefoontje zit te wachten, samen met Margaret, die niet van mijn zijde wijkt en mijn hand vasthoudt. Ik weet dat het nieuws waarop ik wacht voorlopig niet zal komen, dus na een tijdje zeg ik tegen Margaret dat ik wil proberen wat te slapen, en ga ik op het bed liggen.

Het lukt me om de slaap te vatten en ik word pas weer wakker op het moment waarop ik heb gewacht sinds ik in Bangkok ben aangekomen. Het begint met een klop op de deur. Omdat ik me niet verroer, doet Margaret open. Ik hoor de stem van een man en vervolgens loopt Margaret naar het bed, waar ze met een hand op mijn schouder zachtjes aan me schudt en me vertelt dat er iemand voor me is. Wanneer ik rechtop ga zitten, zie ik dat ze de kamer uit glipt. Ik wil haar terugroepen, haar vragen me niet alleen te laten, maar hij komt al naar me toe, dus het is te laat. Mijn hart klopt zo snel en mijn ademhaling is zo oppervlakkig dat ik hem niet durf aan te kijken tot ik mezelf weet te beheersen. Mijn ogen blijven op de grond gefixeerd, zodat ik eerst zijn schoenen zie. Ze zijn gemaakt van kwaliteitsleer en keurig gepoetst, precies zoals ik had verwacht. Hij zegt mijn naam en terwijl mijn ogen naar boven bewegen, zie ik dat zijn pak weliswaar donker is, zoals de gelegenheid vereist, maar dat het is gemaakt van een luchtige stof, vanwege het klimaat. Mijn blik bereikt zijn gezicht; het staat vriendelijk maar ernstig, precies zoals het hoort.

'Mevrouw Angel?' zegt hij nog eens.

'Ja?' Mijn stem bevat een zweem van ongerustheid.

'Mijn naam is Alastair Strachan. Ik ben van de Britse ambassade.' Hij draait zich om en ik zie een jonge vrouw achter hem staan. 'En dit is Vivienne Dashmoor. Zouden we u even kunnen spreken?'

Ik spring overeind. 'Gaat het om Jack, hebben jullie hem gevonden?'

'Inderdaad – of eigenlijk de politie in Engeland.'

Mijn gezicht is een en al opluchting. 'O, goddank! Waar is hij? Waarom heeft hij zijn telefoon niet opgenomen? Is hij op weg hiernaartoe?'

'Kunnen we misschien even gaan zitten?' vraagt de jonge vrouw.

'Natuurlijk,' zeg ik, en ik maak een gebaar naar de zitkamer van de suite. Ik ga op de bank zitten en zij op de leunstoelen.

'Waar is hij nu dan?' vraag ik. 'Ik bedoel, is hij onderweg?'

Meneer Strachan schraapt zijn keel. 'Het spijt me zeer u dit te moeten vertellen, mevrouw Angel, maar ik ben bang dat meneer Angel is overleden.'

Ik staar hem verward aan, mijn ogen wijd open van de schok. 'Ik begrijp het niet,' stamel ik.

Hij schuift ongemakkelijk heen en weer. 'Ik ben bang dat uw echtgenoot dood is aangetroffen, mevrouw Angel.'

Ik schud krachtig mijn hoofd. 'Nee, dat kan niet, hij komt hiernaartoe, dat heeft hij gezegd. Waar is hij?' Mijn stem trilt van de emotie. 'Ik wil weten waar hij is. Waarom is hij hier niet?'

'Mevrouw Angel, ik weet dat dit heel moeilijk voor u is, maar we moeten u wat vragen stellen,' zegt de jongedame. 'Wilt u dat we er iemand bij halen, uw vriendin misschien?'

'Ja, ja.' Ik knik. 'Kunt u Margaret alstublieft vragen?'

Meneer Strachan loopt naar de deur. Ik hoor gemompel en zie Margaret binnenkomen. Ik zie haar geschokte gezicht en ik begin ongecontroleerd te beven. 'Ze zeggen dat Jack dood is,' zeg ik. 'Maar dat kan niet, dat kan niet.'

'Stil maar,' mompelt ze. Ze gaat naast me zitten en slaat haar arm om me heen. 'Stil maar.'

'Misschien moeten we thee bestellen,' zegt de jonge vrouw, en ze staat op. Ze loopt naar de telefoon en spreekt met iemand van de receptie.

'Heeft hij een auto-ongeluk gehad?' vraag ik Margaret, mijn stem verbijsterd. 'Is dat het? Heeft Jack een ongeluk gehad op weg naar het vliegveld? Is hij daarom niet gekomen?'

'Ik weet het niet,' zegt ze zacht.

'Dat moet dan wel,' ga ik stellig knikkend verder. 'Hij had vast haast om de vlucht te halen, hij is vast te laat van huis gegaan en reed toen te hard en heeft een ongeluk gekregen. Dat is het, hè?'

Margaret werpt een vluchtige blik op meneer Strachan. 'Ik weet het echt niet.'

Ik begin te klappertanden. 'Ik heb het koud.'

Ze springt overeind, blij dat er iets is wat ze kan doen. 'Wil je een trui? Heb je er een in je kast liggen?'

'Ja, ik geloof het wel, geen trui, misschien een vest. De badjas, kun je me de badjas geven?'

'Natuurlijk.' Ze loopt de badkamer in, pakt de badjas, komt terug en legt hem om mijn schouders.

'Dank je,' mompel ik.

'Zo beter?' vraagt ze.

'Ja. Maar Jack kan toch niet dood zijn? Het is een vergissing, het is vast een vergissing.'

Ze hoeft niets te zeggen; ze wordt gered door een klop op de deur. De jonge vrouw doet open en meneer Ho komt binnen, gevolgd door een meisje dat een volle theetrolley binnenduwt.

'Als ik nog iets voor u kan doen, laat het me dan weten, alstublieft,' zegt meneer Ho zacht. Ik voel dat hij naar me kijkt terwijl hij de kamer verlaat, maar ik houd mijn hoofd gebogen.

De jonge vrouw schenkt de thee in en vraagt me of ik er suiker in wil.

'Nee, dank u wel.'

Ze zet een kop-en-schotel voor me neer en ik pak het kopje op, maar ik tril zo dat er wat thee over de rand op mijn hand klotst. Het brandt en ik laat het kopje op de schotel kletteren.

'Sorry,' zeg ik. Mijn ogen vullen zich met tranen. 'Het spijt me.'

'Het is al goed,' zegt Margaret vlug, en ze veegt mijn hand droog met een servetje.

Ik doe een poging tot mezelf te komen. 'Sorry, ik heb uw naam niet onthouden,' zeg ik tegen meneer Strachan.

'Alastair Strachan.'

'Meneer Strachan, u zegt dat mijn echtgenoot dood is.' Ik kijk hem voor bevestiging aan.

'Ja, het spijt me.'

'Kunt u me alstublieft vertellen hoe hij is gestorven? Ik bedoel, is het snel gegaan, is er nog iemand anders gewond geraakt, waar is het gebeurd? Ik moet het weten, ik moet weten hoe het is gebeurd.'

'Het was geen auto-ongeluk, mevrouw Angel.'

'Geen auto-ongeluk?' stamel ik. 'Hoe kan hij dan dood zijn?'

Meneer Strachan kijkt ongemakkelijk. 'Ik ben bang dat er geen gemakkelijke manier is om u dit te vertellen, mevrouw Angel. Het lijkt erop dat uw echtgenoot zelf een eind aan zijn leven heeft gemaakt.'

En ik barst in tranen uit.

VERLEDEN

Toen ik me eenmaal realiseerde dat ik met een moord weg zou kunnen komen, bracht ik de rest van de nacht door met het uitdenken van de details, van de manieren waarop ik Jack precies daar zou krijgen waar ik hem hebben wilde als het zover was. Omdat mijn plan draaide om zijn verlies van de zaak Tomasin, ging ik zijn mogelijke reacties na en bedacht een alternatief voor elke eventualiteit. Ik dacht heel goed na over wat ik zou doen als hij zou winnen, en uiteindelijk besloot ik dat ik hem ook in dat geval de pillen zou toedienen en dat ik de politie zou bellen als hij bewusteloos was. Nadat ik ze de kamer in het souterrain had laten zien, en de kamer waar hij mij vasthield, zouden ze misschien toch geloven wat ik hun vertelde. Mocht het me niet lukken hem de pillen toe te dienen voor we naar het vliegveld zouden gaan, dan zou ik het in het vliegtuig proberen en na aankomst in Thailand om hulp vragen. Geen van beide oplossingen was briljant, maar ik had geen andere opties. Tenzij hij zou verliezen. En zelfs dan was er geen garantie dat hij met een glas whisky naar boven zou komen om zich te beklagen.

De volgende dag, de dag van de uitspraak, besteedde ik de ochtend aan het zo fijn mogelijk malen van de rest van de pillen. Ik verstopte het poeder in een dichtgedraaid hulsje van toiletpapier en duwde dat in mijn mouw. Toen ik uiteindelijk ergens halverwege de middag het gezoem van de opengaande zwarte hekken hoorde, en het geknars op het grind terwijl Jack naar de voordeur reed, bonsde mijn hart zo hevig dat ik bang was dat het uit mijn borst zou barsten. Het was eindelijk zover. Of hij nu had gewonnen of verloren, ik moest in actie komen.

Hij kwam de gang in, deed de voordeur achter zich dicht en sloot vervolgens de rolluiken van de benedenverdieping. Ik hoorde hoe hij de garderobekast opende en daarna door de gang naar de keuken liep, gevolgd door de bekende geluiden van het open- en dichtgaan van de vriezerdeur, de ijsblokjes die uit de houder worden geduwd, de kastdeur die open- en dichtging, het getinkel van de blokjes ijs die in een glas – ik hield mijn adem in – in twee glazen vielen. Zijn voetstappen op de trap klonken zwaar en vertelden me wat ik wilde weten. Ik begon heftig in mijn linkeroog te wrijven, zodat het er tegen de tijd dat hij de deur van het slot deed rood en ontstoken uitzag.

'En?' vroeg ik. 'Hoe is het gegaan?'

Hij overhandigde me een glas. 'We hebben verloren.'

'Verloren?' zei ik, en ik pakte het aan. Zonder te antwoorden bracht hij zijn glas naar zijn lippen en ik – bang dat hij het hele glas achterover zou slaan voor ik het poeder erin kon doen – sprong van het bed. 'Ik heb al de hele ochtend iets in mijn oog,' legde ik uit, snel knipperend. 'Zou je even kunnen kijken?'

'Wat?'

'Kun je even naar mijn oog kijken? Ik denk dat er een vliegje in zit of zoiets.'

Terwijl hij naar mijn oog tuurde, dat ik halfgesloten hield, wurmde ik het papieren hulsje met het poeder uit mijn mouw in de palm van mijn hand. 'Hoe is het dan gegaan?' vroeg ik, en ik draaide het zo goed en zo kwaad als het ging open.

'Dena Anderson heeft me belazerd,' zei hij bitter. 'Doe je oog eens wat verder open.'

Met kleine bewegingen bracht ik het glas dat ik in mijn andere hand hield onder het papiertje en schudde het poeder erin. 'Dat gaat niet, het doet te veel pijn,' vertelde ik hem, roerend met mijn vinger. 'Wil jij het doen? Ik houd je glas wel even vast.'

Met een geërgerde zucht gaf hij me zijn glas en trok mijn oog met zijn beide handen verder open. 'Ik zie niks.'

'Als ik een spiegel had, kon ik er zelf naar kijken,' mopperde ik. 'Laat maar, het zal wel goed komen.' Hij stak zijn hand uit om zijn glas terug te vragen en ik gaf hem dat van mij. 'Waar drinken we op?'

'Wraak,' zei hij grimmig.

Ik hief het glas dat ik vasthield. 'Op de wraak dan maar.' Ik sloeg de helft van de whisky naar binnen en zag tevreden dat hij hetzelfde deed.

'Ik laat me door niemand bedonderen. En Antony Tomasin gaat hier ook voor boeten.'

'Maar hij was toch onschuldig?' protesteerde ik, me afvragend hoe ik hem aan de praat kon houden tot de pillen effect zouden hebben.

'Wat heeft dat ermee te maken?' Toen hij zijn glas naar zijn mond bracht om nog een slok te nemen, zag ik tot mijn schrik dat er piepkleine witte spikkels in de whisky ronddreven. 'Weet je wat het mooiste aspect van mijn werk is?'

'Nee, wat dan?' zei ik snel.

'Om tegenover die mishandelde vrouwen te zitten en me voor te stellen dat ik ze zelf heb toegetakeld.' Hij sloeg de rest van zijn whisky achterover. 'En de foto's, al die schitterende foto's van hun verwondingen – wat mij betreft kun je die de bonus noemen.'

Woedend bracht ik mijn glas omhoog en voor ik het wist,

had ik de whisky die er nog in zat in zijn gezicht gegooid. Zijn razende gebrul en het besef dat ik te snel had gehandeld, hadden een bijna verlammende uitwerking op me. Maar toen hij naar me uithaalde, zijn ogen dicht tegen de bijtende whisky, maakte ik gebruik van zijn tijdelijke blindheid en duwde hem zo hard als ik kon. Hij viel tegen het bed aan en de paar seconden die hij erover deed om overeind te komen, waren voldoende. Ik sloeg de deur achter me dicht en rende de trap af naar de gang beneden, jachtig op zoek naar een verstopplaats, want hij mocht me niet te pakken krijgen, nog niet. Boven werd de deur tegen de muur opengesmeten en terwijl hij naar beneden kwam stampen, liep ik vlug naar de garderobekast en kroop erin, in de hoop dat ik er een paar kostbare minuten mee zou winnen.

Deze keer kwam hij me niet achterna met een zangerig toontje in zijn stem. In plaats daarvan brulde hij mijn naam en dreigde me zo enorm veel pijn te zullen doen dat ik zat te trillen achter de jassen. Er verstreken enkele minuten en ik zag voor me hoe hij in de woonkamer een blik achter elk meubelstuk wierp. Het wachten was ondraaglijk, maar ik wist dat de werking van de pillen met de minuut naderbij kwam.

Ten slotte hoorde ik het onmiskenbare geluid van zijn naderende voetstappen in de gang. Mijn benen werden slap, en bij het geluid van het opengaan van de deur naar het halletje met de garderobekast gleed ik op de vloer. De stilte die volgde was angstaanjagend; ik wist dat hij er stond, voor de kast, en ik wist dat hij wist dat ik erin zat. Maar hij leek het prima te vinden om me te laten zweten, zonder twijfel genietend van de angst die uit elke porie van mijn lichaam wasemde.

Ik weet niet meer wanneer het tot me doordrong dat er een sleutel op de kast kon zitten, maar de gedachte dat hij die op elk moment zou kunnen omdraaien om me op te sluiten, benam me de adem. Als ik de volgende stap van mijn plan niet kon uitvoeren, kon ik Millie niet redden. Blind van paniek gooide ik mezelf tegen de deuren. Ze vlogen open en ik viel in een hoopje neer aan Jacks voeten.

Zijn woede was voelbaar toen hij me aan mijn haren omhoogtrok, en omdat ik bang was dat hij me fysiek kwaad zou doen, begon ik om genade te schreeuwen. Ik riep dat het me speet en ik smeekte hem om me niet naar het souterrain te brengen. Hakkelend zwoer ik hem dat ik alles zou doen als hij me daar maar niet zou opsluiten.

Het noemen van het souterrain had het gewenste effect. Terwijl hij me door de gang sleurde, stribbelde ik zo hard tegen dat hij geen keuze had en me wel moest optillen, waarna ik me slap hield, zodat hij zou denken dat ik het had opgegeven. Ik gebruikte de tijd die hij nodig had om me naar de kamer te brengen die hij zo zorgvuldig voor Millie had ingericht om te focussen op wat me te doen stond. Toen hij me probeerde neer te gooien, klampte ik me zo hard als ik kon aan hem vast. Woedend probeerde hij me van zich af te schudden, en de slepende klank van zijn stem was het signaal waarop ik wachtte. Ik bleef hem vasthouden en liet mezelf onder zijn lichaam naar de vloer glijden. Toen ik zijn knieën bereikte, rukte ik ze naar me toe, zo hard als ik kon. Zijn benen knikten meteen en terwijl hij boven me stond te wankelen, gebruikte ik alle kracht die ik bezat om hem omver te duwen. Verdoofd door zijn val, zijn lichaam zwaar van de pillen, bleef hij een paar kostbare seconden liggen zonder zich te verroeren, en voordat hij zich kon herpakken, vluchtte ik de kamer uit en smeet de deur achter me dicht.

Rennend naar de trap hoorde ik hem op de deur beuken. Hij schreeuwde dat ik hem eruit moest laten, en de razernij in zijn stem deed me snikken van angst. Ik bereikte de gang en trapte de deur naar het souterrain dicht met mijn voet, zodat ik het lawaai minder goed hoorde. Met twee treden tegelijk rende ik naar mijn slaapkamer en trof de glazen aan waar we ze hadden neergegooid. Ik nam ze mee naar de keuken en negeerde Jacks vertwijfelde pogingen om het vertrek beneden uit te komen, zodat ik me kon richten op wat ik moest doen. Met trillende handen waste ik de glazen af, droogde ze zorgvuldig af en zette ze terug in de kast.

Ik haastte me weer naar boven, naar mijn slaapkamer, maakte het bed netjes, haalde de shampoo, het stukje zeep en de kleine handdoek uit de badkamer, en nam ze mee naar die van Jack. Ik deed mijn pyjama uit en stopte hem in de wasmand, liep naar de slaapkamer waar mijn kleren hingen en kleedde me snel aan. Ik deed de kledingkast open en haalde enkele schoenenparen uit hun boxen, pakte wat ondergoed en een jurk, ging terug naar de grote slaapkamer en legde ze daar her en der neer. Bij terugkeer naar de kledingkamer pakte ik de koffer die ik de avond ervoor van Jack had moeten inpakken en ging naar beneden.

Ik maakte me geen zorgen over het verlaten van het huis – ik had geen sleutel nodig om de voordeur te openen – maar wel over mijn vervoer naar het vliegveld zonder dat ik de beschikking over geld had. Ik wist dat Jack het colbert dat hij die ochtend had gedragen waarschijnlijk in de garderobekast had gehangen, maar ik wilde niet in zijn kleding rommelen, op zoek naar geld. Ik hoopte dat ik wat zou aantreffen bij het zoeken naar mijn paspoort en de tickets. Ik deed de deur van zijn werkkamer open en knipte het licht aan. Toen ik de beide paspoorten en tickets keurig op het bureau zag liggen, huilde ik bijna van opluchting. Er lag een envelop naast waarin ik wat Thaise baht vond. Met de mouw van mijn vest over mijn vingers getrokken deed ik een van de laden open, maar ik trof geen geld aan en durfde niet ook nog de andere laden te doorzoeken. Met mijn ticket, paspoort en de baht liep ik terug naar de gang en omdat ik niet naar het vliegveld zou kunnen zonder geld, keek ik toch in de garderobekast, waar zijn colbert hing. Ik opende zijn portemonnee zo voorzichtig mogelijk en haalde er vier briefjes van vijftig pond uit. Ik wilde net zijn portemonnee weer dichtdoen toen ik zijn visitekaartjes zag, en omdat ik wist dat ik op enig moment zijn kantoor zou moeten bellen, pakte ik er een. Ineens besefte ik dat ik geen idee had hoe laat het was en ik liep terug naar de keuken om op de klok van de magnetron te kijken. Ik schrok ervan dat het al halfvier was, ongeveer de tijd dat ik op een vrijdag zou moeten vertrekken om te kunnen inchecken om zeven uur. In al mijn zorgvuldige planning had ik niet bedacht hoe ik op het vliegveld zou komen – ik had geloof ik vaak aan een taxi gedacht – en het was een bittere pil dat ik niet wist welk nummer ik moest bellen om een taxi te bestellen. Het openbaar vervoer was geen optie, want het dichtstbijzijnde treinstation lag op een kwartier lopen en ik wilde geen aandacht trekken door met een zware koffer langs de weg te lopen; bovendien betwijfelde ik of ik op tijd zou zijn. Me ervan bewust dat ik mijn kostbare tijd verspilde, liep ik terug naar de gang en pakte de telefoon, me afvragend of er nog zoiets als een inlichtingennummer bestond. Terwijl ik probeerde te bedenken welk nummer ik kon bellen, kwam dat van Esther in me op. Ik durfde nauwelijks te geloven dat ik het goed in mijn geheugen had geprent, maar ik belde haar, stilletjes smekend dat ze zou opnemen.

'Hallo?'

Ik haalde diep adem. 'Esther, met Grace. Hopelijk stoor ik niet?'

'Nee, helemaal niet. Ik zat juist naar de radio te luisteren – ik hoorde dat Antony Tomasin is vrijgesproken.' Ze wachtte even alsof ze niet goed wist wat ze moest zeggen. 'Jack zal wel teleurgesteld zijn.'

Mijn brein werkte op volle toeren. 'Ja, dat kun je wel zeggen.'

'Gaat het wel, Grace? Je klinkt een beetje van streek.'

'Het is Jack,' gaf ik toe. 'Hij zegt dat hij vanavond niet naar Thailand kan omdat hij te veel papierwerk moet afhandelen. Toen hij de reis boekte, dacht hij dat de zaak nu allang voorbij zou zijn, maar vanwege het nieuwe bewijsmateriaal, over Dena Anderson en haar minnaar, heeft het allemaal langer geduurd.'

'Wat zal je teleurgesteld zijn! Maar jullie kunnen altijd later nog gaan, toch?'

'Dat is het nou juist. Jack wil dat ik vanavond ga, zoals gepland. Dan vliegt hij me op dinsdag achterna, als hij alles op orde heeft. Ik heb gezegd dat ik liever op hem wacht, maar hij vindt het zonde om beide tickets te verspillen. Hij moet voor dinsdag namelijk een nieuwe kopen.'

'Ik begrijp dat je niet zonder hem wilt gaan.'

'Nee, natuurlijk niet.' Ik liet een beverig lachje horen. 'Maar gezien de stemming waarin hij verkeert, is het misschien wel beter. Ik heb gezegd dat ik een taxi zou bellen om me naar het vliegveld te brengen – Jack kan me er niet naartoe rijden, want hij heeft een flinke bel whisky gedronken toen hij thuiskwam. Het lastige is dat ik geen nummer van een taxibedrijf heb, en ik wil Jack niet storen in zijn werkkamer om het op de computer op te zoeken, dus ik vroeg me af of jij een lokale firma kent.'

'Zal ik je brengen? De kinderen zijn al uit school en Rufus werkt vandaag thuis, dus het is geen probleem.'

Dat was het laatste wat ik wilde. 'Dat is heel aardig van je, maar ik kan niet van je vragen om op een vrijdagavond naar het vliegveld te rijden,' zei ik haastig.

'Ik denk dat het niet gemakkelijk is om op zo korte termijn een taxi te krijgen. Hoe laat moet je weg?'

'Nou, eigenlijk zo snel mogelijk,' zei ik met tegenzin. 'Ik moet om zeven uur inchecken.'

'Dan kan ik je maar beter even brengen.'

'Ik neem liever een taxi. Heb je een nummer voor me?'

'Luister, ik breng je wel – geen enkel probleem. En dan hoef ik de kinderen niet in bad te doen.'

'Nee, het hoeft echt niet.'

'Waarom mag ik je niet helpen, Grace?'

Iets aan de manier waarop ze dat zei, maakte dat ik op mijn hoede was. 'Ik vind het gewoon nogal veel gevraagd, dat is alles.'

'Dat is het echt niet.' Haar stem klonk vastberaden. 'Heb je al je spullen klaarstaan?'

'Ja, we hebben gisteren al gepakt.'

'Dan ga ik Rufus nu zeggen dat ik je naar het vliegveld ga brengen en kom ik er meteen aan – over een kwartier, oké?'

'Prima,' zei ik. 'Dank je, Esther. Ik zal het Jack even zeggen.'

Ik legde de telefoon neer, ontdaan over wat ik zojuist had afgesproken. Ik kon me niet voorstellen hoe het me zou gaan lukken om tegenover iemand als Esther net te doen alsof alles in orde was.

HEDEN

De stewardess buigt zich naar me toe. 'We komen over ongeveer veertig minuten aan op Heathrow,' zegt ze zacht.

'Dank u.' Ik voel een plotselinge paniek in me opkomen en dwing mezelf rustig adem te halen, want ik kan me niet veroorloven om in dit stadium in te storten. Maar hoewel ik nergens anders aan heb gedacht sinds Margaret me bijna twaalf uur geleden op het vliegveld in Bangkok door de paspoortcontrole heeft geholpen, heb ik nog steeds geen idee hoe ik het spel zal moeten spelen als we zijn geland. Diane en Adam komen me ophalen en nemen me mee naar hun huis, dus moet ik heel goed nadenken wat ik tegen ze ga zeggen over mijn laatste uren met Jack, want wat ik hun vertel, zal ik moeten herhalen tegenover de politie. De lampjes voor de veiligheidsgordels gaan aan en we beginnen te dalen richting Heathrow. Ik doe mijn ogen dicht en hoop vurig dat ik de juiste dingen tegen Diane en Adam zal zeggen, vooral ook omdat het Adam is die in contact is gebleven met de politie sinds Jacks lichaam is gevonden. Ik reken er maar op dat er geen vervelende verrassingen opduiken. Ik hoop dat Adam me niet gaat vertellen dat de politie de dood van Jack verdacht vindt. Want dan weet ik echt niet wat ik moet zeggen. Improviseren is het enige wat ik kan doen. Het probleem is dat er zoveel dingen zijn die ik niet weet.

De euforie die ik voelde toen meneer Strachan me vertelde

dat Jack zelf een eind aan zijn leven had gemaakt – wat inhield dat mijn plan had gewerkt en dat ik met een moord was weggekomen – werd al snel getemperd door het feit dat hij had gezegd 'het lijkt erop'. Ik wist niet of hij zelf voor die voorzichtige formulering had gekozen of dat de politie in Engeland had laten doorschemeren dat er enige twijfel bestond. Als ze al waren begonnen met het ondervragen van mensen – collega's, vrienden – zou zijn gebleken dat Jack niet het type was om zelfmoord te plegen. De politie zou me beslist vragen of ik wist waarom Jack zichzelf van het leven had beroofd, en ik zou hen ervan moeten overtuigen dat het verliezen van zijn eerste rechtszaak reden genoeg was. Misschien zouden ze me vragen of er problemen in ons huwelijk waren geweest, maar als ik dat zou erkennen, zelfs als ik hun alle details zou geven, zouden ze rekening houden met moord in plaats van zelfmoord. En dat is iets wat ik niet kan riskeren. Meneer Strachan had me verteld dat Jack was overleden aan een overdosis, maar hij had er niet meer over gezegd, dus ik wist niet waar zijn lichaam was gevonden en het had me niet gepast geleken om daarnaar te vragen. Maar wat als Jack een manier kende om uit de kamer in het souterrain te komen, wat als er ergens een verborgen schakelaar zat die ik niet had gevonden, wat als hij voordat hij uiteindelijk bezweek via de trap de gang had bereikt? Hij had dan voor hij stierf misschien zelfs de gelegenheid gehad om een briefje te schrijven met een beschuldiging aan mijn adres.

Dat ik dat allemaal niet weet, betekent dat ik slecht ben voorbereid op wat komen gaat. Zelfs als alles volgens plan is gegaan en Jack in het souterrain is gevonden, zal de politie me natuurlijk vragen waarom die kamer er was, welke bedoeling erachter zat, en ik kan niet goed beoordelen of het in mijn belang is toe te geven dat ik ervan op de hoogte was, of dat ik dat beter kan ontkennen. Als ik toegeef dat ik ervan wist, zal ik ze moeten wijsmaken dat Jack zich altijd eerst even in dit vertrek terugtrok voordat hij naar de rechtbank ging, om zichzelf op te laden en zich eraan te herinneren hoe belangrijk zijn werk als advocaat voor mishandelde vrouwen was. Ik zou liever alle medeweten ontkennen en geschokt reageren op het feit dat er een dergelijk vertrek in ons prachtige huis bestond – tenslotte ligt het verborgen aan het eind van het souterrain, dus is het best aannemelijk dat ik er geen flauw benul van had. Maar dan zit ik nog met het volgende dilemma: als de politie om de een of andere reden vingerafdrukken heeft genomen, kunnen ze sporen van mijn aanwezigheid daar hebben gevonden. Daarom is het misschien beter om de waarheid te vertellen – maar niet de hele waarheid, want als ik Jack neerzet als een andere persoon dan de liefhebbende man die iedereen dacht dat hij was, als ik hun de echte bedoeling achter de kamer vertel, zullen ze zich afvragen of ik hem heb vermoord om Millie te beschermen. En misschien zou een rechtbank begrip tonen, maar mogelijk zou men me eerder beschouwen als een of andere golddigger die haar relatief nieuwbakken echtgenoot heeft omgebracht om zijn geld. Tijdens de landing op Heathrow weegt het belang van het nemen van de juiste beslissingen, het zeggen van de juiste dingen, zwaar op mij.

Het duurt een tijdje voor ik langs de paspoortcontrole ben. Terwijl ik door de dubbele deuren loop, kijk ik naar de mensen die staan te wachten, op zoek naar de bekende gezichten van Adam en Diane. Ik ben nu zo gespannen dat ik weet dat ik waarschijnlijk zal uitbarsten in tranen van opluchting als ik ze zie, wat zal passen bij mijn rol van diepbedroefde echtgenote. Maar als ik Esther naar me zie staan zwaaien, in plaats van Diane, word ik overspoeld door een gevoel van angst.

'Ik hoop dat je het niet erg vindt,' zegt ze terwijl ze me omhelst. 'Ik had vandaag niets te doen, dus heb ik aangeboden je op te halen en naar Diane te brengen. Het spijt me zo van Jack.'

'Ik kan het nog steeds niet geloven,' vertel ik haar, en ik schud verbijsterd mijn hoofd, omdat de schok haar te zien de tranen die ik had gehoopt te vergieten heeft laten opdrogen. 'Ik kan nog niet geloven dat hij dood is.'

'Het zal wel een schok voor je zijn geweest,' zegt ze instemmend, en ze neemt mijn koffer van me over. 'Kom, laten we een café opzoeken – ik dacht dat we een kop koffie konden nemen voor we naar huis rijden.'

Mijn hart zinkt me nog verder in de schoenen, omdat het tegenover Esther veel moeilijker zal zijn de treurende weduwe te spelen dan tegenover Diane. 'Is het niet beter om rechtstreeks naar Diane te gaan? Ik wil Adam graag spreken en ik moet naar het politiebureau. Adam zegt dat de rechercheur die zich met de zaak bezighoudt met me wil praten.'

'We komen op deze tijd in de ochtend toch terecht in de spits, dus we kunnen net zo goed even koffie gaan drinken,' zegt ze, en ze loopt in de richting van het horecagedeelte. We vinden een café en ze stevent af op een tafel in het midden van de ruimte, waar we worden omringd door lawaaiige schoolkinderen. 'Ga zitten, ik haal de koffie wel. Ik ben zo terug.'

Mijn instinct zegt me dat ik moet vluchten, maar ik weet dat dat niet kan. Dat Esther me is komen ophalen op het vliegveld, dat ze heeft geopperd dat we samen koffie drinken, wil zeggen dat ze met me wil praten. Ik probeer niet in paniek te raken, maar dat lukt me nauwelijks. Wat als ze vermoedt dat ik Jack heb vermoord, wat als iets aan mijn gedrag op de dag dat ze me naar het vliegveld bracht haar achterdocht heeft gewekt? Gaat ze me zeggen dat ze weet wat ik heb gedaan, gaat ze dreigen het aan de politie te vertellen, gaat ze me chanteren? Ik kijk hoe ze voor onze koffie betaalt en wanneer ze terugloopt naar onze tafel, ben ik misselijk van de zenuwen.

Ze gaat tegenover me zitten en zet mijn kop koffie voor me neer.

'Dank je.' Ik schenk haar een flauw lachje.

'Grace, hoeveel weet je over de dood van Jack?' vraagt ze, terwijl ze haar zakje suiker openmaakt en boven haar kop leegschudt.

'Hoe bedoel je?' stamel ik.

'Ik neem aan dat je weet hoe hij is gestorven?'

'Ja, hij heeft een overdosis genomen.'

'Inderdaad,' zegt ze instemmend. 'Maar die was niet fataal.'

'Dat begrijp ik niet.'

'Het lijkt erop dat hij het benodigde aantal pillen verkeerd heeft ingeschat en dat hij er niet genoeg heeft genomen. Dus hij is niet gestorven... nou ja, niet aan die overdosis in elk geval.'

Ik schud mijn hoofd. 'Ik kan je niet volgen.'

'Nou, aangezien hij niet genoeg pillen had genomen om een eind aan zijn leven te maken, kwam hij weer bij bewustzijn.'

'Maar waar is hij dan aan overleden?'

'Uitdroging.'

Ik toon haar een geschokte blik. 'Uitdroging?'

'Ja, ongeveer vier dagen nadat hij de overdosis heeft genomen.'

'Maar als hij niet dood was, als hij nog leefde, waarom is hij dan niet gewoon iets gaan drinken?'

'Omdat hij dat niet kon. Zijn lichaam is namelijk niet in het woongedeelte van het huis gevonden, maar in een kamer in het souterrain.'

'Een kamer in het souterrain?'

'Ja. En het ergste is dat de deur van dat vertrek van binnenuit niet kan worden geopend, zodat hij er niet uit kon toen hij dorst kreeg.' Ze pakt haar lepeltje en roert in haar koffie. 'Hij schijnt het wel te hebben geprobeerd.'

'Arme Jack,' zeg ik zacht. 'Arme, arme Jack. Ik moet er niet aan denken hoe hij heeft geleden.'

'Had jij enig idee dat hij zoiets zou kunnen doen?'

'Nee, absoluut niet. Ik zou hem nooit hebben achtergelaten, ik zou nooit naar Thailand zijn gegaan als ik had gedacht dat hij zelfmoord zou plegen.'

'Hoe was hij eraan toe toen hij van de rechtbank kwam?'

'Nou, hij was natuurlijk teleurgesteld dat hij de zaak had verloren.'

'Het is gewoon zo dat zelfdoding helemaal niet bij hem past – althans dat is wat men zou kunnen denken. Dus hij was waarschijnlijk meer dan alleen teleurgesteld, denk je niet? Ik bedoel, was dit niet de allereerste zaak die hij had verloren?'

'Ja, dat klopt.'

'Daar moet hij dan kapot van zijn geweest. Misschien heeft hij je zelfs wel verteld dat hij het gevoel had dat zijn carrière voorbij was. Maar jij dacht natuurlijk dat hij dat alleen maar zei in de stress van het moment, dus je hebt er niet echt bij stilgestaan.' Ik staar haar aan. 'Is dat niet wat hij heeft gezegd, Grace? Heeft Jack je niet gezegd dat hij dacht dat dit het eind van zijn carrière betekende?'

'Ja.' Ik knik langzaam. 'Dat heeft hij inderdaad gezegd.'

'Dan moet dat de reden zijn geweest waarom hij zelfmoord wilde plegen – omdat hij niet kon leven met zijn falen.'

'Dat moet dan wel,' zeg ik bevestigend.

'Het verklaart ook waarom hij erop stond dat jij weg zou gaan. Hij wilde je uit de buurt hebben zodat hij de pillen kon innemen – het lijkt erop dat hij ze niet lang na jouw vertrek heeft geslikt. Weet jij waar hij ze vandaan had? Ik bedoel, nam hij weleens een slaappil?'

'Soms,' improviseer ik. 'Ze waren niet door een arts voorgeschreven of zo, ze waren gewoon verkrijgbaar bij de apotheek. Het waren dezelfde pillen die Millie op school kreeg – ik weet nog dat hij mevrouw Goodrich vroeg hoe ze heetten.'

'Het feit dat hij wist dat de deur naar het vertrek in het souterrain niet van binnenuit geopend kon worden, wijst erop dat hij besefte dat hij misschien niet genoeg pillen had, maar toch vastbesloten was te sterven,' zegt ze. Ze neemt een slok van haar koffie. 'De politie zal je bijna zeker vragen stellen over dat vertrek beneden. Je wist van het bestaan, nietwaar, omdat Jack het je heeft laten zien?'

'Ja.'

Ze zit wat te spelen met haar lepeltje. 'Ze zullen ook willen weten wat de bedoeling van dat vertrek was.' Voor het eerst lijkt ze minder zelfverzekerd. 'Het schijnt rood geverfd te zijn, inclusief vloer en plafond, en de muren hingen vol met schilderijen van zwaar mishandelde vrouwen.'

Ik hoor het ongeloof in haar stem en ik wacht af – ik wacht af om te horen wat zij vindt dat ik tegen de politie moet zeggen. Maar dat weet ze niet, want ze kan geen uitleg bedenken, en er blijft een stilte tussen ons in hangen. Dus vertel ik haar wat ik in het vliegtuig heb bedacht.

'Jack gebruikte die kamer als een soort extra werkruimte,' zeg ik. 'Hij heeft het me niet lang nadat we in ons huis trokken laten zien. Hij zei dat hij het nuttig vond om zich er een tijdje terug te trekken voordat hij naar de rechtbank ging, om de dossiers door te nemen en het fotografische bewijs te bekijken. Hij zei dat het emotioneel zo veeleisend was dat hij het lastig vond om zich voor te bereiden in zijn werkkamer. Daarom had hij een afzonderlijke ruimte in het souterrain gecreëerd.'

Ze knikt goedkeurend. 'En de schilderijen?'

Ik voel weer een golf van paniek in me opkomen – ik had even niet aan de portretten gedacht die Jack me onder dwang had laten schilderen. Esther kijkt me doordringend aan, dwingt me om me te concentreren.

'Ik heb geen schilderijen gezien. Die moet Jack er later hebben opgehangen.'

'Ik denk dat hij ze je niet heeft laten zien omdat ze zo levensecht waren. Hij wilde je niet van streek maken.'

'Dat is waarschijnlijk,' zeg ik instemmend. 'Jack was heel beschermend tegenover mij.'

'Ze vragen je misschien ook of je wist dat de deur van het vertrek niet van binnenuit kan worden geopend.'

'Nee. Ik ben er maar één keer geweest en ik heb er niet op gelet.' Ik kijk haar over de tafel heen aan, op zoek naar bevestiging dat dit het juiste is om te zeggen.

'Maak je geen zorgen, Grace, de politie zal het je niet moeilijk maken. Weet je nog dat Jack hun heeft verteld dat je psychische problemen hebt? Ze weten dat ze behoedzaam met je om moeten gaan.' Ze zwijgt even. 'Misschien moet je daar een beetje handig gebruik van maken.'

'Hoe weet je dit allemaal – hoe Jack is gestorven, waar zijn lichaam is gevonden, over de portretten, wat de politie me gaat vragen?'

'Adam heeft het me verteld. Het staat morgen ook allemaal in de kranten, dus hij vond dat je erop voorbereid moest zijn.' Ze wacht een ogenblik. 'Hij wilde het je zelf vertellen maar ik heb hem gezegd dat ik, aangezien jij en ik de laatste twee mensen zijn die Jack nog in levenden lijve hebben gezien, het gevoel had dat het beter was als ik degene zou zijn die je zou ophalen van het vliegveld.'

Ik staar haar aan. 'De laatste twee mensen die Jack in levenden lijve hebben gezien?' hakkel ik.

'Ja. Je weet wel, toen ik je thuis ophaalde om je naar het vliegveld te brengen. Hij zwaaide ons uit nadat we je koffer in de kofferbak hadden gelegd. Hij stond aan het raam in de werkkamer, toch?'

'Ja,' zeg ik langzaam. 'Dat is ook zo.'

'En als ik het me goed herinner, vertelde je mij dat hij niet naar het hek was gekomen om je uit te zwaaien omdat hij meteen aan het werk wilde. Maar wat ik niet meer weet, is of hij zijn colbert aanhad of niet.'

'Nee... nee, zeker niet. En hij had ook geen stropdas om, die had hij afgedaan toen hij terugkwam van de rechtbank.'

'Hij zwaaide ons uit en hij wierp jou een kushandje toe.'

'Ja, ja, dat klopt.' De immense omvang van wat zij aanbiedt te doen, raakt me zeer en ik begin te beven. 'Dank je,' fluister ik.

Ze reikt over de tafel heen en legt haar handen over die van mij. 'Het komt goed, Grace, dat beloof ik je.'

Er wellen tranen in me op van ergens diep in mij. 'Ik begrijp het niet... Heeft Millie iets tegen je gezegd?' mompel ik, me ervan bewust dat zelfs als Millie aan Esther had verteld dat Jack haar van de trap had geduwd, dat niet voldoende reden voor haar zou zijn om voor haar te liegen.

'Alleen maar dat ze George Clooney niet leuk vond,' glimlacht ze.

Ik kijk haar beduusd aan. 'Waarom dan?'

Ze kijkt me nog eens doordringend aan. 'Welke kleur had Millies kamer, Grace?'

Ik kan het woord nauwelijks uitbrengen. 'Rood,' vertel ik haar, en mijn stem stokt in mijn keel. 'Millies kamer was rood.'

'Dat dacht ik al,' zegt ze zacht.

Dankbetuiging

Er zijn heel veel mensen die ik wil bedanken, met name mijn geweldige agent Camilla Wray. Wat een geluk dat ik jou heb getroffen! Ook veel dank aan Mary, Emma, Rosanna en alle anderen bij Darley Anderson.

Ik ben mijn fantastische redacteur, Sally Williamson, zeer dankbaar, evenals Alison, Jennifer, Clio, Cara en de rest van het team bij Mira. En niet te vergeten Becky van Midas.

Mijn eeuwige dankbaarheid gaat uit naar Gerrard Rudd, die vanaf het begin vertrouwen in me heeft getoond, lang voordat ik vertrouwen in mezelf had, en naar Jan Michael, voor haar genereuze en waardevolle hulp. Dank aan jullie beiden uit de grond van mijn hart.

Een speciaal woord van dank aan mijn prachtige dochters voor al hun hulp en aanmoediging, en aan mijn echtgenoot, die me de ruimte heeft gegeven om te schrijven. Aan mijn ouders, om hun vastbeslotenheid een boekwinkel in te lopen en er mijn boek te kopen. Aan mijn lieve vriendinnen Louise en Dominique, die me telkens weer belangstellend vroegen hoe het ging met mijn schrijfwerk. Aan Karen en Philip, om dezelfde reden, en aan mijn zus, Christine, voor het lezen van elk woord dat ik neerpen.

Achter gesloten deuren uit? Lees nu ook:

12 jaar geleden
2 mensen gingen op reis
1 keerde daarvan terug...

Als je jezelf al niet kunt vertrouwen,
wie dan wel?